庫 JA

象られた力

飛　浩隆

早川書房

5471

目次

象《かたど》られた力

デュオ

……。

そうです、私がかれをころしました。もう何年まえのことになるでしょうか。

どのように責められてもかまいません。私が殺したのは世界でもっともすぐれたピアニストでした。あの音を聴くことはもうできないのですし、殺したのはほかでもない、かれの音楽の協力者であったこの私なのですから。

かれが弾くベートーヴェンの、*sf*《スフォルツァンド》にこめられた広やかな自由は失われてしまいました。かれが歌曲を伴奏したときコンサートホールに満ちみちた歌のよろこびを二度と聴くことはできません。それらは、かれが遺した本当に僅かな録音で聴くほかありません。

かれの死によって、聴けたかもしれない多くの音楽が失われました。少なからぬ人命も。私は自分が手にかけたもののかけがえのなさに震え、罪の重さに嘖《さいな》まれつづけています。

ええ、それはもちろん覚悟もし、予想もしていたことでした。

しかしまさか、かれを殺したあとでこのように愉快な気分をも味わおうとは予想もしていませんでした。殺人のあとでこんなのびのびとした気分を味わうはずなどないのですから。

言いたいことがうまく伝わっているか自信がないので、つけくわえておくと、私はかれが憎かったわけではありません。もちろん嫉妬でもない。かれの音楽はあまりに多くの感情にあふれているので、聴いているあいだはそのような別の感情をつけいらせる隙がないのです。

では、なぜかれを殺したのか。なぜ〝愉快だ〟と思うのか。

その話をしましょう。

それは幾組もの二重奏――右手と左手、生と死、音楽と感情の二重奏をめぐるエピソードになるはずです。

1

アントーニオ・サヴァスターノ先生の部屋は旧棟の、翼《よく》の端にある。

長い廊下を歩いていくうちにすれちがう学生の数も少なくなり、最後の角を曲がるとその先に人の姿はなかった。春の午後の廊下は温室のようにひっそりと静まりかえり、中庭で誰かが吹くフルートが遠く聞こえた。自分の靴音が左右不揃いなのに気づくのはこんな時だ。不器用な右足の、非音楽的な音。その音をききながらぼくはゆっくり歩いた。

教授の部屋に入ると良い香りがした。紫煙が窓のあたりに明るくただよっている。先生は、日に三本と決めている葉巻の、たぶん二本目を喫いおわったところだった。

「時間は、むかしと同じですね」ぼくは自分の腕時計を見て言った。

「三時のおやつさ」

「家じゃないんだから好きに喫えばいいのに」先生の奥さんは声楽家だ。もちろん煙草はご法度《はっと》だ。

「愉しみには節制をつけあわせるのがコツさ……よくきてくれたね、イクオ」

先生は以前と同じしぐさでソファを勧めた。

「ご連絡ありがとうございました」ぼくが手紙を出したのが前の月、先生が返事をくれたのが前の週だった。

「いや驚いたよ。――きみが、調律か」

「やはりぼくはピアノから離れられないんですよ。調律の勉強は楽しかったですし、この仕事もまんざら悪くない」

「そうかもしれないね」ことばと裏腹にサヴァスターノ先生は、息子が理髪師志望と聞かされた外科医みたいな顔をした。先生は顔をごしごしこすって立ち上がり、カセットテープをデッキにセットした。

「心当たりのピアニストがいたら紹介してくれ――きみがそう書いているのを読んですぐにこのテープを思いだした。――このピアニストはまだデビューしていない。コンクールの経験もない。ごく親しい人々と一部の関係者以外は、まだかれの演奏を聴いたことがないんだ」

スピーカーから音がでた。楽音ではない。低い会話の声や、自動車の遠いざわめき。プライベートな場所での録音なのだろう、その雑音はピアノを囲む親密さのあらわれと聞こえた。日常の場で使われているピアノ。

「……だが私に言わせれば、かれを聴きたがらぬ者などいずれ一人もいなくなるだろう。かれの音楽はそれほどに魅力的なのだ。

イクオ、私は、もしきみほどの耳をもつ調律師がかれの同行者になってくれたら、と思う。ほかのどんなピアニストにもまして、かれにはきみのような調律師が必要なんだ」

親密な雑音がふっと途絶え、つづいてスピーカーから聞こえてきたのは思いもよらぬほど単純な音楽だった。単純どころではない。

「これは」ぼくは先生を見た。

「バ、イ、エ、ルだ。八番だね」

間違いなくバイエルだ。一音符の追加もなく、け、れ、ん、も衒《てら》いもなしに、すなおに弾きとおされていた。だがそれは聴いたこともないバイエルだった。耳が音に吸われ、離せない。何という音。歌い手の声がそうであるように、ピアニストも音じたいが、そのまま才能だ。美音でなくても、強い指でなくても、ただの一音で聴き手を連れ去っていけるピアニストがいる。そんな弾き手が手がけたときバイエルがどれほど美しく見えるか、ぼくは信じられない思いで聴いた。バイエルの単純さは――音楽の規則の単純さは、その背後に聳《そび》える音楽の峰の高さと自由の広さを予言している。だから美しいのだと、知らされる。

後半を弾き終えるとピアニストは軽く和音を叩いて転調し、さらにもう一オクターブ高いところでもういちど八番を繰り返した。ペダルの巧みな処理と驚くべき指の制御のせいだろう、その音は古いオルゴールそっくりのなつかしさを帯び、それが、生まれてはじめて座ったピアノの「YAMAHA」の金文字を思いださせた。それを手始めに、小さかった頃の思い出が猛烈な勢いで蘇った。歳月がかたく踏み固めていたはずの記憶。事実の記憶ではない――むしろ感情の記憶。自分の感情のあまりの生なましさに息ができなくなった。

……小学校の夏休み。プールまわりのセメントが足の裏を焼く、痛快な気分。塩素のにおい。帰り道、うなじの濡れた髪が次第にかわいていく感覚。

ピアニストは四十七番に移った。幼児と母親がお喋り遊びを愉しんでいるようなニュアンスが、部屋の空気を一新する。

……小学六年のとき母親が死んだ。教壇から教師がぼくを手招きしたときに感じた不安の黒さ。まああたらしい墓石が、水をかけたときにぼくの顔を映しだしたこと。その顔をなめに横切る線香の煙。そなえた花の赤い花弁が、ぼくの目には怖いほど大きく見えたこと。

六十番、七十八番、九十番――。

留学先で恭子と知り合い、かわした会話。恭子の歯切れのよい発音が、新しい音楽を聴くようにぼくの感情をざわめかせたこと。はじめて裸の背中に手のひらを回したときの、しっとりとしてしかも健康に乾いた膚の感触。めまいがするほどの強い欲望。

今の自分がいかに貧相な感情しか持ちあわせていないか、あらためて思い知らされる。

九十三番、九十四番、九十六番――。

ぼくは膝の上に目を落とした。そこに置いた手の、左の小指とくすり指は動かない。自動車事故で傷つけてしまったのだ。右足の膝から下も義足で、それは精密なペダル操作が不可能になったことを意味する。ぼくはいちどきになにもかもを失い、ぼくの中でたくさんのものが死んだ。運動選手が身体機能を決定的に損なうことがあるように、ぼくの音楽の機能はたぶん二度と生き返らないだろう。だがこのバイエルは、かつてはその部分も生きていたことを思いださせてくれた。ぼくは驚いていた。死人に、自分が死んでいると気づかせてくれる音楽があったのだ。

「イクオ」

先生の声で、われに返った。

十曲。本当にバイエルばかり。五分にも満たなかったろう。その間、どこかへ連れていかれたという記憶と感情だけが残り、それだのに満足は深かった。

「どんなピアニストなんです？　大学は？　コンクールは？」

「まだ話せないな。それにね、これは古い録音だ。十年以上まえ。録音したときピアニストはまだ十歳そこそこだった」

ぼくはうなずいた。

「会ってみたいかね」

「ええ」

「調律を、やるかい」

「ええ」

「そう言うと思ったよ。私から連絡しておく」

「ぜひ、お願いします」

ぼくは立ち上がった。

「何だ？　もう帰るのか」先生はあきれ顔をした。

「行くところがあるんですよ」

「どこへ行くのかと訊いても、きっと教えてはくれないんだろうな。水臭いところはすこしもかわらないね」

「それがぼくの演奏の欠点だと、先生は五年前にも言われた。ぼくはそうは思いませんが」

「ほら、またそれだ。きみは何でもひとりで決めてしまう」

「たぶん、そうですね」

「くらい穴の中にすわっているみたいだよ。膝をかかえてね」先生は冗談めかして言ったが、ぼくを痛々しそうに見ているのはわかった。

「そのとおりです」

先生はちょっとびっくりしたかもしれない。ときにはぼくも率直な話しかたをすることはある。

「気分を害した？」

「いえ、そんなことはありません。大丈夫です」

母校をあとにすると、花屋に寄り、バスを乗り継いで恭子の墓を訪ねた。

墓は何も話さない。だから墓地はいつものようにひっそりとしていた。墓石の列は生者のためにある。生者が墓石に自分の顔を映すためにある。ここに死者はひとりもいないことを、生者は知っている。だから生者は墓地で憩《いこ》うことができるのだ。

恭子をあの自動車事故で失ってもう三年になる。

彼女をこの地に、異国に埋葬したことが本当によかったのか最近わからなくなっていた。ぼくたちはこの国で出会ったのだし、もし死んだらここに葬って、と病院のベッドで言いのこしたのは恭子自身だ。事故の責任を埋め合わせたい一心でぼくはその言葉に飛びついたのだが、恭子はぼくの重圧を減らそうとしただけだったのかもしれない。

墓地を出ると日は大きく傾いていた。

ぼくは左右不揃いな音をつれて、帰り道についた。

2

連絡はひと月後に入った。

国営放送局のスタジオで、例のピアニストがレコーディングのテストをするという。局の受付で用件を告げると、見覚えのある男がエレベーターで降りてきた。壮年の、背の低い男だ。小ぶとりで、精悍な目。年相応の皺はあるが、膚はピンク色で健康そう。きびきびとした立ち居。男の握手はかわいて、温かく、力強かった。

「きみがオガタ・イクオ？」

「ええ」

「待ってたよ」愛敬のある丸顔がにっこりした。「サヴァスターノ先生も上なんだ。行こう」

エレベーターの中で、男は自己紹介した。クレイグ・ムーアフット。〝エスパス・ソノール〟というスイスのマイナーレーベルの幹部だった。プロデューサーもディレクターも一人でこなす小さな会社だが、優秀な録音と玄人《くろうと》好みの企画でファンが多い。雑誌のインタビュー記事でかれの顔を見覚えたのだ。エレベーターの中で会話を交わすと、その記事と全く同じ印象を受けた。つまりCD制作がなにより好きで、それ以上に音楽を敬愛し、それでも会社が傾かないほど経営の腕がある。ぼくはかれに好感を持った。

調整室に入ると、コーヒーブレイクの最中なのだろうか、防音ガラスの向こうは灯りが絞られ、よく見えなかった。

「今日は放送用の録音だ。レコードのテストを兼ねてね」

「ステージデビューもしていないのに。すごい扱いですね」

「きみはピアニストのことで何か聞いたかい」

「名前も聞かされてないんですよ。なんだかいろいろ事情があるんだと」

「いろいろじゃあない。基本的には問題はひとつきりなんだ。いや……」そこでムーアフットはちょっと笑った。「ひとつでないことが問題だ、とも言える」

思わせぶりな言い方に少し腹をたてながら、あとをついてスタジオの厚い扉をくぐった。後ろでドアが閉まる。

そのとたん、ぼくは異様な冷気を嗅いだ。

大きな冷凍庫の中に入ったみたいだった。

まず鳥肉の腐った臭いを感じた。次に空気のぞっとする肌ざわりに気がついた。空気はおそろしく冷たく、じっとりと湿っていた。運転席に挟まれ、出血のためしだいに身体が冷たくなるときの感覚、死に敗北をみとめるときの感情が、ありありと舞い戻ってきた。いままさに死のうとしているみたいな感覚のなまなましさに、ぼくは大声で悲鳴をあげようとし、ふいに悪夢から目覚めるように、われに返った。死の冷気は跡形もなく消えていた。

お化け屋敷で顔をなでる雑巾のような、一瞬の不快。

コーヒーの濃い香りが漂っている。

ぼくは目をつぶって、いましがたの錯覚を振り払った。目を開き、スタジオを見る。

グランドピアノを取り囲んで、二本のメイン・マイクと数本の補助マイクが立てられている。その林をくぐった先にサヴァスターノ先生が見えた。となりに背の高いぼさぼさ頭の女性がいて、ピアノの向こうにさらに二人いるようだった。そのどちらかがかれなのだ。

「よう、よくきたな」先生がとなりの女性にウインクをとばした。

「あれがイクオだ」

ピアノの鍵盤側に回ると、椅子にすわっていた二人の青年が揃ってこちらを向いた。目が変になったのかと思った。

というのも、二人は正確に同じタイミングでぼくに会釈したし、顔も完璧にそっくりだったからだ。淡い色のくせ毛、はにかんだような青い目、うすい唇、尖った頤《おとがい》。

ムーアフットがぼくを紹介した。

「デネス、クラウス、こちらは緒方行男。きみたちの調律をやってくれる。緒方君、こちらがデネス・グラフェナウアー。右手を担当する。向こうがクラウス・グラフェナウアー、左が受け持ちだ。としは二人とも十九」

連弾？ 双子のデュオ？ バイエルを二人がかりで弾く？ 一瞬混乱したあと、ふと目が二人のあいだに落ちついた。そのとき初めて気がついた。

かれらには身体が一つしかない。

頭と肩までは二人ぶん。だが胸のあたりでデネスとクラウスの身体は寄り添うように一つとなり、下に向かうにつれ徐々にヴォリュームが絞られて、大きめの腰のあたりで完全に一つとなっていた。デネスの左腕とクラウスの右腕は二人の身体の中間で見失われていた。

「初めまして」

もごもごと自己紹介したはずだが、よく覚えていない。覚えているのはかれの返事だ。

「〝初めまして〟」

返事は、女性の声だったのだ。

ふたごの傍らに立つ、背の高い女性の唇が動いていた。目が合うと、女性はにっこりと
笑い、つづけて言った。

「〝あなたに会えてとても嬉しい。これからぼくはあなたの力を借りなくてはなりませ
ん〟」

グラフェナウアーの手、デネスの右手とクラウスの左手が流暢《りゅうちょう》に動いて手話をつむい
でいた。それを彼女が翻訳する。

「〝ぼくは話せない。耳も聞こえない。だからあなたとぼくとで一つの音楽を奏でたい。

どうか、よろしく〟」

声もないぼくを見て、デネスとクラウスはくすくす笑った。

「〝まあ、楽にしてください。ここのお茶は、とってもおいしいんですよ〟」

それだけ言い終えると彼女はぷっと吹きだした。先生もムーアフットも笑いだした。ぼ

くはひとり取り残されて馬鹿みたいに突っ立っていた。

サヴァスターノ先生は言った。

「かれらが、印象的な初対面をしたいと言ったんだ。隠していてわるかった」

グラフェナウアー兄弟は自己紹介を続けた。女性の声を使って。

「〝心配は要りません。ぼくは音楽だけはちゃんと聴けるんです。――メロディも、音色も、感情もすべてわかる。音楽のうち音以外のすべてが〟」

グラフェナウアー兄弟は二人揃って（本当にぴたりと揃えて）微笑み、鍵盤に指を置いて、歓迎の愉しいマーチを弾いてくれた。あまりのかわいらしさに顔がほころんでしまうような、はずむマーチ。

まったく、なんという連中だろう。

3

「オガタ。……そうでしょう？」

声にふりむくと、そこにジャクリーンが立っていた。

「やっぱりそうだわ。後ろ姿がぼうっとしているから、そうにちがいないと思ったわ」

くすくす笑っている。

「どうしてきみがこんなところにいるんだ？」

そこは市内で一番大きな書店の楽譜売場だった。ビルの地下にある広いフロアだ。モダンだが落ちついた空間で、居心地よいのだった。

「どうしてってことはないじゃない。これでもチェロを弾くの」

「へえ」

手話通訳の女性はジャクリーン・メイスンといった。年はぼくと同じか、すこし上だろう。髪は今日もぼさぼさだ。化粧っ気はない。服装はシンプルでこざっぱりしている。スタンスは広めでなんだか妙にふんばって立っているようだ。総合して言うと彼女には、野戦病院の看護婦にたっぷり十日間の休養をあてがったあと、といった雰囲気がある。痩せているが体つきはしっかりしていて、背が高い。なるほどチェロにはむいているかもしれない。チェロはつよい腕や背筋を要求する。

そう言うと、ジャクリーンはうれしそうににやっと笑った。口は大きく、唇は厚い。顔のバランスがそこで崩れていたが、それが魅力になっていた。

「そうなの。あたし体はいかついし、馬力はあるし、髪もぼさぼさだからチェロにむいてるのよ」

ジャクリーンはあははと大きな口で笑った。その笑いぶりが気にいった。うまく言えないのだが、彼女の笑いや呼吸は大気にじゅうぶんに開かれているのだった。

「だろうね」

「聴きたいな、とは言わないのね」ジャクリーンは腰に手をあて、首をかたむけて微笑んだ。

「……そうだね」考えてみれば、ぼくはそれまで人にそう言ったことはなかった。あなたの演奏を聴きたいな、とは。「うん。聴いてみてあげてもいいな」

ジャクリーンはまた口を開けて笑った。

「時間あるかしら。お茶につきあってほしいの。話あるし」

「いいよ」

ぼくは、ジャクリーンが胸に抱えたオッフェンバックの楽譜をレジにわたすのについていった。

勘定場にはカラヤン賞制定記念とかで発売される五百枚組CDセットの物凄いポスターが貼ってあった。五百枚というのは何かくらくらするような数字だ。

「グラフェナウアーズもこれくらい遺せれば、豪気でいいわね」

グラフェナウアーズという言い回しは、野球かホッケーの強豪チームみたいに景気のいい響きで、ぼくは気にいってしまった。

「でも五百枚は過剰じゃないかな」ぼくは言った。

「過剰？」

「ひとりの人間が遺す録音の分量としてさ」

「そうなの。あなたって小食なのね」

「小食？」

「あたしは大食らいで、欲張りだもん。もしたっぷり才能があったら、千枚でも二千枚でも録音するわ。グラフェナウアーズみたいに才能があったらね」

そして、ぼくはあの日の——スタジオでのテスト演奏を思いだそうとした。あれだけの演奏なのに、意外とそれは難しかった。ぼくはひとの演奏を分析的に聴くたちだ。テンポや音量の配分、細部のフレージング、アーティキュレーション、ディナーミクまで、一度聴けばたいてい頭におさめてしまう。むろん感動はするのだが、頭の中にもうひとつ階があって、そこではいつでも分析家が作業をしている。ぼくは感動しつつ、つねにその分析家にお伺いを立てて自分の感動を理屈で裏づけたり、すがめで見たりしてきた。

だが、ふたごの演奏の前では、そんなこざかしい真似はできないのだった。

あの日のは、まったく特別な演奏だった。ふたごの音楽には桁外れの感情の力が漲《みなぎ》っていた。

楽譜には作曲家の感情の振幅が記録されている。それを演奏家が解放する。非常に難しい作業だが、まれにうまくいくと、我々は天才たちの感情に同期して翻弄されることになる。あの日スタジオは、伽藍《がらん》を満たすオルガンの音のような、巨大な感情の振動でいっぱいになった。曲が終わった時、自分の中に流れこんだ感情にしびれたようになって、とっさには曲名が思いだせないほどだった。

この奇跡は、ふたごの障害とひきかえにもたらされた恩寵なのだろうか――そう口にすると、

「呆れたわね」カプチーノを一口すすり、ジャクリーンは本当に呆れた顔をした。「あなた、凡庸にもほどがあるってものよ」

カフェはけっこう混んでいたから、彼女は大きな声で遠慮なくそう言った。

「ひどいな」ぼくはさすがにむっとした。「そんな言い方ないだろう」

「あなた、かれがどうしてあんな初対面をしくんだか、もしかして考えなかった？　かれは――自分の印象をよく承知してるの。あなたがあんなふうだったら、自分をどう見てほしい？　障害が生んだ奇跡の天才。そんなふうに片付けられちゃいたい？　あれだけの才能を、凡庸なキャッチフレーズでラッピングしてほしい？」

ジャクリーンはぼくを正面から見た。

「グラフェナウアーズは、あなたに期待してる。だから手の込んだ方法で自分をプレゼンテーションした。その方法を必死で考えた。キャッチフレーズ越しにじゃなくて、自分を見てほしかったから」

すこしのあいだ、沈黙がつづいた。

「——きみはヴァランティアだったんだよね」

「そう。障害児の療育キャンプで知り合ったの。言っとくけど、あの人もヴァランティアだったのよ。子供たちにピアノを聴かせていた」

「しかし、身体のことを抜きにしても、グラフェナウアーズは特別なピアニストだ」

「呆れるわね」ジャクリーンはもう一段、呆れた顔をした。「抜きになんかできないわよ。あの身体あっての演奏じゃない。二人の人間が手を一本ずつ持ち寄って一人の演奏をする。それがかれの音楽を作ってるんじゃない」

今ならぼくは聞き逃さないだろう。ジャクリーンはふたごを〝かれら〟と呼ばなかった。だが、なぜそうなのかを知るのはもう少しあとになる。その時のぼくはグラフェナウアーズの驚異にしか目が向いていなかったから。

ぼくは話題をそらした。グラフェナウアー兄弟のもうひとつの驚異、それはかれらの耳の問題だった。

「聴力を失ったのは十歳頃だとかれは言うわ。それまでにグラフェナウアーズの腕前は、なみの音大生くらいには達していたらしいから、ピアノ演奏の基本は手中に収めていたのだと思う。それにピアノは、弦や管と違って音を見ることができる。鍵盤に置いた指のとおりに音が鳴るんだし」

「呆れたね」今度はぼくが言いかえす番だった。「十歳の記憶でなにができる？　和音は指の配置のことじゃない。音楽の文脈に合わせて一つの和音を何千通りにも弾き分けなくてはならない。コンサートへ出れば、もっと大変だ。ホールごとに音響がちがう。同じピアノでも空調ひとつでがらりと音が変わる。ペダルは鍵盤と同じくらい音楽を決める。鍵盤を、音を出さずに押さえる技法だってある。ピアニストは、ピアノというごつくてデリケートな器械のオペレータだ。思いどおりの音を作ろうとしたら、調律師というエンジニアをこきつかってこいつを手なずけてやらなくちゃいけない。そのうえで、演奏しながら全身を耳にしてコントロールしなくちゃならない」

「そうこなくちゃ」

気がつくとジャクリーンは首を傾《かし》げて微笑んでいた。それまで、ピアノのことをこんなふうに話したことがあっただろうか？

「でもイクオ、かれはやってるわ。その離れ業を」

「わかってる。歓迎のマーチ。和声を下支えする左手のパートに、有名曲の断片がたくさん、さりげなく織りこまれていた。そのひとつずつにじゅうぶんに表情をあたえて弾くのは——しかも露骨にならないよう演奏するには、並外れた耳が欠かせない。だからわからないと言っているんだ」

「そうね……これ、言おうかどうか迷ったんだけど」ジャクリーンはためらっているふうではない。「……かれね、本当は音が聞こえるんじゃないかと思うの」

　ぼくもうなずいた。

「嘘を？」

「それはないと思うの。そんな嘘、なんのメリットもないでしょう。でも耳の検査をしても器質的にはどこにも異常はないのよ。耳のメカニズムは完璧に動作している。聞こえないはずはない。心理的な障害なのだろうとスタッフは考えているわ。聞こえているはずの音をなにかが殺している。音を聞かせまいという抑圧が」

　確信のある口調だった。このことにも気づくべきだったと、今にして思う。

「どんな抑圧？」

「そんなこと、あたしが知るわけないじゃない」つまらないこと訊かないでよ、と言いたそうにジャクリーンは唇を突き出した。そうやってすぼめると彼女の唇はどきっとするほど魅力的だった。

「いろいろ言ってごめんね。でも、あなたにはグラフェナウアーズと早くうちとけてもらいたい。かれはあなたをとても必要としてるの」

「ぼくを？」

「そうよ。わからなかった？　グラフェナウアーズはあなたに惹かれているわ。なんででしょうね……あなたになんだか興味があるみたい」

「興味といえば……どうしても耳のことになるんだけど」ぼくはふと思いついたことを訊いた。「たとえば他の奏者と合奏するときはどうするんだろう。きみはチェロを弾くんだろ?」テーブルに置かれた楽譜を見て、ぼくは何気なく訊いた。「グラフェナウアーズと合奏したことはあるの」

「あるわよ。……見事なものだったわ」

ジャクリーンの目を見て、ぼくは口をつぐんだ。

彼女の目の中で何かが一変していた。そのような拒絶の仕方があるのだ。〝あるわよ〟と肯定をし、そのことによってそれ以上の回答をしないという拒絶。それで、もうひとつの質問、あの冷気についてぼくは何も訊けなくなってしまった。

カフェを出て、ぼくらは別れた。

次に会ったのはあのスタジオでだった。

グラフェナウアーズの最初のレコーディングの日だった。

4

「さあさあ、こんどはどうかしら?」

ジャクリーンの（うんざりを通り越していっそ愉快げな）声は聞こえないふりをして、ぼくはふたごに手招きした。

「弾いてみてくれ」

「〝では、遠慮なく〟」

介助人に支えられて椅子についたグラフェナウアー兄弟は、指を鍵盤に立て、その押下《おうか》の深さを測量しようとしているみたいに静かに下ろした。何種類かの和音を鳴らし、最後は指を押しさげたままじっと止めていた。音の成分が混じり合い消えていくのを指で聴き取ろうとするように。

一分近くそうしたあと、ふたごは両手で音階を弾いた。鍵盤の端から端まで何度もターンしながら、スタッカート気味に、見事な速さで指が走った。こんどは鍵盤の跳ね返りの速度を測っているようだ。やがてグラフェナウアーズは指をぴたりと止めた。

「〝だめです〟」ジャクリーンが通訳した。「〝もっと、もっと、もっと柔らかくしないと〟」

「無茶だ」

ぼくは（今日何度めになるだろう）鍵盤を叩いた。ふかふかの絨毯のようだ。ピアノの音は度を超えて柔らかくなり、輪郭は甘く鈍感になっていた。

「きみたちの言うとおりにした結果だよ。キイも重すぎる。こんな鍵盤は弾きこなせない」

「〝それはあなたの心配することじゃありませんよ。弾くのはぼくらだ〟」

朝からもう四時間、こうしてピアノを挟んで論争だった。

弾き手だった頃のぼくはニュートラルな音であればそれ以上を望まず、あとは自分でコントロールしたから、ふたごが音色作りにここまで粘るのは意外だった。いいかげん嫌気が差してもいた。もっと正直に言えばかれらの要求は馬鹿げていると思っていた。ぼくは肩をすくめて、調整室のムーアフットを見た。かれは頬づえをついたまま太い眉をぴゅっと上げた。肩をすくめるのも面倒だといわんばかりだった。ピアノの音が決まらないためにすべての作業が止まっていた。

「もう一時半だよ」ムーアフットがマイクで喋った。

「誓って私は腹ぺこだ。飯とは言わんが、一息入れようじゃないか」そう言いながらスタジオに入ってくる。盆にサンドウィッチをのせていた。「頭を冷やしてやり直そう」

「冷えきってますよ」サンドウィッチはばさばさだった。

「グラフェナウアーズ、うれしそうよ」ジャクリーンはぼくに耳打ちした。「〝いまはおたがい遠慮しちゃいけないんです。結果がどうあれ〟って言ってるわ。闘志満々」

でもその結果をきみらが聴くことはないんだろう？　とぼくは心の中でつぶやいた。

演奏家は何のために演奏するのか。

金か。名声か。芸術か。弾くことの愉しさか。

どれもが正しいだろう。極端な話、楽壇の権勢争いのためだけにプレイするものがいたとしてもぜんぜん問題ない。だが、グラフェナウアーズはちがう。かれらは、自分の音を聴かない。音楽家にとって、自分の音は運動選手の身体と同じだ。何より先にあって、すべてはそこから始まる。しかしふたごは、それを欠いた地点から出発するのだ。

その原動力は何だ？　何のためにピアノを弾く？　誰に聴かせようというのか？

いつか訊こう。そう考えながら、ぼくは作業を再開した。ハンマーのフェルトに針を刺してクッションを付け、打鍵の当たりを変えていく。音の調整は微妙な仕事だ。……倍音成分を控え目に、基音を前面に出し、なによりとにかく〝柔らかく〟。それが注文だった。

テスト録音は放送され、凄まじい反響をよんだ。リスナーだけでなく、エージェントやプロモーターからも問い合わせが殺到した。

今後グラフェナウアー氏の（ムーアフットは姓しか明かさなかった）演奏を定期的に放送していく予定であること、並行して〝エスパス・ソノール〟から二十タイトルのレコードがリリースされること、そしてグラフェナウアー氏は当分の間ステージ活動を一切行なわないこと。これらがアナウンスされると、反響はいっそう大きくなった。レコードへの期待と、なぜステージを避けるのかという憶測である。

こうしてグラフェナウアーの名は一つの「謎」になった。

「さあ、こんどは？」

ジャクリーンの声は聞こえないふりをして、ぼくはふたごに手招きした。

ふたごは、やはり今日初めてピアノに向かうような顔で鍵盤の深さを測り、両端を往復し、やがて指を止めた。

やれやれと腰を上げようとしたその時だ。

スタジオで、爆発が起きた。

たしかに爆発のように思えたのだ。どこかで鞭が一打ちされ、堰《せ》き止められていた音が決壊した。ほかに言いようのない音の奔流だった。きりりと輝く音。しなやかなフレージング。ふたごの顔に笑みが浮いたと思うと爆音は一つに渦巻き、そこに「ハンマークラフィーア・ソナタ」のアッサイ・ヴィヴァーチェをかたちづくった。そう気づくが早いか二人は腕を鍵盤からすくいあげたが、その一瞬のわざは啞然とするほど完璧だった。強靭な指。そのコントロール。ふかふかの鍵から弾《はじ》きだされる音は、硬く収斂しているだけでない。一音一音がまるで若木の枝のようにしなやかで、それがつらなって「音の空間《エスパス・ソノール》」がすくすくと生育していく。

とても強い、なにものにもたじろがない音。

あの鈍い鍵、あの柔らかい音から力わざで叩き出さなければ、この音は得られない。ふたごの計算。それを実現させる指のパワー。

「あら、ＯＫがでたわ」

ジャクリーンが言った。グラフェナウアーズは鍵盤からすくいあげた手で、ぼくに拍手していた。兄弟はもどかしそうに手で話す。

「〝ありがとう、この音です〟」

そうして、ふたごは特別あつらえの椅子から立ち上がった。あわてたジャクリーンと、介助人が両側で支えた。

「〝ぼくらの音にここまで近づいてくれた人はあなただけです。ありがとう、ぼくはやっと自分の音で弾けるのかもしれない〟」

危なっかしい姿勢で立ったグラフェナウアーズの顔を、ぼくは忘れることができない。二人の顔が上気していたこと、目にたしかに涙があったこと。そしてふたごの両手が空気をかき寄せるように動いてぼくを抱きしめようとしたこと。ピアノを弾くときとはうってかわって、どうにもおぼつかなげだったその動きを、ぼくは今もありありと思いだすことができる。

ぼくは面食らった。ふたごが見せた好意は突然で、大きすぎたから。ジャクリーンの目配せに慌ててかれらを抱きとめ、顔の両側にキスを受けながら、ぼくは初め、何となく後ろめたい気分だった。

そのあとふいにわかった。かれらが今までどんなにたくさんの不安や葛藤を抱えていたか。どんなに「じぶんの音」を欲していたか。

そのような——自分が求められている感覚は、本当に久しぶりだった。たぶん恭子が死んでこのかた、いっぺんだってなかったろう。

ぼくはおっかなびっくりで、両腕を二人の背中に回した。ふたごの骨と筋肉は、びっくりするくらい逞《たくま》しかった。ピアノを弾きこなすために、グラフェナウアーズは長い時間かけてそれだけの力をたくわえなければならなかったのだ。まだ十九の青年が越えてきたものの大きさに、ぼくは改めて気づかされた。

ぼくはいっそう強く、腕を回した。

5

結局、本番は翌日回しになった。ふたごが疲れを訴えたためである。

ムーアフットたちもまじえての夕食は楽しいものになった。ぼくは昼間の興奮が残っていたせいだろう、自分でもどうかと思うほどよく喋ったが、それ以上にグラフェナウアーズもよく「話し」た。かれらの手話は雄弁だった。

「〝サヴァスターノ先生には本当に感謝しなくては。……オガタ、あなたの音は本当に素敵だ。変な顔をしていますね。大丈夫、ほかはともかくピアノの音だけは、ここで（と、指先を動かして見せた）聴くことができるんだ。鍵盤に当てるだけで――調律師の腕前がわかってしまうんです。

　今日の、あれはよかったな。あんな素敵な音はなかった。最高の林檎ですね。小さいくせにしっかりと重くて、とてもおいしい〟……ねえデネス、クラウス、少しはあたしにも休みを頂戴。目の前でどんどん料理が冷めてるの」

　ジャクリーンがこぼした。

「〝ぼくらの指は、ピアノを弾き、音を聴いて、その上こうして話までする。ジャクリーン、あなたも通訳しながら食事するくらいの芸当は身につけなくちゃ〟――ねえ、何であたしが自分に注文つけなきゃならないの？」

　この科白に皆は笑った。

　浮かれていたのだろうか、すっかり座にとけこんだつもりのぼくは、唐突な質問をした。

「デネス、クラウス、きみらは誰のためにピアノを弾くんだい？」

　ふたごはしばらく考えたのち、「〝アノニムのために〟」とだけ答え、うっすらと笑った。

テーブルが一瞬、しんと静かになった。

「それは誰？」

「〝無名者《アノニム》ですよ。名を持たない人〟」

ふたごは悪戯《いたずら》っぽい笑いを浮かべてそれ以上取り合わず、シューマンの校訂版の話をはじめた。

兄弟は、まったく話が巧みだった。両手の息はつねにぴたりと合っており、淀みなく次から次へ、食卓の話題をリードした。なにより表情がすばらしい。二人は別な表情でいるほうが多いのだが、それなのに二人は同じ精神状態にあるのだなとわかる。一つの感情を、二つの表情であらわす。それがふたごに、言葉のハンディを埋め合わせるほどの表現力を保証していた。

音楽もそうなのだろう。かれらは二人で一つの音楽（ないし感情）を持ち、それを二つの身体で奏でる。それがあの演奏を可能にする……。酔った頭でそんなことを考えるのはとても楽しかった。

「そのうち、〝かれら〟と呼ばなくなるかもしれないな。自然に〝かれ〟と言ってしまいそうだ」

夕食のあと二人ででかけた街の酒場で、ぼくはジャクリーンに言った。酔いが回りかけていた。

「あら、あたしなんかとっくにそうだわよ？」ジャクリーンは笑った。かきあげたぼさぼさ頭から、髪の匂いがした。「気がつかなかった？」

「そうだっけ」

「そうなの。あたしはいつだってかれと呼ぶの！」

ジャクリーンもしたたか飲んでいて、声が大きい。しかし、そのことばには以前にも感じた拒絶がふくまれていた。ジャクリーンはカウンターの奥の鏡を向いてふいに口をつぐんだ。シャツの袖をぐいっとたくしあげ、腕をカウンターに寝かせる。

「ああ、いい気持ち」

筋肉質の腕は美しかった。ぼくはしばらく横顔のかわりに腕を眺めていた。

「人の腕なんか見て、おもしろいの？」

「そうでもない。きれいな腕だなと思っただけだよ」

「ごついでしょう」

「ごついね」たしかにごつい。「でもきれいなんだ」

「あなたって」感心したように彼女は言った。「口がうまいのねえ。これ、褒《ほ》めてるのよ」

ややあってまた口を開いた。

「ねえ？」

「なに」

「グラフェナウアーズって、童貞だと思う？」

ぼくはむせてしまったが、ジャクリーンは（酔ってはいたが）ひどく真面目だった。

「ねえ、経験してないわよね。きっとそうよね」

ジャクリーンはカウンターにもたれて、唇をとがらせた。ぼくはその唇に強く惹かれた。簡単に言えば、欲情したのだ。

「気になる？」

「そう。気になる」

そうか。

ジャクリーンはグラフェナウアーズに恋愛感情をもっていたのだ。考えてみれば不思議でもなんともない。しかし、とつぜん切迫した感情が起こった。

やめたほうがいいよ。そう言おうとして腕を彼女に回そうとした。これは嫉妬だろうか、と自分でも半信半疑で。カウンターの縁をつかみ損ねてぼくはぐらっとなり、彼女の肩に倒れこんだ。むき出しの腕をつかむと、ジャクリーンの頭は抵抗なくぼくに凭《もた》れかかってきて、さっき嗅いだ髪の匂いが強く立った。熱い息が頸にあたった。柔らかなものがぼくの喉に、押しあてられた。唇だ。ジャクリーンはぼくの首にキスをしている。硬い小さな歯と濡れてとがった舌に、ぼくは彼女の欲望をたしかに感じた。

ジャクリーンと今夜寝るのだ、とぼくは気づいた。安堵に似たよろこびを覚えた。そしてさっきの感情がやはり嫉妬だったのだと知った。

「きみと寝てると」ぼくは天井を見ながら言った。

「なに」

「まるで馬小屋の干し草の中にいるみたいだ」

肩に噛みつかれるかなと思ったが、くすりと笑う声が聞こえた。

「ほめているんだ」

「わかってる」

ジャクリーンが身体を動かすと、体臭が毛布のすき間から強く匂った。草いきれの匂いとけもの臭さのまじった匂いはけっして不快ではなかった。むしろジャクリーンの存在、肉体があることのたしかさを証しているようにぼくには思えた。亜麻色の腋毛や恥毛は、ふさふさと乾いてあたたかく、さわり心地が良かった。ぼさぼさ頭に鼻を突っこむと、やはりふかふかで干し草のように快適だった。

「イクオ?」

「うん?」

ジャクリーンの声がすこし醒めたようにきこえた。

「ふしぎね、あなたとこんなふうになるなんて」

「うん」

ぼくは手を動かした。小さく硬い乳房に触れた指は、しかし、押し戻された。その手の力に、ぼくはあの拒否と同じものを感じた。静かだが強い拒否。

「あなたはどんな気持ちで、私と寝たの」

「きみを抱きたいと思ったんだ」歯の浮くようなことは言えない。「それだけだ」

「ありがとう。あたしもそうよ。あなたを抱きたいと思ったの。とても欲しかった。でもその思いは、本当はだれのものなのかしら。あたしやあなたのものかしら。違うだれかのものかしら」

ジャクリーンが何を言おうとしているのかわからなかった。

「ねえ」ジャクリーンがぼくの耳に囁いた。その声には、はっとするほどの切迫感があった。「いいこと教えてあげる」

「……」

どう返事しようかと考えたとき、背中を黒い悪寒が駆けた。不吉な事態が起こるとき、それを一瞬前に感じとるときの、あの戦慄。

ドン、という衝撃があった。

天井からベッドめがけて空気の塊が落ちてきた——ように思えた。

冷気。

あの死臭。

それが、ひとかたまりになってぼくらの膝のあたりに落ちた。きつく固められていた冷気の塊は、ベッドの上でぱっと拡散した。

窓をしめた部屋の中で、たしかに毛布はバタバタとあおられ、はためいたのだ。ぼくらのむき出しの胸から上は、一瞬で凍《こご》えた。とっさに毛布を引き上げジャクリーンを抱きしめたが、のしかかる寒気《かんき》と臭気にぼくたちは息もできないのだった。

そして、やはり突然に冷気は消えうせた。悪臭も消えた。

毛布にはぼくらの体温だけがのこった。だが、身体の芯や骨に冷気と死臭が染みついているのをぼくらは知っていた。だれかの恫喝《どうかつ》。警告。その名残が部屋にとよもしている。抱きあっていても、すこしも温かくならなかった。

ぼくは病室によこたわる恭子の顔を思いだした。

首から上は、完全に包帯におおわれ、ただ鼻孔と口だけが外気に触れていた。その口と歯はひどくそこなわれて恭子のようには見えなかったが。

忘れるな、とだれかが笑っているように思えた。

「グラフェナウアーズはね」ずいぶんしてから、こっそりと、まるで喋る口から死臭が洩れはしないかと気遣うようにジャクリーンはささやいた。

「ああ」何も起こらなかったふりをして、ぼくも訊き返した。とぎれた会話の続きをもとめて。

「グラフェナウアーズはね、テレパスなの」

すばやくそう言い終えると、ジャクリーンは、またあの冷気が吹いてきはしないかと恐れるように、首を竦《すく》めた。

6

「テレパス」はとても一般的な言葉とはいえないだろうが、聞き覚えはあった。テレパシーの能力をもつ人のことだ。他人の思考をよみとったり、おたがいの考えを言葉を使わず直接やりとりしたりする力。

ふしぎと驚きはしなかった。あれだけの演奏をするのに、むしろそれは当然のことのようにも思えた。しかしジャクリーンは「テレパス」と、そっと慎重に物を置くようにつぶやいたので、ベッドの上に、風変わりな存在感みたいなものが居座った。ジャクリーンはグラフェナウアーズについての長い話を始めた。

グラフェナウアーズは一九八九年、ポーランドの公務員夫妻の間に生まれた。

分離手術は容易なことではない。しかし、ふたごの状態は比較的良好で、かれらのなかには生命の維持に必要な臓器がふた組揃っていた。成長を待ち体力を養えば手術に耐えうるし、それが両親の希望でもあった。

しかし今にいたるまで手術は行なわれていない。

不幸にも、と言うべきだろう、その病院には児童心理学の大家がいたのだった。その学者にとってグラフェナウアーズは、またとない調査客体だった。ふたごがピアノの天才であればなおのことだ。

ふたごの才能ははやくに発見され、適切な指導がなされた。指導にあたったのは、くだんの大家――クララ・ゲイジその人だった。

「そいつ、ピアノの腕に覚えがあって、学部内で室内楽組んで学内政治のためのサロンやったりしてたのよ――いけすかない婆さん」これはジャクリーンの注釈だ。

二歳の誕生日を控えたある日、病院のプレイルームに備えられたキイボードにさわったのがきっかけだった。心得のある看護婦が舌を巻くほどの速さで、ふたごは運指を覚えた。息を合わせて鍵を叩くしぐさがあっというまに評判となり、噂をききつけたクララがやってきた。かつてコンサート・ピアニストをめざしたクララは、ひとめでふたごがとんでもない天才だと見抜いたのだ。

次の週、ふたごは病室を移された。

クララの手ほどきを受けながら、兄弟は綿密な観察記録をつけられた。二人は思う存分ピアノが叩けたし、大家は論文の準備と天才の教育を同時に進めるという立場を満喫した。かれらはともかく幸福ではあった。

しかし幸福はひと月ともたなかった。

兄弟の言語に遅れがあらわれた。二人の言語はそれまでとても早熟だったのだが、しだいに会話をしなくなり、見かけ上の語彙が減った。脳の異常が疑われたが、そうでないことはクララにはわかっていた。会話が乏しくなっただけではない。兄と弟ははっきりちがったキャラクターの持ち主だったのに、個性の差までもが薄れていったからだ。

ピアノのせいではないかとクララは考えた。二人が一つのスタイルで歌おうとするあまり、パーソナリティが揃おうとするのではないかと。専門家らしからぬ思いつきかもしれない。しかしクララにはそうとしか思えなかった。

クララに退院を勧められて両親は大いに戸惑った。私がしばらく預かりましょうと言われ、さらに混乱した。しかし結局、承諾しないわけにはいかなかった。このままでは手術で分離できたとしても、正常な言語生活が営めないかもしれない。いまの病状が悪化することさえありうる。そう言われて拒否できる親はいない。

クララが用意した家にふたごは引越した。病院の外ははじめてだったが、クララの保護下にあるのだから同じことだった。無理をいって戸外にだしてもらったこともあったが、外の子供社会は、グラフェナウアーズには苛酷すぎた。何度かのトラブルのあとふたごはますます内向的になり、邸の天井の高い練習室で日がな一日ピアノだけを相手に過ごした。一年たち、二年たち、三年が近づいた。

グラフェナウアーズが耳の変調を訴えはじめたのはこの頃だ。演奏中にしばしば聞こえなくなる。突然音が完全に跡切《と》れてしまうのだと二人は口々に訴えた。検査に異常はなく精神的な理由によるものと推測されたが、なんの手も打てないまま無音症は日常生活にも広がり、程なくふたごは音を失うことになった。クララは大変なショックを受けたが、兄弟のほうはさほどでもなく、聞こえないピアノのまえで、すこしも変わらず弾きつづけた。「音以外なら、ぼくは全部聴ける」当時から、グラフェナウアーズはそう語っていたという。

この頃からクララはある疑いを抱きはじめ、かつて政府の研究機関で共同作業をしたことのある男を呼び寄せた。超心理学者だった。

初対面で、超心理学者は興奮を覚えた。いくつかのテストのあと、次のアポイントを取り付けて、意気揚々と帰っていった。だが二度目はなかった。次の週、クララが心筋梗塞で倒れたからだ。グラフェナウアーズはクララの死によってようやく家に帰ることができたのだった。

「一家はロンドンに移ってきたのよ。グラフェナウアーズの天才を聞きつけた篤志家《とくしか》が、パトロンに名乗りを上げたの。じゅうぶんな医療を約束してね。その篤志家はつねに複数の『天才児』たちを援助しているの。サヴァスターノ先生の友人のひとり」

「テレパスの話だよ」

「そうね。お察しのとおり超心理学者はグラフェナウアーズがテレパスだと気づいたの。テストの結果は、二人が超常能力を持っていることを示していたらしい。あたしは手話が話せるからすぐに気づいた。両手のコンビネーションが普通でなかったもの。だからじかに訊ねたの。かれは正直に答えたわ。それがどんなものなのか。デネスとクラウスの人格はテレパスでつながれて、一つの広場みたいになってる。二人がその広場にいるとき、外からはまるで一人の人格に見える。……安物のウォーキイ・トーキイみたいなものなのよ。他へは広がらない。おたがい同士でしか話せない。かれらは限定されたその広場から外にはでられない。肉体もつながれている。制約はたくさんあるわ。でも兄弟はそれを全部武器に変えてきた」

「グラフェナウアーズの言葉が減ったのは？　今はあんなに能弁だけれど」

「お父様、お母様が亡くなられた頃から、話すようになったっていうわ。ほかに代弁してくれる人がいなくなったからかな」

「死んだ？」

「そうよ。ロンドンで。交通事故だったわ」

「……」

「もう一つ。グラフェナウアーズがクララの家にいるあいだに、使用人が二人死んでる。一週間のうちに、あいついで。原因はよく知らないけれど」

「おどかそうって？」

「とんでもない。ああ、そうだわ。超心理学者が一度きりしか会えなかったのは、帰り道で死んだからよ。やっぱり交通事故でね」

ジャクリーンの顔は蒼白だった。

「ぼくはもう運転しない。まえに事故をやったから」

笑ったつもりだったのに、キスしようとすると歯が鳴った。彼女とぼくのどちらが震えたのかはわからない。かすかな死臭が、どちらの唇に残ったものであったのかも。

7

ピアノは黒く輝き、グラマラスな曲線を描いて舟のように美しい。立てられた反響板が帆に見える。スタインウェイ&サンズ。理知的なピアノだ。演奏家を押しのけてしゃしゃりでることはない。グラフェナウアーズにはむいている。かれらの演奏にピアノの感情がつけいる隙はないから。ふたごは録音のあいだ終始落ちついていた。ぼくが前日と同じくふかふかに仕上げたピアノを完璧に弾きこなした。すべての音が必要なときに必要なだけ鳴らされ、それを組み上げて、一ミリの隙もない、記念碑のような音楽が建てられた。

だが調整室のめんめんは、プレイバックを聴きながら一様におし黙ってしまった。この録音が発売されたとして、先の放送を聴いた者は首をひねるだろう。グラフェナウアーズのかれらたるゆえん、聴き手を巻きこまずにはおかない魔術的な感情の発露がどこにもないのだから。

演奏にミスはない。テクニックも解釈も文句のつけようがないできばえだった。リテイクは要求できないだろう。しかも悪いことにグラフェナウアーズは、その演奏がとても気にいっているようなのだ。

二人が特製の車椅子に乗ってスタジオを出ると、後ろから肩を叩かれた。振り返るまでもなく、ムーアフットだった。ジャクリーンを従えている。ぼくは目配せを送ったが、ジャクリーンはなにも返してよこさなかった。

「話がある。会議室につきあってくれ」

ムーアフットはいささかげんなりした調子でぼやいた。

「とにかくあのテイクはつかえない。あれは定規でひいた線の上に、一個ずつ音符を置いていったようなものだ。私にだって弾ける。うけあうよ」まじめな顔でムーアフットは言った。すこしは気を取り直したらしい。「リテイクの必要がある」

「どうやって納得させます？　かれらは、ずいぶん気にいってるみたいですよ」

「わからんのはそこさ。ジャクリーン、きみはどう思う。なぜかれらは満足したんだろう」

「どうもこうもないわ」ジャクリーンは平然と言った。「かれらは思うとおりのことをやっただけよ。望んだとおりの演奏をしたの」

「あれが？　あの演奏が？」

ジャクリーンはぼくを睨んだ。

「あれが、よ」

「ジャクリーン」ムーアフットは言った。「きみは何かに気づいてるんだね。話したくないなら、それはそれでいい。さて、いま我々にできることはあるかな？」

ジャクリーンは肩をすくめて言った。……何もする必要はない。すぐにかれは復調し、今日のテイクを録り直すだろう。リテイクはすばらしいできになり、八方丸くおさまることになる、と。

不思議な口調だった。自信にみちており、それが起こることを微塵も疑っていず、しかしその成就を哀しんでいるような、そんな表情だった。それで用がすんだ、と言うようにジャクリーンは部屋をでた。

翌朝ホテルの食堂で朝食を摂っていると、グラフェナウアーズが入ってきた。ぼくに気づくと嬉しそうに笑い、介助人に車椅子を回させた。

『相席、かまいませんか？』

通訳はいなかったが、にわか仕込みの標準手話《ジェスチューノ》で、なんとか返事はできた。

『もちろん』

グラフェナウアーズは介助人を下がらせたので、食堂はぼくたちだけになった。

『ありがとう。おかげで昨日はいいテイクが録れました』

クラウスが片腕手話で言いながら、デネスの手がすくったスクランブルド・エッグの匙を器用にくわえた。

『たまにはこうやって、おたがい食べさせたりもするんです』

匙の操作はとても上手で、いかにも美味《うま》そうに食べる。ぼくはちょっとのあいだ見とれてしまい、今度はクラウスがデネスに卵を与えるまで、そのことに気がつかなかった。

片腕手話だと？

今しゃべっていたのはクラウスだ。

『デネス？』

そう呼びかけると、

『なんですか？』

匙を置いて今度はデネスが応えた。

ぼくは震える手で水を飲んだ。二人でひとつの手話ではない。ぼくは初めて、二人と別々に会話をしているのだ。

『昨日の演奏のことなんだけど』

『あなたの言いたいことは見当がつきます』にやっと笑い、二人は顔を見合わせた。『気にいらないんでしょう？』

『やはりそうか。承知の上であんな演奏をしたのか』

二人はうなずいた。デネスは笑顔のままだったが、クラウスには尻込みや躊躇《ためら》うような表情が浮かんだ。このくらいにしとこうよ、と言いたそうだった。個性の違いだ。

『感想は？』これはクラウスだ。

『完璧だよ。でもとても禁欲的だった。まるで、自分の感情をどこまで削《そ》ぎ落とせるか見せびらかしているみたいだった』

『でしょうね』とクラウス。

『でしょう！』意気込んでデネス。

『ムーアフットやサヴァスターノ先生を失望させてしまいました。ぼくたちのキャリアにもマイナスだと思います。……しかしぼくらはいちど、取り戻さなきゃならなかった！』

クラウスが苦しそうに吐き出した。

『取り戻す?』

『演奏を取り戻すんです』デネスの目に暗い、しかし強い意志があらわされた。『あいつからとりかえすんですよ!』

これまでの演奏はふたごの真意ではない、そう言っているのだ。

『それにはあなたの協力がなくては』

『するとも。協力するとも』

どうやら核心に触れかかっているようだった。ぼくは必死で次の質問をさがした。

『ねえ……』そう話し掛けようとしたときだ。

「寝たろ」

声がした。

だれだろう。がらんとした食堂を見回し、視線をグラフェナウアーズに戻したとき、もういちどその声が言った。

「寝たろ? ジャクリーンと」

コーヒーカップが倒れた。クロスに黒い染みがひろがったが、ぼくの目はふたごの顔、その口に吸い寄せられて離れなかった。二人の唇がにやりと同じカーブを描いた。笑みが割れて白い歯が覗き、笑い声がした。咳のような含み笑い。グラフェナウアーズが声をたてて笑っていた。

「聞こえないのか」

「どうした調律師、自慢の耳は」

「どうした寝技師、自慢のアレは」

「ジャクリーンの具合はどうだった？」

「筋張った脚」

「かたく平たい胸」

「臭いぞ、調律師。プンプン臭う」

「おまえの股に、あの女のにおいが染みついている」

「おれにはわかる。なんたって鼻が二つもあるからな」

二つの笑いが嘲《あざけ》りを競った。冷酷な少年の笑い。匙がシリアルボウルの中をかき回す。穀粒がミルクに溶け、粥のように形をなくしていく。声の後ろにいるのは一人。デネスでもクラウスでもない、見知らぬ人格、聞き覚えのない人格だった。〝調律師の耳〟は伊達ではない。

「おまえは……だれだ」

「知りたいか、緒方」落ちつきはらった声だった。「教えてやろう。だがその上等の耳はくそで塞いどけ。それは必要ないのだ。なぜって、おれの名は音ではないからな」

声の主は、名乗った。音でない名乗りが、なされた。

冷気。死臭。

今度はそれが、ぼくの中から襲ってきた。

きっとベッドの上であびてから、それはずっと身体の中でしずかに機会をうかがっていたのだ。自分の吐く息が、舌に霜が降りそうなほど冷たかった。思わず頬を覆った両手にはあの悪臭が染みついていた。

あの自動車事故以来、避けつづけてきたもの、視界の外に押しやろうとしていたものが、自分の全身を染めていた。

運転席に挟まれ動けないぼくは、黒い血に塗《まみ》れて白くなっていく恭子の顔と向かい合い、そこから顔をそらすことを許されなかった。そのときの恐怖――というより死にじかにふれたという実感――が何倍にもなって戻ってきた。

確かに悲鳴をあげたはずだが、それはぼく自身にさえ聞こえなかった。椅子ごとフロアに倒れこむぼくの耳に、最後の言葉が届いた。

覚えておけ、

それがおれの名だ

いいか、それがおれの名だ

自己紹介はとっくにすませてあるぞ――と。

8

気がつくとホテルのドクターがぼくの目を覗きこんでいた。ぼくが突然倒れたので、グラフェナウアーズが介助人を呼んでくれたのだという。

異常なし。ただの貧血、おそらくは過労。と、ドクターは言った。

そうかもしれない。いや、きっとそうなのだろう。

しかし、そこからはみ出す事実もある。シャツが一枚駄目になった。染みついた悪臭がどんなに洗っても落ちなかったのだ。皮膚のあちこちがひどく敏感になり、その後一週間はひどい剃刀まけに悩まされた。

あと一つ。――その日にグラフェナウアーズはあっさりと復調した。

自分から、昨日のテイクはなしにしてくれと申し出たのだそうだ。前日と同じプログラムに加え、さらにディスク二枚ぶんの録音と、予定になかった数曲を放送用として収録した。すべてを二日ですませた。驚異的な仕事量だった。

ぼくは録音には立ち合えず、カセットテープに落としてもらって自宅のベッドで聴いた。

予想どおり、そこでグラフェナウアーズは圧倒的な演奏を行なっていた。

解釈のアウトラインは変わらない。しかし、その枠を壊しかねないほどの感情が投入されていた。過負荷をかけられた音たちは発火点に達してひとつひとつがまぶしく燃え、その火は楽譜に燃えうつるかと思われた。譜面が燃え落ちるのが先か、そこを弾いてしまうのが先か。緊迫感は、急ぎすぎない絶妙のテンポコントロールによってさらに増幅される。そうして、いまだかつて誰もベートーヴェンから聴いたことのない感情の運動が立ちあらわれた。そこには高山の上を越えてゆく鳥の目が見た光景のような、深さと険しさと自由が湛《たた》えられていた。

立ち合わなくてよかったと思った。身体の衰えているときに、生で立ち向かえるような音楽ではなかった。ふたごは、かつてのかれらさえゆうに凌駕していた。

ジャクリーンは、申し分なく正しかったのだ。

いちばんだいじなときに寝込んだというのに、ムーアフットは寛大だった。

「これからもよろしくたのむよ」

そう言って電話が切れたあと、ぼくはジャクリーンに会いたいと思った。ふたごのまわりに立ちこめる死臭のことを話せるのは彼女しかいなかった。

しかし、彼女は休暇を取り、ホテルもすでに引き払っていた。グラフェナウアーズが次の活動に入るのは三か月後だったのだ。

それだけの空き時間がぼくの前に差し出された。何をするべきだったろう？　その時、ぼくにはたった一つしか思い浮かばなかった。それで、ぼくはロンドンへの航空券を買ったのだ。

ムーアフットのファクスを受け取ったのは、休暇が残り二週間を切ったある夜、投宿先の安ホテルでだった。ファクスにはグラフェナウアーズの演奏旅行の日程が詳細に記されていた。ロンドンを皮切りに四か月にわたって各国を回る大掛かりなスケジュールだった。

ついにふたごがステージに立つ。

グラフェナウアーズの秘密が知れわたるのは時間の問題だから、先手を打つためにもツアーはこれより遅くはできないだろう。

ふたごのディスクは破格の成功を収めていた。露出をしないという謎めいた売り出しかたが好奇心をかきたてた面もあるだろう。だがぼくは、やはり演奏の素晴しさが人々に強くアピールしたのだと思う。

ムーアフットは、グラフェナウアーズがぼくの帰りを待っている、と書いていた。それは本当に「グラフェナウアーズ」の希望なのだろうか。それとも、二人の声の中に潜むあの者の望みなのだろうか。いずれにしてもぼくはあそこに戻らなければならない。

あの声が聞こえる場所で、ぼくにはやらなければならないことがあるのだ。

ホテルの部屋のテレビにはヴィデオデッキがつないである。この数日、ぼくは飽きもせずこの画面を睨みつけていた。

画面には古いロッジが映っている。

山間の、あまり俗化していない保養地。前庭の芝生でおおぜいの子供たちが遊んでいた。走り回っている者が多いが、車椅子も目立った。保護帽をかむりバランスの悪い身体を振り回すように歩いている少年もいる。輪になってビーチバレーで遊んでいる少女たちは、ぺたんとすわったままだ。あきらかにダウン症とわかる子供もいた。

これは療育キャンプ。ジャクリーンとグラフェナウアーズがはじめて出会ったイベントのヴィデオなのだ。日当たりのよいポーチにアップライトのピアノが置かれ、そこでグラフェナウアーズが子供たちに弾いて聴かせる場面だ。

画面の手前を人が横切った。人影はすぐに引き返してきてレンズにあかんべえをした。三年まえのジャクリーンの姿だった。野戦病院の看護婦は、くじらの絵が入ったTシャツを着、探検隊みたいな半ズボンをはいてかけ回り、あの大口をいっぱいにあけて笑っていた。そしてふたごの肩越しに、鍵盤をすべる指先に見蕩《みと》れていた。

このときすでに、ぼくはグラフェナウアーズを殺そうと決めていたのだ。

＊

……。

そう。あのヴィデオに映る光景こそが、思い返せば、私の殺意の起源だったといってよいのでしょう。グラフェナウアー兄弟をめぐる幾人ものひとびとの運命を決定的に狂わせたあの殺人にしたって、なにもかも、すべてがあの古いロッジでひらかれた療育キャンプに端を発していたのです。

グラフェナウアーズを呼び寄せたロンドンの篤志家――後見人は、音楽家のパトロナージュだけでなく、さまざまな分野の活動を援助していました。

第三世界の文化遺産や野生動物の保護、無声映画のアーカイブ。障害児教育のグループもそのひとつであったのです。しかし、この療育キャンプは、その篤志家が支援するイベントのなかでも、比較的重要なものでした。障害児教育関係者だけでなく、さまざまな分野にいる友人たちを幅広く招いて、一年ぶりの交誼《こうぎ》をむすぶサマーパーティーに位置づけていたのです。篤志家のふるくからの友人や各界の有力者が、その保養地に集まり、子供や療育スタッフ、ヴォランティアとともに楽しい数日をすごすのでした。

あのキャンプは、つまり篤志家がととのえたグラフェナウアーズのお披露目だったのです。その先のふたごのキャリアに必要な人脈を築くための。

あのヴィデオテープはまだどこかに現存しているのでしょうか。それを観ることができたとしたら、ひどくおどろかれることでしょう。なぜなら、その演奏はすこしもグラフェナウアーズらしくないからです。あの、魔術的な感情の渦が感じられないのはもちろん、録音の時のような、かたい無感動の殻で自らを鎧《よろ》うような、過剰な抑制もない。

いまでも目を閉じれば、ありありと思いだすことができます。陽当たりのよいポーチ。おんぼろのアップライト。そのまわりにベンチを並べて、子供たちがすわっています。ジャクリーンが子供を適当に指さして勝手なメロディを歌わせる……するとグラフェナウアーズはちょっと可笑《おか》しい身振り――左右別々に肩をすくめるなどの――をしてから、そのメロディをもらって即興演奏に取りかかります。子供たちはくすくす笑い、リラックスして、それから音楽に夢中になるのです。

目の前で生まれゆく音楽に。

数すくないかれのディスクに耳を傾けてみましょう。すると、そこではグラフェナウアーズが音楽にものすごい「加速」をかけていたのが聴き取れます。それは音楽のテンションやヴォルテージとは関係なく、ましてやテンポのことでもありません。演奏家が譜面を実際の音にするときの、音を送り出そうとする力、とでも言えばいいでしょうか。

グラフェナウアーズは音自身が耐えきれないほどの「加速」をかけました。どんなに遅いフレーズでも、どんなに精緻な弱音でも、音の一つ一つはまるで銃弾のような強度で撃ちだされていました。それが音たちに絶対の自由を与えた。

ところが、キャンプでのグラフェナウアーズはちがっていました。それは、なにひとつ無理じいをしない音楽でした。ふたごはただの介添えに徹して音たちが自力で生まれるのに立ち合い、そしてまわりの子供たちと一緒に、その生まれたての赤ん坊の顔を覗きこんでいるのでした。

産湯《うぶゆ》から持ち上げられ、新鮮な滴をしたたらせ、胸いっぱいに空気を吸っている小さな音楽――

……そう。

たしかにこの世界にいて、この世の空気を呼吸する音楽でした。

現世の音楽、生きている人間の音楽でした。

9

十月二十一日、リハーサルの始まる日、ぼくは指定されたホールに向かった。

ロンドン公演には三つのプログラムが組まれている。

うち二つはソロリサイタル。古典、ロマン派、近現代を取り合わせた正統的なプログラムだった。残る一つが、新人ピアニストのデビュー公演としては前代未聞のものだった。

それは「歌曲の夕べ《リーダーアーベント》」だったのだ。

ソプラノ、バリトンの二人の歌手を前面に立てて、グラフェナウアーズは伴奏に回る。歌手たちはいずれも一級のキャリアだったが、真の主役はグラフェナウアーズがつとめるという趣向だった。古参の伴奏者が引退するときに功を讃えてこんなコンサートが開かれることはある。しかし、新人が名歌手を従えて伴奏を誇示するなんて初耳だった。歌曲の伴奏には賢明な控え目さが要求される。グラフェナウアーズの奔放さはお世辞にも伴奏向きではない。

ホールには早めに着いたので、ぼくはエーファ・リンドホルムに会っておくことにした。彼女は目下、歌曲とオペラの双方で最高の成功を収めている歌手だ。収めつづけている、といってもよいだろう。ぼくがまだ駆け出しのピアニストだったころ、エーファはすでに大陸で十本の指にはいるギャランティを得ていた。あのころ何度かパーティーで話したことがある。果たして覚えてくれているだろうかと思いながら面会を申しこむと、あっさり控室に通された。大きな鏡の前、どこへでも運ばせるお気に入りの椅子にすわったまま、エーファは手招きした。差し伸べた白い腕でうぶ毛が金色に光っている。藤色のたっぷりしたドレスを巨大な乳房が盛り上げていた。豊かに波打つ蜜色の髪と豊満な体軀から、おおきな威厳が放射されている。北方の女傑は鏡を背にブルーの眸《ひとみ》でゆうぜんと笑った。

「覚えてるわよ、あなた」唇はみごとに赤い。あおじろい虹彩は息をのむほど美しい。太ってはいるが凄みのある美貌だった。「そうそう、その仏頂面《ぶっちょうづら》をね」

「光栄ですね」

「おかけなさい。なにかのむ？」リキュールの壜を指さす。

「これから調律をやるんです」

「まあ、お堅いこと。麻酔をかけて歯を抜いた足でスタジオに行き、夜の女王を録音した人だっていたのよ」

「雇い主のね、注文がうるさいんです」

「ああ、あの子ね」

グラフェナウアーズを〝あの子〟呼ばわりできる者は、そうはいない。

「あの子はまったく（エーファはため息をふうっとついた）大変なものね。そうでなきゃ、あたしはリハーサルが三回もある仕事なんてうけなかったわよ」

「まあそうでしょうね」

冷やかしには取りあわず、エーファは続けた。

「あの子のピアノは、悪戯《いたずら》好きね。歌っているあたしの袖を横から引っ張って、別な道を行きませんかと誘惑するの。面白そうなんでついていくのよね。けど、歌いながら、ああこれはあたしの歌じゃないなとわかるわけ。自分はだれかほかの人の歌をうたってる。あたしの声を借りてだれかがうたっている。そんな感じがして」

「気味悪い？」

「どうして?」エーファは目をぱちくりさせた。「面白いわよ」

「あなたなら、まあそうだろうな」そんな度量のある歌い手はエーファ以外にちょっと思いあたらなかった。

「まあ、あたしはいいのよ。たいへんなのはヨーゼフね。ヴォルフを歌うのよ」

「ヴェテランでしょう。大きなリート企画《チクルス》をいくつも成功させているし」

「キャリアの話じゃないわ」

彼女は大きな肺活量で笑った。鏡の中で背中がゆさゆさゆれた。

ぼくは苦笑いで誤魔化した。さもないと、えんえん続くこきおろしに付き合う羽目になる。だが彼女の言いたいことはよくわかった。

ヨーゼフ・ブロハスカは、エーファとともにヴォルフの「ゲーテ歌曲集」を歌うことになっていた。男声向き、女声向きの歌が混在している歌曲集だ。ブロハスカは安定したテクニックと、ニートな表現を持ち味にしたバリトンだ。非常に優秀だが、「非常に優秀」とはプロであることの前提にすぎない。そしてヴォルフは、ただの優等生にうたえる歌ではなかった。

フーゴー・ヴォルフは十九世紀末ドイツのもっとも重要な作曲家だが、絢爛たる名声にめぐまれているとは言いがたい。若くして死んだかれの作品が歌曲という分野に偏《かたよ》っているためだろうか。しかしヴォルフはけっして〝通好み〟のマイナー作家ではない。マーラーやワーグナーにも拮抗するような巨大な音楽世界を、極小の形式で構築できた、おそらく史上ただひとりの作曲家なのだ。歌曲は一曲数分でおわるが、ヴォルフが書いた「メーリケ歌曲集」や「ゲーテ歌曲集」は五十曲以上の曲からなっており、これを一夜のリサイタルで完全に演奏することは、歌い手にも、また聴き手にもおよそ不可能である。極小と極大という相反する要素を抱え、その分裂に引き裂かれつつ生きざるをえない。その分裂こそが生そのものであるような音楽、それがヴォルフだ。

禁欲的で完全主義、神経質で激情的。貧困と冬と孤独の中で仕事をし、鳥や虫の声さえゆるさぬ静寂を求め、扇動的な批評を書き、友人の援助をプライドの高さから拒み、オペラ作家としての成功を夢見て果たせず、四十代半ばに精神病院で病没した。肺炎だった。かれのうたは、ふれただけで色あせ萎《しお》れるほど繊細な憧れや、甘い猛毒に満ちみちている。聴き手の皮を剝き、隠していた狂気を空気に触れさせずにはおかないように迫ってくる部分もある。その、ひりひりする痛み、身体をつきやぶる叫び、名状しようのない感情をグラフェナウアーズのピアノが極限まで拡大したとき、歌い手は――ヨーゼフは耐えられるだろうか？　エーファは耐えられるだろうか？

それがぼくの不安だった。

あるいはそれがかれの希望なのだろう。

「あなたね、ええとオガタ？　……ああ！　思い出したわ。きれいな彼女がいた人ね」

「ぼくのこと、覚えていたんじゃなかったんですか？」

「あら、そんなこと言ったかしら。ねえ、かわいい人だったわよね」

「あなたの彼女ゆずってくれない、なんて言われたのははじめてでしたよ」ぼくは肩をすくめた。エーファは公私にわたって逸話に事欠かない人物だった。「恭子は、亡くなりました」

「そう。ざんねんね」顔色ひとつ変わっていない。「あなたは、今夜あいている？」

「あいにくと。リサイタルの準備が必要なので」

「うふふ。また気が変わったら連絡して」エーファはお気に入りの椅子の上であくびをした。丸々と肥《ふと》った猫のようだった。「リハーサル、ちゃんと聴いて帰るのよ」

10

ノックをすると、すぐに扉が開いた。

「入って」ジャクリーンはつとめてそっけなく言った。ホテルの部屋は、スイートでこそなかったがかなり良い部屋だった。

「いい部屋だね」

「ただの手話通訳にはもったいない？」

「会いたかったな」

「あたしはそうでもないな」

口調は冗談めかしていたし、笑顔は以前のようだった。ぼくは少しほっとした。これから気詰まりな話をしなければならない。

「ひさしぶりね」

「ほんとうに」

エーファとの会話の後、ぼくはグラフェナウアーズと調律にとりくんだ。ジャクリーンもそこにいたが、通訳に徹して自分からは話さなかった。ぼくと目をあわせないよう努力していた。

「きょうは順調にいったわね、イクオ。コツをのみこんだの？」

「きみはこの三か月、グラフェナウアーズに付き添っていなかったんだって。なにをしていた？」

「なにも。田舎に帰って何もしないように努力していたわ。――だれとも連絡をとらないこと。チェロを弾かないこと。グラフェナウアーズを思わないこと。二度とここには来ないこと――」そして肩をすくめた。「でも結局はあなたと同じ。やっぱり帰ってきた」

「ぼくは初めから帰ってくるつもりだった」

「あら、それならお土産があるのね？」

「がらくたばかりさ。三年前のきみが映ってるヴィデオとかね」

ジャクリーンの表情が硬くなった。

「にわか探偵さ。あちこち飛び回り、いろんな人に会ったよ。カタリーナにも会った。かれらの叔母だよ。ふたごの出産に立ち合っている。キャンプの関係者にも会った」

「そう」

「それにしてもあのヴィデオには驚いたな。グラフェナウアーズがあんなにくつろいでピアノを弾くのは初めて観たよ」

ぼくはジャクリーンの反応を見守りながら続けた。

「あのアップライトはね、ぼくも叩いたことがある。ちょっと渋味がかった音だった。でも底光りするいい音だったね」

ジャクリーンは思わず目をみひらいた。

「実はね、ぼくもそのキャンプに参加したことがある。まだ中学生の頃だ。夏休みをはさんで三か月、サヴァスターノ先生のもとで集中レッスンを受けるために初めて渡欧したんだ。先生にたまには息抜きしないかと言われて連れていかれた。小さな車に乗って」

「あたしは音楽療法のアシスタントみたいなことをやってて声を掛けられたの。雑用係みたいなもの。チェロをやってたのは、たまたまで」

「でも、きみは参加するのをすごく楽しみにしていたそうだね。きみたちの世界ではすでにグラフェナウアーズのことはうっすらと知られていたから。

きみはキャンプにチェロを持ちこんだ。グラフェナウアーズと二重奏をやりたいと思っていたからだ。そしてある晩、かれらをけしかけるのに成功した。

そのときになにが起こったか、きみはヴォランティアの友人に話している」

「あらまあ、ほんとうにずいぶん嗅ぎ回ったのね。べつになんにも起きなかったのに」

「むろん起きやしなかった。大したことはね。だが、目に見えない、重大な変化があった」

ジャクリーンの顔は青白かった。ぼくは続けた。

「その晩、はじめきみはおっかなびっくりで弾いていた。ところがグラフェナウアーズのピアノはきみのチェロにぴたりと寄り添い、支えてくれる。テンポを動かしてもついてくる。それどころかピアノで先導してくれさえする。やがて演奏はふたごのペースになっていった。

引っぱり回されたわけじゃない。きみの弾きたい音楽を、かれらが半歩ずつ先取りしていくだけ。きみはそれが楽しくてしかたがなかった。二つの楽器で向きあうのがそんなにスリリングだったことはなかった。

だがきみは不安も感じていた。初対面の人と話しているうち、思ってもみないほうへ会話がすすみはじめ、自分でもふしぎなくらいお喋りになってしまうときのような気分だった。相手の話術が格段に上なのだ。——そして、同じように、グラフェナウアーズもとまどった、困惑したような表情だったと、きみは友人に話している」

「それで、重大な変化って、いったい何？」

「グラフェナウアーズは、それまでソロしかやったことがなかった。きみとの演奏が初めての重奏だった。変化は、かれらのほうにあった。変えられたのはきみじゃない、グラフェナウアーズのほうだ」

「……」ジャクリーンはうなずいた。

「それまでグラフェナウアーズはあのヴィデオのように弾いていた。一つ一つの音が慈《いつく》しまれた、聴き手をそっと力づける音楽だ。だがキャンプを境にふたごの音楽はがらりと変わったと、だれもが口をそろえて言っていた。いったいなにがあったんだろうってね」

「あたしが惚れられたってことでしょう」ジャクリーンはことさらに何でもないふうを装った。それで、彼女が嘘を言っているのではないとわかった。「よくある話。恋がきっかけで音楽が変わるって」

「確かに。きみは惚れられたんだろうね、かれに」

ジャクリーンは顔を起こした。

「やっとまともにぼくを見てくれたね」

「やんなっちゃうな。あなたはもうすっかりなんでも知っている。そうでしょう？　それでも自分の札は伏せて話をするの？」

「ぼくが知っているのはほんとうにわずかだ。たった一つ、グラフェナウアーズには生後すぐに死んでしまったもう一人のきょうだい、名前もついていない三人目がいたということだけだ。

〝名なし〟は、臍帯《さいたい》が喉にからまっていてすでに死にかけていた。他の二人はまだなんとか持ちそうだった。それで医師たちは名なしを切り捨て、デネスとクラウスを救った。三つ子はふたごになって生き延びたんだ」

「それだけ知っていれば、じゅうぶんよ」

ジャクリーンは声を低めたが、はっきりわかるほど震えていた。

「いや、ここから先が重要なんだ。それをたしかめたいというのが、ぼくが帰ってきた理由のひとつだから」

「可笑しいわ、勿体《もったい》ぶるのね。それであなたの推理って、どんなの？」

「名なしは生きている。グラフェナウアーズのテレパシーのフィールドの中で」

「……そうね」

「名なしは生まれてすぐに死んだ。その苦痛は途方もなく大きなものだったろう。喉をしめつけるへその緒があった。仲間たちから無理やりひきはがすメスがあった。一度も乳房を口に含めなかった。この世界の空気をいちども呼吸できないまま死ななければならなかった。ぼくらのようにくっきりと輪郭のある意識ではなかったかもしれない。そのかわりかれは、だれはばかることなく感情を解放できた。死の苦痛がもたらす叫びのような感情はグラフェナウアーズの『広場』、三人がかりでつくった原始状態のフィールドにしっかり刻まれた。生まれたばかりの気分、死んでゆくときの気持ち、その二つが一緒になった、はげしい未分化な感情。そのような情報の状態。それが〝名なし〟だ」

「そうね」

「生き残ったふたごは、文字どおりの『心の傷』を抱えることになったろう。ふたごの心は連動している。その連動を支えるテレパシーの場に、深い傷、LPレコードをナイフで横切ったような傷がついたんだ。ふたごが何かを考えようとするとき、必ずその傷が痛んだことだろう。

だけど、ぼくは思う。

傷のほうにとって、世界はどんなものだっただろう？

ふたごが何かを考えるたびに、傷は刺激される。レコードの傷のように耳障りな雑音が立つ。

しかし自分がその『雑音』だったら？

そいつは、もちろん、死んでしまったほんとうの〝名なし〟とはなんの関係もない。しかし、ぼくがその雑音だとしたら、やっぱりこう思うだろう。

おい、おれはここでこうして生きているぞ。なぜおまえらはおれに気がつかない。

おれが見えないのか、聞こえないのか、と」

「そうね」

「傷は——叫びのエコーは、自分を人間だと思った。人間は自分がここにいるとアピールしなくてはすまない生き物だ。そうして、『広場』から外界への通り道はたった一つしかなかった。

音楽だ。

デネスとクラウスは、テレパシーの力を借りなければ演奏できない。二人の人間が完璧な分担をやってのけるにはそれしかない。演奏のためにデネスとクラウスは無防備になって、名なしの干渉を受ける。名なしは二人の演奏を利用して自分の感情を外に送りだす。

名なしはふたごの音楽を奪った。耳と口を塞いで。

ふたごは、今でもそれを奪い返そうとしている。たとえばレコーディングの時の、あの無感動な音楽で」

「そうね、そうね、そうね！——ああ、もうたくさん」

ジャクリーンが両手を上げた。

「もう、たくさん。あなたは正しいわ、正しいわ。それで納得できたのならお帰りなさい。

あたしには関係ないの」

「そうはいかない。ぼくはふたごに手を貸すと約束したから」

「だから、それがあたしとどう関係するの？」

「――二重奏だ。

きみが、名なしを起こしたんだ。ふたごのなかで、ただの情報の谺《こだま》としておとなしくしていた名なしを、きみが二重奏でゆさぶり起こしてしまったんだ。ふたごにとってデュオは初めての体験だった。独奏と重奏は違う。それまで名なしは外に向かってやみくもに叫んでいればよかった。その叫びがおそらく、超心理学者やクララ・ゲイジたちの心身をそこない、死に追いやったのだとしても。

しかし重奏では、よい耳で相手の音楽を聴かなければならない。わかりやすい言葉で話しかけなければならない。ゆりかごの外へ歩きださなければいけない。きみはそうやって名なしを解き放ってしまったんだ」

「ああ、そうですとも。反論はしないわ。でもあなただってなんにもわかっていない。あなたは〝かれ〟と重奏をしたことがない。あたしはしたわ。あたしはかれの生き生きした感情を、ここで（と言ってジャクリーンは自分の胸を指先で叩いた）感じた。かれは死人じゃない。ちゃんと生きてる。あなたがふたごの肩をもつなら、あたしはかれの味方になる」

「……ぼくが最初に聴いたグラフェナウアーズの演奏はバイエルの八番だった。そのテープを聴いたとき、ぼくはグラフェナウアーズのではなく自分の感情の記憶を聴いた。ぼくはあのテープを信じて調律を引き受けることにした。いま、〝名なし〟の激烈な音楽があのバイエルを封じている。ぼくはデネスとクラウスの、この世の者の音楽を聴きたい。そのためにぼくはピアノを調律する」

「あなたがどんな調律をしようが、かれは思うままにふるまうでしょうね。いちど鍵盤に向かったかれを止めることはだれにもできないわ」

「とめてみせる。この手で」

ぼくは両手を目の前にかざした。このときぼくは、わが手が血でまみれてもいい、と考えていた。

「どうしても、このリサイタルで、とめてみせる」

ジャクリーンはうなだれ、もう、ぼくに意識を向けなかった。だから用意していた最後の言葉を話しかけることができなかった。

――ジャクリーン、きみは気がついているだろう？

なぜグラフェナウアーズが、歌曲の伴奏に手をだすのか。

名なしはピアノでもなく手話でもない、新しいことばを欲しがっているのだ。

声でうたう歌、肉声の歌を。

かれは今までと同じように、それをやすやすと手に入れるだろう。ぼくはそれに耐えられないのだ。

11

十月二十三日に初日がひらいた。

この日と翌日がソロ・リサイタル、二十七日が歌曲の夕べだ。

初日の聴衆は招待客がほとんどで、グラフェナウアーズの身体のことはプログラムブックにも明記されていたが、それでもふたごが車椅子に乗ってあらわれたときには会場は水を打ったように静まりかえった。しかし一曲目が終わったとき、ホールは別な種類の静けさにつつまれた。プログラムが進むにつれ聴衆はますます音楽に集中させられ、最後の曲が終わったとき、客席は静かな熱狂に飲みこまれていた。翌日の各紙は演奏会評に大きなスペースをとったが、スカルラッティ、ウェーベルン、シマノフスキではじまる「初対面」の曲目は周到なものだったから、安っぽい見出しで感動を煽るような記事はどこにもなかった。どの評も若き巨匠の誕生に誠実に向きあってくれた。演奏の内容についてこれ以上書く必要はあるまい。今でもディスクとしてだれでも手に入れることができる。

グラフェナウアーズのできばえとしてもそれまでのベストだろう。聴衆の反応がかれをいっそう燃え立たせたのだ。ジャクリーンとの二重奏で目覚めたのと同じく、名なしはこの聴衆を糧にしてますます成長してゆくだろう、とぼくは思った。

もう、時間はあまりない。

ぼくは評の載った新聞を折り畳んだ。日付はきょう十月二十五日。歌曲リサイタルは二十七日だ。

スタジオは人気《ひとけ》がない。グラフェナウアーズがリハーサルの予定をキャンセルしたためだった。ぼくは、ここで音色のプランを練りたいとムーアフットに頼み、きょう一日をここで過ごすつもりだった。

『いたな』

グラフェナウアーズがスタジオの入口にいた。他には誰もいない。

『来たのか』ぼくも手話でこたえた。

『おまえに会っときたかったんだ』

車椅子が、近づいてきた。グラフェナウアーズは不敵な笑みを浮かべている。名なしの笑いだ。なぜなら、二つの顔はそっくり同じ表情をあらわしていたからだ。同じテレビ番組を映す二つの画面のように。

『プランを立てるんじゃないのか』

ぼくは調律に取りかかった。始めるやいなやグラフェナウアーズは言った。

『おう、なんて音だ。いいぞオガタ、とてもすごい』

からかっているのだ。あるいは、ぼくがジャクリーンに話した内容が伝わっていて、そのために攻撃的になっているのかもしれなかった。ぼくはふたごに背を向けた。手話の場合ひとまずこれで相手と会話をしなくてすむ。

一時間かけてひととおり調律と整音を終えたところで、グラフェナウアーズに弾かせることにした。前回よりも倍音の成分をゆたかにしてある。ヴォルフにあわせたつもりだった。

『では弾いてみるかな』

ふたごは自分で車椅子を動かし、ピアノについた。ペダルに足が届くよう工夫されている。ふたごは両手を鍵盤にかざし、例によって三度、指を押しこんだ。

『なるほどね、オガタイクオはこう調律したか』

わざわざぼくのほうをむいて手話のコメントを挟んだあと、ふたごは向き直っていきなり「メーリケ歌曲集」の伴奏パートを手あたり次第に弾きはじめた。「もう春だ」——後奏の噴き上がる欲動が鳴らされると同時にぼくは音の中に持っていかれていた。「少年とみつばち」——ピアノの周囲に可憐で物憂い羽音が舞う。「狩人の歌」——高地の空気を思わすリズミックなひびき。肺を涼しくする深呼吸のたのしさ。「ヴァイラの歌」ではピアノの音色が架空の島への窓を開く。ユートピア幻想。霧に包まれたその国の波打ち際。「少年鼓手」――少年が寝入りばなに見るたあいない夢、それが異国の酒保での奇怪な乱痴気騒ぎに変貌し、やがて少年の眠気の中に音が調性を見失い衰滅していく。同じ音型を繰り返しながら弱まり、音が途切れ、少年が寝ついたかと思われたとき、ダンと和音が強打され、ぼくはわれに返った。

音にのみこまれていた。他のことは頭から消えていた。

潔癖症や固執、禁欲や無邪気や綺想、過剰な没入、それらフーゴー・ヴォルフをかたちづくる要素が、香水瓶の栓を抜いたように部屋の空気を染めかえた。香りが肉体と精神の両方に働きかけるのと同じやりかたで、グラフェナウアーズの音はぼくに作用した。身体の中にヴォルフが混じりこんできたような錯覚に襲われ、ぼくは戦《おのの》いた。

『どうだい』二つの顔が得意げにぼくを見た。

曲ごとに調律をやり直したのかと思うほどだった。音色の多彩さは、ぼくのプランをはるかに超えていて、とても自分が調律したピアノとは思えなかった。ぞっとするほどしなやかで甘く、一音一音からヴォルフの狂気が薫《くゆ》りたっていた。

「わかったろう。おれたちは、どんなにしけたピアノからでも、好きな音がつくれるのさ」グラフェナウアーズがまた声で語った。「あのアップライトからだってな」

「おまえは調律でおれをどうにかできると思っているな」

「どんな調律でもやってみろ。コルトーふうにでもポリーニふうにでも弾き分けてみせるぞ」

二つの口が交互に動いた。

グラフェナウアーズは立ち上がった。かれらはぼくより背が高い。その身体のうえで、同じ笑いが二つ並んでぼくを見下ろす。デネスの右腕とクラウスの左腕が両側からのびてぼくの肩を掴んだ。すごい力だった。押し返そうとしたが腕はびくともうごかない。筋肉の太い束が盛り上がっていた。冷え冷えとした悪臭がたかまった。

「おまえの力はその程度だ」

「おれの腕を押し返すことさえできない」

両腕がぼくをがくがくと揺すぶった。指が喉元にくいこんだ。

「丁寧な良い仕事だ」

「きちんとされた立派な仕事だ」

「だがそれだけだ」

「どんな音だろうと、おれが思いどおりに変えてやる」

「おれの音に変えてやる」

ふたごはげらげら笑い、つきとばすようにぼくを解放した。

「そうか」みじめな擦れ声だったが、ようやくぼくは声を出すことができた。「おまえは怯えているな」

名なしの顔色が変わった。

「びくつくなよ、名なし」ぼくは初めてかれを名で呼んだ。腐臭がとつぜん高まった。ホテルでの朝が頭をよぎったが恐怖をごまかして、つづけた。「強がりをいうやつほど臆病だというぜ」

ぼくは立ち上がり、詰め寄った。かすかに名なしが怯《ひる》んだ隙にデネスの手をぐっ、と握りしめた。

「デネス！」ぼくは容赦なく力をこめた。「いいか、名なし。おまえの強がりはこの上に乗っかっているだけの頼りない代物だ。指一本折れただけで、二度と大きな口をたたけなくなる」

「やめろ」名なしは押し殺した声で言った。「やつの名を呼ぶな」

こんどは左の肘を捕まえ、クラウスの名を呼んだ。

「ふうっ」

二人は青白い顔で震えた。冷気がぼくの足首をじっとりと濡らし、腿をはい上った。だがそこを見てはいけない。ロッククライミングで下を見るようなものだ。自分の感情的な位置を見失い、恐怖でパニックをおこす。そこでぼくは、デネスの指に力をこめた。

「痛いだろう、デネス。それはきみの痛みだ。きみの指の痛みだ。クラウス、この肘はき

みの肘だ。名なしのじゃない」

二人の顔、四つの目の中でなにかがはげしくあらそった。でてこい、ぼくは心でさけんだ。でてこい、そしてあいつを蹴散らせ。

不意に二人の目が静まりかえった。つぎに、デネスとクラウスが相次いで、それぞれの目の中に浮上した。口が悪く攻撃的な兄、控え目でおだやかな弟。久しぶりだった。ホテルの朝以来だった。

「イクオ……」細い声、クラウスだ。「助けて……。ここだよ」

「デネス、クラウス……」ぼくは手を弛《ゆる》めた。「そこにいるね？」

声をかけたとたん、二人はぱっと消えた。気づいたときには腕は振りほどかれていた。

「図に乗るなよ」かれは、にっと笑った。

直後にそれが来た。

それ——名なしがぼくめがけて解きはなったものを、どう言いあらわせばいいだろう？ホテルで食らわされた一撃に似ていた。ぼくの恐怖に強力に作用し、感情や意識を破壊してしまう力の波だ。気絶こそしなかったものの、ぼくは自分の中を吹きあれる感情に耐えきれず、うずくまったまま、しばらくは立つことさえできなかった。名なしが笑いながら退室していくのがぼんやりわかっただけだった。

しかしホテルの朝の一撃に似て、それはじつはまるで違っていたように思う。

第一に、すこしも冷たくなかった。第二にあのいやな匂いがしなかった。

もっと純粋な力。ぼくの感情に直接ぶつかってくる力。いままで悪臭にカムフラージュされていた、もっと根源的なものが顔を覗かせたのだ。

名なしの素顔？

それはわからない。

12

次の日、最後のリハーサルが行なわれた。

ヨーゼフ・ブロハスカは練習場に意気揚々とあらわれた。自信に満ちた顔つきから、はた目にも充実しているとわかる。そのあとにエーファが、いつもどおりあわてず騒がずの構えであらわれた。ピアノの調律はすでに終えてあり、ぼくは壁際に退いていた。

「調律師さん、調子はいかが」

エーファがぼくに声をかけた。地声だったがすっかり発声をととのえたあとだけに、ほれぼれするほど深い音だった。肺活量の大きさ、声帯の柔軟さ、何よりエーファ本人の人間の魅力を伝えてやまない。こんな声を聴くと歌手が羨ましくなる。——名なしも同様だろう。

「ピアノを聴いてください」

ふふ、と笑いながらエーファは身体を寄せて、ぼくの脇腹をつついた。

「何かたくらんでいるんでしょう。顔でわかるわ。あたしも仲間に入れなさいよ」

「なんのことでしょうか」

「あたしの目は誤魔化せないわよ」

「ゲーテ歌曲集、あれは大変な曲だ。なかなか歯ごたえがあるんじゃないですか」

「とぼける気ね。いいわ。でもあなたのほうにつくかどうかわからないわよ」

エーファは笑いながらピアノのほうに去っていった。ブロハスカが待ちかねたように立っている。

ふたごも、もうピアノについている。

リハーサルが始まった。

「ゲーテ歌曲集」——あすはそのうち二十曲を選んでエーファとブロハスカが交互に歌う予定になっている。ぼくは椅子にすわって、リハーサルを聴いた。彼らのような一線級の歌手が、通常の演奏会で全力を出すことはまれだ。声の酷使を避けてセーブする。まして今日はリハーサルだ。

しかしまず、ブロハスカが予想以上の気魄《きはく》を見せた。優等生の殻を破り捨てたような、果敢で大胆な歌いぶりだった。伴奏の感情にぴたりと合わせて血のかよった声をのせていく。すると、まるで素描のうえに絵具をのせたように、音楽の恰幅《かっぷく》がぐんとひろがるのだ。ブロハスカは、グラフェナウアーズのピアノにのって、実に気持ちよさそうにつぎつぎ歌った。曲はほとんど仕上がっており、ブロハスカは声を大事にして、早めに終えた。次はエーファだ。

「きみが調律師だって?」

声のほうを向くと、横にブロハスカがすわっていた。長身だ。まだ若く、腕など木樵《きこり》のように逞しい。顔立ちも男前で、伊達男気取りのオールバックをのぞけば方々で人気が高いのもうなずけた。

「羨ましいな、きみが。いつもふたごのそばで仕事ができるなんて」

「そうですね」

気のない返事に鼻白んだようだったが、ブロハスカはすぐに気を取り直して話しつづけた。

「かれらに伴奏してもらうのは、凄い体験なんだ。次の一瞬をどう歌うかの音楽的アイディアが次々湧いてくる。そしてまさにアイディアどおりうまくいく。あまりに決まりすぎて自分でも怖いくらいさ。わかるかな、かれらは歌い手の力を何倍にもするピアニストなんだ」

ぼくはブロハスカの鈍感さにあきれ返った。かれは、自分が名なしの掌の上で踊らされているることにも気がつかないのだ。

「きみも元はピアニストだったんだって？　ならかれらの凄さがわかるだろう？」

悪気はなくただ無神経なだけだとわかったので腹も立たなかった。

「わかります」

「だろう？　ぼくも最初に聴いたときはたまげたな。『アナクレオン』の伴奏を弾いてくれたんだ。きみ、聴いたことは？」

ないと答えたらブロハスカはますます元気になった。

「冒頭の和音、それだけでもうぼくは感電してしまったよ。何か、槌《つち》みたいなもので、ここ（そう言って心臓の上に指を当てた）を一撃されて何が何だかわからなくなったんだ。その晩、夢に見たよ」

ぼくはおや、と思った。同じ〝一撃〟という言葉。ぼくの〝一撃〟と似ているのだろうか？

ブロハスカはさらに言葉を継ごうとしたが、エーファが声を出しはじめたのでさすがにやめた。

エーファのリハーサルはブロハスカをはるかに上回っていた。さすがにブロハスカもそれはわかるらしく、いったん口をつぐんだあとはひどく無口になった。

それにしても、かれらを本気にさせているのはグラフェナウアーズの力である。実際すばらしい伴奏だった。しかし、ピアニストはまだ本領を発揮していない。たぶんエーファだけは歌いながら気づいているはずだ。

おそらく彼女は気づいているだろう。グラフェナウアーズの背後にもうひとつの人格がいること。そしてぼくのもくろみを。

〝あたしも仲間に入れなさいよ〟

エーファに言われるまでもなく、その予定だった。ぼくの計画にはエーファ・リンドホルムが不可欠だったのだ。ぼくは彼女を善意の共犯に引きこむつもりだった。

13

さいごの調律を終えて、ぼくは控室のドアをくぐった。リサイタル当日。コンサートもすでに前半が終わっていた。

グラフェナウアーズは黒の特製タキシードに身を包み鏡の前にすわっていた。休憩中に着替えた真新しいシャツに黒のボウタイ。鏡にかれらが映り、その中にも白いカラーがふたつ輝いている。ぼくは何枚も鏡のある部屋に入ったような錯覚にとらわれた。

『よお』名なしは手話で話しかけてきた。再開直前というのに妙にくつろいでいた。

『やあ』

二つの顔が同じ笑顔で笑った。名なしの笑顔だ。

『なかなかいい出来じゃないか』

ぼくは休憩の前に演奏されたプログラムの前半を褒めた。エーファとブロハスカの故国の、わりとマイナーな曲目がとりあげられていた。グラフェナウアーズはまだ、むやみに自己主張しようとしていなかった。本領はこのあと発揮するつもりなのだろう。

『調律はすんだのかい？』

『ああ』演奏で生じる狂いをなおすために、休憩中に調律をしなおすのだ。

『世話になったな。いろいろあったが、頼りにしてたんだぜ』

『神妙なんだな』

『最後くらいはな。なあおい……』

「？」

『なにかたくらんでるだろう』

警戒心はないようだった。余裕を見せつけるというのでもない。ぼくがなにをしかけるのか、おそれつつ愉しんでいる。そんな笑いだった。

不思議と、わずかにこのときだけは、名なしが憎めなかった。

『やっぱりデネスたちに肩入れするのか』

『ああ』

『今日か？』

『ああ』

「くくっ」声をたてて笑った。『おれをがっかりさせないでくれよ』

『努力はしたよ』

『それは楽しみだ。爆弾でも仕掛けたか？』

『きみはデネスとクラウスを人質に取っている。手荒な真似はできない』

『ちがいない』名なしは、にっと笑った。無防備な笑いだった。『じゃ、どうやった？』

ぼくもつられて笑った。

『自分の手で確かめてみろ。ぼくも客席で聴いている』

『楽しみだな。急ごう』かれは室外にいた介助人を呼んだ。二人を乗せた車椅子が動きはじめた。『じゃあな』

『ああ』

『おい』車椅子の上で名なしが振り返った。介助人が手をとめる。名なしは口を開きかけたが、なにを言おうとしたのか忘れたようにまた口をつぐんだ。『いや、いい。いってくれ』

向こうをむいた名なしの表情はもう読めなかった。

となりの席にはサヴァスターノ先生がすわっていた。ぼくらを含む「チーム・グラフェナウアーズ」のために席がまとめられていたからだ。ムーアフット夫妻もその向こうにいる。しかしジャクリーンは姿を見せていない。

「さっきロビーで見かけたからね」先生が前を向いたまま言った。「きっとどこかで聴いている」

「そうですね」ぼくも前を見たまま答えた。「先生？」

「うん？」

「先生は〝名なし〟のことを知っていたんですね」

「……」先生は手元のパンフレットをめくり、グラフェナウアーズの写真に見入った。そこには写らない弾き手がいる。「知っていた」

「いつから？」

「ジャクリーンが名なしを起こした夜、その翌朝だよ……。死んだ兄弟のことは知っていたしね、なんとなく見当がついた」

「ジャクリーンを手話通訳者にしたのは、先生ですか」

「そう。アシスタントになってくれないかと勧めたんだ。彼女は楽譜もよめるから」

「名なしのアシスタント、ですか」

「……」

「ぼくを呼び寄せたのも先生だった。たぶん、ムーアフットさんを選んだのも」

「大筋はね」

「先生は名なしを大切にしていますか？」

「とてもね」先生はパンフレットから目を離さないままだ。「とても大切に思うよ」

「死者には――」ぼくはできるだけ小さな声で言った。「ふさわしい居場所があるのではありませんか？」

「それはそうだ」先生はぼくの目を見た。その虹彩の色が以前よりずっと淡いのに気がついた。考えてみれば、先生はもうすぐ八十歳を迎えるのだ。「しかしイクオ、きみはかれにふさわしい居場所がどこだと思うかね。きみにそれを決める権利はあるのかね」

　ぼくは答えられない。

14

客席が暗がりに沈み、ステージが明るくなった。

コンサート・グランドがステージの中心に据えられている。その内部に張りわたされたワイアを支えるフレームには、実に二十トンの重さがかかる。「音楽を繋ぎとめておくにはそれだけの力が要るんだ」調律師学校の教師がそう言っていたっけ。

グラフェナウアーズはピアノについた。ついで、袖からエーファとブロハスカがあらわれる。着道楽で有名なエーファには珍しく、舞台衣裳は黒に銀を使ったとても地味なものだった。

エーファが大きく息を吸いこむ気配があって、直後にピアノが鳴った。一曲目が始まったのだ。

あこがれることを知ってるひとでなきゃ
わかんないよ、あたいが何で苦しいのかさ

「ミニョンII」だ。イタリア貴族の娘でありながら子供の時に誘拐され、今は北国で旅芸人を強いられる少女ミニョンが、やがてくる破局を前にうたう歌。

ぽつりぽつりとピアノの音が滴下され、しだいに間隔をせばめていき、早足の足どりがみだれ、駆け上がる。

うれしいことなんてここにはないの
たのしいことだってなんにもない
だからね、あたいはいつも
空の遠いとこだけ見るようにしてるんだ

ピアノはふと足どりを止め、思いなおしたようにまた滴りだす。その繰り返し。やがて荒涼とした心の風景がじわじわと見えてくる。

ねえ!
あたいを好きな人はここにいない
わかってくれる人はここにいない
そんなひと、ずっと遠いところにしかいないの?
そう思うと気が遠くなる
気が変になる

あこがれることを知ってるひとでなきゃ

わかんないよ、あたいがなんで苦しいのかさ

一瞬の叫びに、少女が孕《はら》む狂気がかいま見えるが、その傷口はすぐまたぱたりと閉じて、曲が終わる。見えなくなった傷は沈黙の向こうでまだ息づいている。聴衆は静まりかえった。咳《しわぶき》ひとつ聞こえない。

二曲目。これもミニョン。

知ってる?
その国にはシトロンの花が咲いてるんだ
葉陰にオレンジがなっててさ
空は青くて風だって気持ちいいよ
ミルテの樹は静かに立ってる、
月桂樹だって高くたたずんでる
知ってるんでしょ?
行こうよ! 行こうよ!
その国へ、あんたとふたりでさ
ねえ、あたいあんたが好き!

身体を電撃が駆け抜けた。
これは〝名なし〟のメッセージなのだ。
南の光、肥えた土、花と果実にあふれる国――実はそれがミニョンの故郷なのだ――へのくるおしいあこがれ。暗い雲が垂れこめる、北方の、地味のうすいくにから届くメッセージ。これは、あの場所から名なしが送ってよこすこの世へのメッセージ。

知ってる？
お屋敷にはさ、柱廊がめぐらしてあってね
広間は明るいし、落ちつける小部屋もあるよ
大理石の像が立ってるんだけど
ちゃあんとやさしくあたいを見てくれるんだ
知ってるんでしょ？
行こうよ！　行こうよ！
ねえ、あんたあたいを守ってくれるよね！

山はけわしいけど夢みたいなけしきだよ

龍がすんでるみたいなこわい洞窟があるし
すごい岩壁には滝がざあざあしぶいてるんだって
知ってるんでしょ？
行こうよ！　行こうよ！
さあぐずぐずしないでさ
なんだかあんた、父ちゃんみたいに思えてきちゃった！

おまえたち！

——エーファの歌に、名なしの指が寄り添い、声なき声でうたう。

おまえたち！

きけ。おれの歌、おれの声、おれの名を。おれはきた、い、い、いる。おれの声はそこに届いているか？


指の叫びはエーファの声を侵し、支配しようとしていた。それは半ば成功しかかっていたが、エーファもよく耐えた。ピアノの「攻撃」に歯向かわず、むしろ受け止め、ブレスの大きな抛物線《ほうぶつ》に解き放つことで、みずからが染められることをまぬがれた。ピアノの感情を自分の歌にてなづけたのだ。

しかし凡庸な歌手ではどうか。

ブロハスカの番だ。緊張で蒼白になっている。

ピアノの音が一転した。

雲が一掃され、目もくらむ光が射した。

「四季すべて春」。

春の花壇。咲き競う花や芽の美しさをブロハスカは歌った。白い鈴の花、サフランの燃える芽、さくらそうの小生意気なポーズ。グラフェナウアーズは鈴のように花やぐ音色の効果を最高に発揮して、草花を萌《めぐ》ます春の精気でホールを満たした。音の外気を吹きこまれて会場がほっと息をつく。ぼくも思わず深呼吸してしまう。

グラフェナウアーズの顔に喜悦が浮かんだ。それはホールを手中におさめた喜びであると同時に、ぼくの「仕掛け」を見抜き、それに勝利したという確信だったのだろう。というのは、グラフェナウアーズの目がちらりとぼくを見たからだ。

確かにぼくの仕掛けはすぐにばれる。しくみも貧弱だ。名なしは高をくくったにちがいない。だが勝負はまだわからない。

音色効果のめざましい曲が続いた。第二十九曲から三十一曲に聞こえる異教の響き。「西東詩集」からはぬけぬけとした酒の賛歌。ブロハスカはテクニックの瑕瑾《かきん》にこだわらない大柄な歌をうたった。小気味いい歌に聴衆は陶然となった。しかしだれも気づいていない。この歌がピアノのものであることを。歌っているのは、すでにブロハスカではなかった。ブロハスカは己れの感興を歌い上げているつもりで、実はピアノの感情が通過していくただの唇にすぎなかった。ピアノが感情圧を高めるとブロハスカの声がしゃちほこばり、ピアノが媚びを売れば色目を使うのだ。滑稽なくらいだった。その背後でピアノは自由自在にふるまった。神に愛される喜び、酒に酔う愉しさ、その感情を一気に放出した。異国の神に祈り、酒仙をきどり、ブロハスカの口を介して、この世界への思いを一気に吐きだしていた。

しかし。

音の水面下で起きているのは、それだけではない。

ぼくと名なしの戦いもまた続いている。

名なしのふたつの額に苛立ちの皺が刻まれていた。なにかが見込みと違うことにうっすら気づき、しかしなにがおかしいのかはまだわからない。

歌い手がエーファにわたった。

いよいよ今夜のクライマックスが近い。

……ジャクリーン、きみはどこで聴いているのだろう？　このホールの中だろうか。たぶんそうだろう。ぼくが仕掛けた「毒」は効きはじめているようだ。きみにならわかるだろう。名なしの音楽の中に別な音が響きはじめていることに。それに気づくのはぼくときみ、サヴァスターノ先生、それにエーファくらいだ。

エーファはいよいよ曲集のさいごの三曲に挑む。ここはヴォルフの創作力の絶巓《ぜってん》である。エーファも名なしも、全力をふり絞って対峙するにちがいない。

名なしが息をゆるめ、ハンカチをとりだして指先を拭い、ふたつの額をふいた。

……ジャクリーン、ぼくの「仕掛け」を話そう。

あのピアノは鍵盤の中央を境に、右側と左側とで音色を変えてある。さほど珍しいことではない。例えばホロヴィッツのピアノは高音、中音、低音で音の性格ががらりと変えてあった。ホロヴィッツはその楽器を駆使してあの絢爛たる音色を作ったのだ。

きらびやかに響きかわす敏感な高音と、鈍く太い粒立ちの低音。これがぼくの処方だ。鍵の反応も変えてある。タッチの重さ。キイを押していって音が出る位置。はねかえりの速さ。右と左ですべてが違う。調律さえ、ごくごくわずかにピッチをずらしてある。しかし、いまのところ名なしは鍵盤を完璧に制御していた。音をきれいに混和しようとせず、ぎゃくに混じり合わないことを音色の強みに変えて、音楽にふしぎな生気と覇気をあたえていた。なんと見事な腕前だろう。きっと名なしはぼくの意地悪な妨害を克服したつもりなのだ。多少の違和感はあるにしても。

しかし、名なしはすっかり忘れている。

〝名なし〟という人間はいない。

いるのはデネスとクラウスだけなのだ。

名なしが腕をふりおろした。

黒雲が湧き立ち、いなびかりが光る。

「プロメテウス」――神に反抗する者の歌。

男声むきのこの曲をエーファは真っ向正面から歌う。胸を張って歌う姿は帆船の艫《へさき》の像に似て雄々しかった。

歌は神を面罵《めんば》する。いけにえと弱い者の祈りがなければ、おまえは食いつないでゆけないのだと喝破する。

……ジャクリーン。

デネスもクラウスもまだ生きている。ぼくがグラフェナウアーズに暴行を振るったとき、物理的な痛みによって、ほんの一瞬ではあったが二人をこちらに呼び出せた。どうにかしてあれを再現するんだ。不可逆な方法で。

ふたごを呼び返す手立てがあるとしたら、それは音楽以外にはありえない。名なしがきみとのデュオで自己を覚知したのと同じ。音楽の力でなら、ふたごも名なしの枷《かせ》をうち壊せるだろう。

あまりにあたりまえな、ひとつのことを思いだそう。デネスは右手を持ち、クラウスは左腕をつかさどる。デネスとクラウスは別々の身体の持ち主なのだ。二つの脳。二つの心臓。二本の腕。二組の耳。かれらはそのことに気づかなくてはならない。ぼくはそれを気づかせるだけでいいのだ。

　そのための「仕掛け」なのだ。二人の耳は混ざりあわない音に不快感を持つだろう。二つの手は鍵盤の反応が違うのにとまどうだろう。音楽の裡にすこしずつ降りつもる違和感は、今度こそ本当にデネスとクラウスを目覚めさせずにはおかないだろう。そうなれば、かれらはふたたび自分たちに演奏を取り戻そうとするだろう。

　歌の背後で名なしは楽器のコントロールを失いはじめていた。両手がかみ合わず、左右の音の違いをうまくコントロールできなくなっていた。音楽の力が失速している。デネスとクラウスが名なしから腕を奪ったのだ。逆にエーファは尻上がりに好調になっていた。

「ガニュメデス」。

　甘やかな音がわきあがる。ゼウスによって天に連れ去られた美青年の、恍惚とした独白。ここで、ピアニストはデリカシーの限りを尽くさなければならない。

　しかし、名なしの両腕はすでにデネスとクラウスに奪われていた。ふたごは反撃に転じていた。意図的に表現を抑えた棒読み同然の演奏だった。ロマンティックな気分がぶちこわしになったが、聴衆はエーファに魅せられそこまで気がつかないようだった。かすんだ伴奏を後ろに下がらせ、彼女はその前で女王のように歌った。声の艶は表現の勁《つよ》さにくまどられてますます輝いた。

……ジャクリーン。これから行なわれようとするのは、名なしの殺害だ。とはいえ、ぼくはお膳立てをするだけ。ここから先、デネスとクラウスがどう手を下すのかは正直、わからない。

遠い鐘のようにピアノが鳴らされ、それが静かなトレモロにかわり、歌が始まった。

「人間の限界」。

「プロメテウス」から一転して、ゲーテは神への謙虚、人間の小ささを歌う。

エーファの声は最高潮に達していた。曲に要請される感情のすべてを一人で担おうというのか、本来はピアノにまかされている部分まで声に引き寄せていた。

一方デネスとクラウスは、曲のニュアンスを無視した打鍵を続けていた。ただでさえ単調な伴奏はふたごのやりかたのためにまったく退屈になっていた。名なしを抑えつけているだけのはずはない。どうやらこの打鍵こそが――どういう仕組みかはわからないが――名なし殺しの手口らしいのだ。

エーファはからずもそれに加担していた。曲の「感情」を一人で引き受け、デネスやクラウスが殺しに専念できるようにしている。名なしは曲の感情を増幅しその檻でふたごを閉じこめてきた。その手は使えない。

曲は中盤にさしかかっていた。この曲は感情の大きなアーチを描く。その頂点で感情の激発がある。名なしに「勝ち目」があるとすれば、それは中段のクライマックスをおいて他にない。そこで決まる。

人間が高みへとのぼりつめ
その頭が星ぼしに触れたとしても
足の裏は宙に浮いて
雲と風にもてあそばれる

ぼくは耳を疑った。

名なしの反撃はなかった。ピアノはどんなに音量が上がっても、妙に静かで冷え冷えとしていた。名なしの声はもう聞こえてこない。死臭も感じられない。なんだかだだっ広いところへ空《むな》しく広がるような音だ。広い、さみしい場所。

ぼくはようやく理解した。

名なしはいま死のうとしている。

名なしはけっして実体のある「人」ではない。テレパス場が作動するときにイレギュラーなふるまいをさせる傷にすぎない。その傷さえ修復すれば、名なしはあとも残さず消えてしまうだろう。

デネスとクラウスはついに名なしの正確な居場所を突き止めた。ピアノの音を使って自分のテレパス場をスキャンしたのだ。純度の高い音をテレパス場にはなち、はねかえってくる感情の濃淡で場の異常、傷の位置をつきとめる。今度はその音を持ち替えて、傷を叩き、つるつるに磨き上げてやる。金塊の表面にできた傷を叩いてなめらかにするように、感情のない音で傷を執拗に叩き、均《なら》す。この三曲のあいだ、デネスとクラウスは、ずっと名なしに打撃を振りおろしつづけていたのだ。

冒頭の楽想が回帰し、鐘のような音が鳴る。ふたごは傷のリカバーの最後の仕上げをしていた。重く、鈍く、深い音。ソナーのように繰り返しくりかえし鳴らされる音は、動かなくなった名なしの死骸の上に執拗にふるわれる最後の打撃とも、弔いの鐘の音とも聞こえた。

その弔鐘が遠く近く鳴りながら名なしを葬り終えると、ステージの四人は、聴衆に深く頭を下げた。凄い拍手が巻き起こって、かれらを包んだ。

介助人があらわれ、グラフェナウアーズを立たせる。エーファとブロハスカがふたごの両脇に立ち、手を取って高くかかげた。

あっけなかった。

……ジャクリーン、これで終わりなのだろうか。ぼくの役目はこれで終わったのだろうか。世界でも指折りのピアニストはいま殺され、ほんの数人しか、そのことに気づいていない。

ブロハスカが上気した顔で、聴衆に向かい大きく手を振った。いい気なものだ。かれは、いま何が起こったのかさえわかっていない者の筆頭だろう。かれの頭には自分の大成功しかないのだ。ブロハスカは舞台の前に出て客席に手を広げ、感きわまった面持ちで深く礼をした。ふたたびあげたその顔が奇妙にゆがんでいた。泣きだしそうな、笑いだしそうな、それでいて無感動な顔。つぎにブロハスカは譜面台を引っ摑み、ふりむきざまそれを大きく振り上げてグラフェナウアーズに打ちかかった。

鈍い音がしてふたごは倒れた。二撃目で血が噴き上がり会場は騒然となった。次のひと振りでエーファや介助人を払いとばし、四度、五度とブロハスカはふたごを打ちつづけた。木樵のように腕を休めなかった。一分と経たないうちにグラフェナウアーズは動かなくなった。それでも、腕をふるいつづけていた。重く、鈍く、深い音が、規則的に聞こえた。

15

グラフェナウアーズは死んだ。頭蓋骨陥没と肺に刺さった何本もの肋骨。

もうあれから三年たつ。

エーファは軽いけがですんだが、長く復帰できず、最近ようやく歌いはじめた。彼女はキャリアの頂点となるはずだった数年を棒にふった。いまはあのカリスマ的な魅力もずいぶん色褪せている。ムーアフットとはあれきり会っていない。ぼくは調律師とピアノ教師をすることで、なんとか自分と家族の生活を維持している。去年、ジャクリーンと結婚し、息子がいる。

ブロハスカは発狂し入院した。今も狂暴性発作が頻発し、隔離病棟から出られない。この先もたぶん無理だろう。彼の人格はほぼ完全に破壊されたようだった。

だれに？

ここに一本のテープがある。

エーファと名なしの最後のリハーサルをおさめたテープだ。コンサートではついに歌われなかった曲が聴ける。アンコール用に取っておかれたのだ。「ミニョンⅢ」。

ミニョンは誕生日の子供に贈り物をする役に選ばれ、天使の扮装をすることになるが、仕事がすんだあとも天使の衣裳を脱ごうとしない。

　もう少し、この姿でいさせて
　白いローブを着ていたい

　もうすぐこの美しい世界から
　くらいあの世にゆくのだもの

　音は悲痛でも、激情的でもない。哀しい色のなかに安らかな表情が織り交ぜられ、長調とも短調ともつかぬ感情のあわいをゆきききする。死を甘んじて受けるのではないが、どこかでそれを望んでもいる。生と死が、寄り添った音楽。それがとても甘美なのだ。

　事件がひと区切りついたあと、ぼくはこのテープを聴き返して愕然とした。なぜならそこにはキャンプのときの、音楽と感情を慈しむグラフェナウアーズが蘇っていたからだ。それればかりではない。そこには名なしの感情表現が、とても抑制されてはいたが、一緒に鳴っていたのだ。二つの音楽はたがいを認めあい高めあっていた。このテープの聴き手は、ヴォルフとグラフェナウアーズと聴き手の感情が共振するのを体験するだろう。音楽の定位がぴたりと定まるその地点で、音楽が鳴っていた。

　いまにして思えばなぜそんな勘違いをしたのか明白だ。あのアップライトだ。キャンプのヴィデオを見たとたん、ぼくはかつて完璧だった(そう自負していたのだ)頃の自分をあのピアノに投影してしまったのだ。そうしてその図式を単純にふたごにもあてはめていたのだろう。あのピアノで奏でられる音楽は正しく、いまの状態はそうではない。そんな思い込みをしてしまったのだ。名なしとふたごを敵対関係の図式に当てはめ、バイエルやキャンプでの演奏をふたごのものだと決めつけた。

それは間違いだった。わかりきったことじゃないか？　グラフェナウアーズが音楽をやろうとすれば、テレパシーは不可欠だ。名なし抜きにはできない。グラフェナウアーズの音楽はいつだって、グラフェナウアーの姓を持つ三人が奏でていたのだ。アップライトを叩いていたあの無垢な音楽もまた、名なしがそこにいたからこそできた音楽だったのだ。二重奏で目覚めた名なしは、いっときは傍若無人にふるまっただろう。だがいつか、二つの音楽は一つの道に合流するはずのものだった。たとえあのときブロハスカがふたごを殺さなかったとしても、名なしが死んだ以上、二度とあの無垢な音楽を聴くことはできなかったろう。それどころか、いつか聴けたはずの和解の音楽まで台無しにしたのだ。

それはぼくの性急さによるものだ。しかし弁解の余地もあるだろう。デネスは「あいつから演奏を取り戻す」と言った。当時のぼくがそれを信じたのも無理はないだろう。ふたごは嘘をついたのではない。自分のことがいちばんわからなかっただけなのだ。

話が長くなりすぎた。

しかしまだ話し残したことがある。たとえばブロハスカだ。なぜかれはグラフェナウアーズを殺したのか？

さいわい、こうしたことを語るのにうってつけの相手が、これからこの部屋にやってくる。昨日何年ぶりかで手紙を寄越し、今日ここへくると知らせてきた。この長い物語も、実はその人物のために用意した手記なのだ。

では話を終わらせるため、手記のページを閉じてその来訪者を待つとしよう。

アントーニオ・サヴァスターノ先生を。

*

……

……。

緒方行男のアパートは市街に近く、たやすく見つかった。古いが、構えのしっかりした建物だった。私はタクシーをおり、エントランスをくぐった。

管理人に教えられた階の廊下を歩いていくと、角を曲がったその突き当たりが、かれの部屋だった。上等の絨毯が私の足音を周到に消しさる。ドアが迫るにつれ胸が騒いだ。このところ腹に痼《しこ》っている冷たいいたみが強くなる。

私は内ポケットをそっとおさえた。そこに心強い手触りがあった。私はそれに励まされて呼鈴を押し、ノブを回した。玄関はひんやり暗く、誰も出てこない。

「どうぞ、こっちへ」

声のするほうへ、勝手に上がっていくと、書斎から明かりがもれていた。コンピュータの画面が発する光だった。イクオはキイボードを叩いていた。薄暗い部屋のなかで、画面とかれの顔だけが明るい。

「夜遅くにすまないね」

「どうぞ、入ってください。ジャクリーンは子供をつれて漫画映画にでかけているんです。どこへでもおかけになって」画面をむいたまま、イクオは薄笑いした。「もうちょっと待ってください。これで終わりですから」

「今、何時かね」

「九時です」向こうをむいたまま、イクオは答えた。

「それなら……」私は内ポケットをさぐった。「灰皿を貸してもらうよ」

「やあ、懐かしいな、葉巻ですね」

初めてイクオがこちらをむいた。だが、予想どおり、その表情は私の知っているイクオのものではなかった。

「久しぶりだね……名なし」

「わかりますか」

かれは悪びれず応じた。

「わかるさ。二人とも私の教え子だもの」

私は今日三本めの葉巻に火をつけ、煙りで喉をしめらせた。

「何を書いていたんだね」

「ずいぶんお痩せになったのですね？　顔色も悪い」

「答えたまえ」

「記録ですよ。とある殺人のね。タイトルが決まらない。〝名なし殺し〟とでもしましょうか」

「おもしろいのか」

「もちろん。ぼくを殺そうとした男の感情の記録ですからね」

「どうやって書いたんだね？」

「簡単ですよ。

　ぼくは緒方行男に〝一撃〟をあたえた——それはぼくのパターンをイクオに転写した、ということです。ぼくはテレパス場の中でしか生きられないということはありません。情報が動く場所であって、何らかの方法で傷をつけることができるなら、ぼくはそこへ自分をコピーできる。イクオにつけたのは小さな傷でしたが、ぼくはしだいにふくらみ、ついには完全にかれを食べてしまった。イクオは自分でも気づかないうちに、ぼくにすり替えられたんです。ぼくは食いながらかれの感情を走馬燈のように味見しました。とても美味しかったですよ。すっかり食べてしまうと、かれの思ったことはすべてぼくの、、、ものになりました。こんなのも血肉になった、というんでしょうか。

しかし食べるのもよいけれど、それを書きとめるのはもっと愉しかったですね。イクオの人格や記憶や感情はまだここに（名なしはイクオの指で自分の胸を叩いた）生きているんです。その生き生きした感情の手ざわりをぼくのなかに再生していく。ぼくとかかわることでイクオがどんな思いを抱いたか、どんなふうに怒ったり悲しんだり妄想に捕われたりしたか。ぼくをめぐってどんな探偵をし、どんな策をめぐらしたか。そのままに書くんです」

私はあるイメージを思い浮かべた。それは、人体がばらばらにされ、しかも生かされたまま漬けられている槽だった。

「冒瀆だ」

名なしは戸惑った顔をした。かれにはなじみのない概念かもしれない。

「べつに殺したわけじゃありませんよ？　この手記だってかれを再生《プレイ》しながら書いたものです。だからかれの作品でもある。げんにイクオは自分でこれを書いたと思っていますよ。ジャクリーンと結婚したのは自分だと思っています。再生しているあいだはね。かれは生きているし、幸福です」

「ジャクリーンは……彼女はどこまで知っているんだ？」

「さあどうかな。彼女はぼくをイクオと呼び、態度もふつうですよ。ぼくも自分のことなんか何も言わない。でも……」イクオの顔が屈託なく笑った。「ジャクリーンは万が一にもイクオと結婚なんかしなかったと思うな」

名なしは自分以外のすべてを、侮《あなど》り、見下しているようだった。感情でさえ、かれにとっては自由に操れるピースにすぎないのだ。

「じゃあ、他の殺人はどうなんだ？　ふたごを殺したのはきみだ。ブロハスカに、〝一撃〟で、時限爆弾を仕掛けた。クララ・ゲイジ、彼女の二人の使用人、超心理学者、そしてご両親さえも。みんなきみがやったことだ。きみの谺は人の心を破壊してしまう。いつまでこんなことを続けるつもりだ？」

「先生が残念がるのはわかりますよ。あなたがたはぼくとデネスたちが、いずれは一つに融けあうと踏んでいた。もしかしたらそうだったかもしれないですけれどね。でもその助けにとイクオを寄越したのが悪かった。なにもかもが裏目に出て、台なしになった。しかたのないことです。ぼくだって生きている。死ぬわけにはいかない。兄たちに殺されるままでいるわけにはいかなかった。普通でないぶん、ぼくはいっそう生きなければならないんです。そのためには何でもしますよ」

「きみは自分が生きていると思っているのか」

「先生はそうは思っていないのですね。ではこれをどうご覧になりますか？」

名なしはにやりと笑った。その顔が、がらりと変わった。

緒方行男がそこにあらわれた。名なしが縛《いまし》めを解いたのだ。その表情をどう言いあらわせばよいだろう。狭い檻に閉じこめられ、何も見せられず聞かされず何年も弄《もてあそ》ばれた、そのような顔だった。イクオの顔はなるほど幸福そうに見えないこともなかった。しきりと唇を顫《ふる》わせていたから、何か話し掛けているのだろう。久しぶりに私と母校で再会した夢でも見させられているのかもしれない。名なしは音声をカットしたから、かれが何でそんなに愉しそうなのかはわからなかった。

「ぼくの考えは違う。人が生きているかどうかはとても微妙な問題です。早い話が、先生、あなたの奥様もそうだ」

「私の？」

「ぼくは知っています。先生の奥様がとっくに亡くなっているということを。しかし先生は葉巻の習慣をそのまま続けておいでだ。イクオはいまでも先生の奥様が生きていると思っていることでしょう。

先生が習慣を変えない限り、知らない者は奥様が生きていると思う。そしてそれは先生が望んだことだ。この葉巻を喫うというささやかな行為のなかに、奥様は生きている。人が生きるには、そのような形でじゅうぶんな場合もあるんですよ」

「墓は人ではないし、墓碑銘はその人の言葉ではない」

「では自分自身をつねに書き換えているような墓碑銘があったら？」

「生きているものは落ちつかないさ。墓が次に何を喋るのかわからないからね」

「ぼくは煩《うるさ》い墓なんですよ。この世界では大きな声で話さないと、だれも聞いてくれないから」

名なしは書斎の隅に置かれたアップライトピアノの蓋を開けた。それはサマーキャンプのロッジで使われていたものだった。ほかでもない、私が結婚祝いに贈ったのだ。

「ぼくには自前の指はなかった。それなら借りるまでです。ぼくはふたごの指を使いました。かすものは何もない。声も眼の色も、名前もない。ぼくが生きていることをあがやかましくなったのでブロハスカに殺させ、イクオに乗り換えた。これは良かったですよ。ふたごのままではいつまでも童貞だったかもしれない。

何だっていいんです。ピアノでも、歌でも、手記でも。ぼくは喋る墓です。喋りやめることはできない。たとえ宿主を殺しても」

私は内ポケットから拳銃をとりだし、名なしの額に銃口を向けた。

「お年寄りの持つものではありませんよ」

「これでも従軍経験はある。外しはしない」

「どこでそんなものを」薄笑い。

「ジャクリーンがくれたのだ」

さすがに名なしは、しばらく口をつぐんだ。

「……先生に、〝一撃〟をうつこともできるんですよ。それでぼくは生き延びられる」

「そのときはこいつで即座に自殺するさ」

名なしの顔が険しくなった。私が本気だとわかったのだ。

「この身体はイクオのものですよ？　かれはまだ生きている。殺すのですか」

私は腕を下げなかった。名なしは苦笑いした。

「やれやれ、イクオを見せたりしなければよかった」

「もう、いいのじゃないか。潮時ではないのか？　やめにするんだ、名なし。二十数年前の死をみとめてもいい頃だ」

「ああそうか、やっとわかった。先生、あなたは癌ですね？」

名なしはくすくす笑った。図星だった。原発は肝臓だが、すでに転移が広がり手の施しようがない状態だった。

「どうりで痩せておいでだと思った。ひどいな。自分の側のリスクがなくなって、やっと重い腰を上げるんですね。今まで抛《ほ》ったらかしにしてたくせに。それがあなたの責任の取りかたですか」

もっともだ。しかし責任は取らなくてはならない。私がすべての元凶なのだ。私がすべてを結びつけた。ふたごとジャクリーン、音楽ビジネスを結びつけ、名なしを危険な形で目覚めさせた。そこへイクオを引き合わせたのは最悪の組み合わせだった。イクオはあのひどい自動車事故以来つねに死をともなっていた。死の側へ半ば、足を踏み出しかけていた。名なしにとって、これほどつけ入りやすい相手もいなかっただろう。

くり返し言おう、私がすべての元凶だ。だから無言で安全装置を外した。

「やれやれ頑固な爺さんだ。処置なしじゃないか」

名なしはお手上げの表情をし、にかっと笑った。無防備で、あけっぴろげな笑いだった。

私はつられて笑いそうになり、やめた。

「なぜやめるんですか？」名なしは笑ったまま言った。「ぼくと共感するのが怖いんでしょう。〝一撃〟をこわがってる。あなたはいつもそうだ。ものわかりはいいが手を汚したりはしない」

名なしの言葉はすべて真実だった。私はその非難に甘えたくて堪らなかった。だが饒舌こそが彼の武器なのだ。

過剰な言葉と感情で周りを巻きこむ、煩い墓。お喋りな死。

私はひきがねを引いた。銃声は渾身の打鍵のようにひびき、弾丸は額の真ん中を撃ち抜いた。イクオの首ががくんと激しく振れた。まるで、その頭から、何かを払い落とすように、勢いよく。

直後、硝煙と血の強い匂いが鼻をうった。

……。

こうして私は、かれを殺しました。

どのように責められても言い訳できない。私が殺したのは世界でもっともすぐれたピアニストでした。あの音を聴くことはもうできないのですし、殺したのはほかでもない、かれの音楽の協力者であったこの私だったのです。

こうして、いま死の床を迎え、私はイクオの手記とあわせていきさつのすべてを残そうとしています。

しかし始めにも書いたように、こうしてかれの死を想うとき私の心に浮かぶのは、いったいどうしたことでしょう、何か、心愉しい感情なのです。

不謹慎なことでしょうか。しかし、私は名なしを貶《おとし》めようとしてそう言うのではありません。彼が死んでくれて嬉しい、などとはすこしも思っていない。それだのに、名なしを悼み、追慕するとき、この愉しさ以外の感情が思い当たらないのです。

最後のあの晩を想いだします。

私は血と硝煙の強い香りを嗅ぎました。

しかしそこにはひとかけらも、イクオのいう〝死臭〟はなかった。だからでしょうか。名なしは私の殺害を快く受け入れてくれた、自分の「名」を捨て死ぬことを択《えら》んだ、そう思えるのです。

背後のドアが開き、ジャクリーンが私を背後から抱きしめてくれた。彼女の涙の熱さを首筋に感じました。

「ありがとう、先生」

「礼を言うのは、こちらだ」

そう答えました。

……。

かれを殺したとき、私は爽快な気分を味わいました。はげしくのけぞったイクオの頸のねじれさえも、心地よいものと映りました。どうやら私は、殺すことで名なしを解放してやったつもりでいるようなのです。ひとの感情の中でしか生きられない名なしを、もっと広いどこかへ放してやったような気で。

自分が言っていることが道理に合わないのは承知しています。イクオなしで名なしが生きていくすべはありません。だからこそ私はひきがねを引いたのです。

しかし、それでもなお私はある不埒《ふらち》な空想を愉しまずにはおれません。

イクオの身体を離れた名なしが、何か、まったく新しい方法で、生きつづけているという空想。だれかの中に棲みつくのではなく、それでもどうにかして生きているのではないか、という空想。

名なしの言うとおりかれが情報の動く場所であれば生きのびられるのだとしたら、たとえば私が家族や友人と日々、会話や仕草で交換する情報の流れの水面に、かれの姿が映っているのかもしれない。双方の干渉によって刻々と移り変わるそのさざ波の上で、にやにやと笑っているのかもしれない。

そう、私のこのひとりがたりとそれを読むあなたとのあいだにも、そしてあなたが家族や友人と交わしあう会話や感情の流れの上にも、やっぱり名なしの影が映り、そうして例によってこまごまと口を挟んでいる……。どうでしょう、二重奏《デュオ》によって自己を覚知した名なしにとって、それは格好の居場所ではないでしょうか。

そんな空想のために私はどうしても愉しくなってしまうようです。というのも、どうしてもそれが呪いには思われず、ひとつの祝福と感じられてしまうのですから。

たかい梢にすわった猫のように、だれにも決して手だしできないところにかれはいる。

そうしていろんな笑顔を浮かべては、私たちの視線からのがれつづけるのです。

フーゴー・ヴォルフのプロフィルと音楽の特質については、以下のCDのライナーノーツを参考にしました。とくに、両者に収められた喜多尾道冬氏の文章には楽曲の解釈に多くの示唆をあたえられました。記してお礼申し上げます。

なお作中の歌詞は作者が先人の訳詩を参考に自由に書き改めたものであり、原詩に忠実ではないことをお断わりしておきます。

1. ヴォルフ歌曲集　POCG-9013／21
2. ヴォルフ&マーラー歌曲集　FOOG　20403
（ともにポリドール株式会社）

呪界のほとり

1

かたくひびわれた荒野の真ん中で、突然ぱっと土煙があがり、爆発音がとどろいた。地雷でも砲弾でもない。爆発するようなものは何ひとつなかったが、それでも爆発したのだ。さぞその空間も迷惑だったにちがいない。礼砲みたいに景気のいい音だった。ただ、その音を聞きつけた者がいるとは思えない。数百キロ四方には人家ひとつなさそうだったからだ。

ザーザーと降りそそぐ土くれと小石の中、男がひとり途方に暮れて佇《たたず》んでいた。

「こんなことじゃないかと思った……」

ほとんど声にならない、かすれた呟きだった。土煙が晴れるにつれ、男の目はますます曇ってゆく。黒いざんばら髪や逞《たくま》しい肩が砂で白くなる。腰に下げた大きなナイフのほかは、いたって平和な蛮人風のこしらえだった。まだ若い。そびえるような巨漢。

「あの結節点《インターチェンジ》で間違えたんだ、そうだな？」

偉丈夫は責任の所在をもとめて、今度ははっきりと同意をうながした。

「そうだな、ファフナー？」

エメラルド色の竜は、男の肩の上で身をかたくした。うすい翼をぎゅっとちぢめ、肩につかまった爪を踏みかえた。相当に居心地が悪そうだった。

「まあ確かにあそこは混んでたよ。急いでいたし、おれがせかしたのも認める。道を間違えてもむりはないのかもしれん――」

かれは深呼吸をした。ぶあつい胸がもりあがって、革のベストがはじけそうになる。力をこめた腕は梁《はり》ほどにも見えた。ためた息をどっと放つと、偉丈夫はひと回り小さくなった。

「――だけど、どうしていつもこうなんだ？　どうしておまえは決まって悪いほうへ悪いほうへとおれをつれていく？」

人のよさそうな目と眉が悲しげだった。

偉丈夫のまえには素晴しい視界がひらけていた。地平線までなんの障害もなく見わたせた。東西南北どの方角を向いてもそうなのだ。

「これがエシャの大密林か？　身をかくす場所なんてどこにある？」

竜は心苦しそうにゆっくりと瞬膜を下ろした。コミュニケート拒否のしるし。竜族はたいへんセンシティヴだ。プレッシャーに耐えられないとパートナーを置き去りにして飛んでいってしまうことさえある。これは竜族の設計者のちょっとした遊び心だったのだが、おかげで回廊旅行者がどれだけ迷惑したか知れなかった。〝回廊〟を往き来する者にとって、竜は地図でありコンパスであり武器であり、さらに護符であってそれ以上のなにかでもあった。置き去りにされては生きていけない。偉丈夫は竜の邪魔にならない程度に肩をすくめ、こっそり小さなため息をもらした。

オレンジピンクの太陽がじりじりと空をはいのぼっている。遠からず荒野は広大無辺のフライパンになるだろう。とにかく水が必要だ。男はしゃがみこむと、人さし指でかちかちの地面をノックした。

「水こい、水。水こい、水」

とたんに清冽《せいれつ》な水が噴き出してくるはずだった。水脈の位置など問題ではない。水が必要なら、特に支障がない限りいつでもどこでも手もとに呼び寄せることができる。それが〝呪界《ブリガドゥーン》〟の条理なのだ。しかし大地はかわききったまま石のように固く、しめりけひとつにじんでこなかった。気温は目に見えて上昇していた。熱気が光景をゆらゆらとゆがめた。

男の顔がけわしくなった。

「ファフナー！」

竜は瞬膜を上げようとしなかった。ふてているのではない。ただ傷つきたくない一心なのだ。だが靴底をとおして地面がどんどん熱くなるのがわかるような場合、気を使ってばかりはいられない。偉丈夫は正しい道を選んだ。竜のきゃしゃな頸をきゅっとしめあげたのだ。

「ぐずぐずしていられない。水寄せがうまくいかないんだ。今すぐ回廊に引き返そう」

竜はきな臭い煙を鼻から吹いて抗議した。

「そりゃ追っ手はいるだろうよ。でも、ここは暑い。暑いのは嫌いじゃないが、ここはいやなんだ。わかるだろ？」

偉丈夫は竜の目を見つめた。竜はあくびをした。あくびは炎になって男の頬をかすめたが、かれは辛抱づよかった。結局、先に目をそらしたのはファフナーのほうだった。自分のせいで男がこうむった数々の災難を思いだしたのかもしれなかった。竜は瞬膜を上げた。「さあ「そうこなくちゃ」偉丈夫は白い歯を見せ、傍に落ちていたザックを肩にかけた。

銀河《おさら》の反対側へ連れてってくれ」

ファフナーは翼をひろげ、首を前につきだして空《くう》の一点を凝視した。空間の織り目を読んでいるのだ。回廊が縦横無尽にからみあう、宇宙の下部構造へ降りていくために。

ファフナーの呼吸がゆるやかに、そして深くなって、竜と男の身体のリズムが同期しはじめる。偉丈夫は、宇宙が自分の左肩を中心にぐんぐん回転しているような気がした。いつもの感覚だ。この回転が臨界に達したとき、回転の中心がすぽっと抜ける。そうして宇宙のやわらかな層に穿《うが》たれた回廊へと降下していくのだ。偉丈夫は目を閉じてその時を待った。だが、回転はすっと減衰し、いったん高まった気分はゆるやかにほどけて四散した。共感不全の不快な孤独感がむくむくとわきあがる。

「ファフナー?」

竜はまるで舌うちするように尾を鳴らし、今度は目蓋を閉じた。

「まさか、おい、それだけはよしてくれ」

男はザックをかきまわしてソーラー・ゲージをひっぱり出し、いまや白熱した太陽にむけた。オートで検索させると、太陽のインデックス・ナンバーがわかる。ゲージは、しかし「見つかりませんでした」と報告した。男はまっさおになった。この星系は呪界の外にある! 結節点を通過したときのいやなショックを男は思いだした。あのとき、加速の方向を誤ってはじき飛ばされたにちがいない。どうりで浮上のときの衝撃が大きかったはずだ。かれは思いだしたように、頭の砂をはらった。

偉丈夫はしゃがみこんで、ひどいため息をついた。竜にあたる気力さえなかった。回廊へ降りることができるのは呪界の中だけだ。呪界へ戻るにはもちろん宇宙船が必要だった。

つまり――とかれはひとりごちた――つまりおれはどこか一番近い宇宙港までてくてく歩いていかなくちゃならないわけだ。

偉丈夫は覚悟を決めた。二の腕に巻いていた革帯をはちまき代わりにきりりとしめ、大きな遮熱シートを頭からすっぽりかぶって太陽を背に歩きはじめた。炎暑は想像よりはるかにすさまじく、もしシートがなかったら千歩とあるけなかったにちがいない。またたくまに舌が粘り、汗が際限なく湧いて出たのも最初のうちだけだった。喉がひりついた。熱と脱水が目をくらませ、足をふらつかせた。頭巾のおかげで肺の火傷だけはまぬかれたが、あちこちに火ぶくれができた。時おり突風が起こると、熱い砂つぶがその上を叩いた。ファフナーはといえば肩の上でうとうとしはじめるしまつで、おかげで左肩はずっしりと重く、もしその重みのせいで左右の歩幅が違ったりするならば、とてつもなく大きなカーヴを描いてぐるぐる回りつづけるのではないかと、偉丈夫はぼんやりした頭の片隅でそんなことを考えたりもした。太陽の圧倒的な熱箭《ねっせん》は、ほとんど物理的な圧力でかれをぺしゃんこにしようと容赦なく降りそそいだ。水こい、水。水こい、水――

かれは呟いた。

「水はいるかね？」

妙な幻聴だった。スピーカーを通したような声なのだ。

「いるかね？」

「いるとも」偉丈夫は熱にうかされ、何も考えずにこたえた。「いるとも、いるとも」

「それじゃ、やろう」

「くれるか？」

「やるともさ。あんたの名前を教えてくれればな」

「おやすい御用さ。おれの名前は万丈――ＢＡＮＪＯだ！」

世界にむかってそう宣言すると、万丈は前のめりに倒れた。熱い砂が頬を灼いたが、もう立てなかった。うつぶせで死ぬのはしゃくだったので、なんとか体をひっくり返した。にらみつけた空に、しかし太陽はなかった。真上に浮かんだエア・ビークルが太陽をさえぎっていた。

「そら」

声とともに大量の水がふりそそぎ、視界に炸裂した。しぶきがキラキラと光を撒きちらし、湯気とぬかるみがかれのまわりで沸きかえった。

「ようこそ、アグアス・フレスカスへ！」

万丈は憮然としていた。

「まあそう怒りなさんなというのに」

かれを救《たす》けた老人はおかしそうに笑った。

「かりにもわしは命の恩人じゃないか」

たしかに、ビークルのコクピットは涼しいし、脱水や火傷は応急キットでたちどころに回復された。賦活タブレットを奥歯で嚙んでいると生き返るような心地だ。——だが死にそうになっている男のあとを、二十分も黙って飛んでいるなんて許されていいものだろうか。そう万丈は思った。遮熱シートのせいで機影に気がつかなかったのだ。

いや、いいはずはない。口の中でつぶやいて隣を見ると、ファフナーはヘッドレストに止まって鱗づくろいに余念がなかった。こいつなら許すだろうな。そう思うと、ため息がもれた。竜のことを考えるたびにため息をついているような気がした。

「このアグアス・フレスカスに客人とは」

老人はうきうきと言った。小柄でさすがに日焼けしているが、髪はふわふわで白い。古式ゆかしい視力矯正レンズを一対、鼻の上にのせていて、そのむこうにぎょろ目があった。

「むこうから来たんじゃろ?」

「呪界《ブリガドウーン》」

「それさ」

老人は目を細めてわらった。上の前歯が一本欠けている。それを見て、万丈はわけもなく嫌な予感がした。ファフナーの引きあわせには気をつけておくにこしたことはないのだ。先だってもマッド・サイエンティストにひっかかりひどい目にあっていた。そいつは万丈に〃モラル・マルチプレックス〃なる思考システムを催眠法で学習させた。旅行者が異邦で出くわす最大の障害は文化規範の違いだ。だがモラル・マルチプレックスのひとセットは主要な五十八万通りの文化フォーマットを網羅しており、対面した相手の近似モラルを察知すると、使用者の全知識・体験はそのフォーマットの上に並べかえられる。カルチャー・ショックよさようなら——というふれこみだった。うかうかと乗せられた万丈もバカだった。少し考えればわかることなのだが、モラル・マルチプレックスは使用者よりも相手に都合のいい状態を生みだすだけで、万丈はいわば文化人類学的お人好しに仕立てられたわけだった。

大枚はらって別の医者に消し込みをやってはもらったのだが、それは消去というより塗りつぶすといったほうが正しかった。後遺症が残るだろうとも言われた。さんざんだった。以来、この手のムードには過敏なのだ。

コクピットがさっと明るくなった。老人がキャノピを透明にしたのだった。オアシスが見えた。水と緑があざやかに目にしみる。

「あれがわしの庵《いおり》じゃ」

目をこらすと、森と見えたのは宇宙船の残骸に繁茂した植物群だった。移民用の大型個人宇宙船らしかったが、風化がひどい。

「あれは？」

「わしの船さ。遭難したんじゃ」

「救助は？ ここの航宙保安機構はどうしたんだ」

「保安機構？ ひやひや。アグアス・フレスカスの住人はあんたとわしの二人だけさ。ほかにはだれもおらんよ。田舎じゃからな」

万丈は座席に沈みこんだ。住人呼ばわりに反論する元気もなかった。

回廊は使えない。

宇宙港もない。

おれと竜とじじい。

「心配はいらんよ。わしに任せておきたまえ」

「ありがとう、ミスタ……ええと」

「わしはパワーズ。アダム・パワーズ」

老人は笑みで頬をふくらませた。

「哲学者じゃ、い、い、」

万丈は己れの不運を呪った。

2

俺の本体は宇宙船の元居住モジュールだった。オアシスから引いた水路をまわりにめぐらし、緑と見えたのは、豆や野菜、果樹、ハーブの類いだった。なかでも三十メートル以上に成長したタビビトノキがひときわ目をひいた。見あげると首が痛くなるほどだった。ぴかぴかの銅貨みたいな夕日が落ちると、庭に組んだ炉で大きな肉のかたまりがあぶられた。とっておきの炭は威勢よくおこって青い夜に映えた。透明な脂がしたたり香ばしい匂いがひろがりはじめると、パワーズが器用にとりわけた。クリスプな焼き目。あふれる肉汁。クローンものとは思えぬうまさだった。酒はフルーティで舌をリフレッシュさせる。万丈は知らず知らずパワーズを許しかけていた。

「わしも呪界へ行こうとしておった」

指をなめなめ、老人は言った。

「まだ若い頃さ。全財産をはたいて船を買ったが、この始末だ。こんな近くまできたのにな。無事な積荷や器材を使ってなんとか生きのびてはおるがね」

万丈は苦いサラダをわしわしと食べながら訊いた。

「なんでまた」

「エンジンを錆虫に食われた。呪界の外と思うて安心したのがまずかったんじゃ」

パワーズはからからに乾いた何かの葉をひとつまみ火にくべた。ぽっと青い煙があがる。

肉に香りをつけるのだ。パワーズはその煙のゆくえを目で追った。空に、星は数えるほどしかなかった。

「雅語でいう、〝蝕の夜〟じゃな。わしらはいま銀河の中心のほうを見とるはずなのに、星が見えん。呪界は自分の姿をすぐに匿《かく》してしまいよる。呪界の外におる者にはなんともやるせない空じゃ。あんたらにはわかるまいがな、わしらがこの帳《とばり》の向こうにどれほど胸を焦がしたことか……。おお、おかわりはどうかね。肉はまだまだたっぷりあるぞ。や、これはどうしたことじゃ。ファフナーくんはひと切れも食っておらんじゃないか」

竜はクンと鼻声で甘えて、万丈をうかがった。

「ははん、あんたの指図じゃな。道を間違えた罰かい？　いかんね。回廊旅行者は竜族を何より大切にするもんじゃろが。おまけにこの子はあんたとわしを引きあわせてくれた恩人で、その上わしの客分じゃよ」

パワーズが木皿に肉をとってやると、ファフナーはいそいそと爪で切り裂きはじめた。

「言っとくけど、その子はたぶんあんたの十倍は生きてるぜ。おそろしくタフなんだ」

「タフでけっこう。そうでなくてはいかん。ところでこの竜族というのはどこの星系の産なのかね」

「それはあまり意味のない質問だな。竜族は実験槽生まれだからな」

「ほう」

「呪界のなかでは、生命現象がすごくフレキシブルになる。高度な生命の開発がやりやすい」

「むう」パワーズは上を向いた。声がうるんでいた。「そうじゃなあ、あんたはあの向こうから来たんじゃなあ」

万丈は目頭が熱くなるのを覚えてあわてた。モラル・マルチプレックスの後遺症は、主として感情移入過多と説得に弱いことのふたつだと言われていたのだ。

老人は懐中から小さなケースをとりだし、パイプを組み立てた。何かの葉を詰め、万丈に一応すすめてから自分のために火皿にゆっくりと火を回した。

「呪界はな、今でもわしにとっては胸の痛くなるような憧れの彼方にある。それはたとえば、すばらしい夜を約束してくれる書物のような、そんなイメージじゃよ。じゃが、わしにはその本を読むどころか、手にとって装丁の手ざわりを楽しむことさえ許されておらん」

パワーズはゆったりと煙を吐くと、新しい酒びんの封を切った。

「腹もくちくなったし酒を変えよう。さあわしに教えてはくれまいか、帳《とばり》の向こうのことを」

話は際限なく続いた。パワーズは素晴しい聴き手だった。話し手の呼吸を読み、ツボをとらえたたくみな質問で万丈を飽きさせることがなかった。とぎれることなく喋りつづけているのは万丈なのだが、受けこたえの見事さに乗せられて、かれ自身もまた自らの話す事柄に新鮮な感動を覚えるのだ。話題はかれらの心の赴くままさまざまに移りかわった。

呪界のそもそもは、正確にはだれも知らぬ。はるか昔、超光速航行と即時通信技術があって、数百億の人間がこの銀河に流れ着き、陽気に暮らしておおいに栄えた。銀河中心から半径三分の一の領域で即時通信の超稠密《ちゅうみつ》なネットワークがはりめぐらされた。知ってのとおり即時通信は宇宙を情報的テクスチャと解し、そのテクスチャをさまざまに折り畳むことで光速を超えた伝達を可能にする。超光速航行も同じだ。稠密なネットワークはすなわち、宇宙が過剰に折り畳まれることを意味する。その折り畳みがあるとき度を越したのだ、と伝えられる。その時いらい、宇宙の基本的性質が変わってしまったのだと。真偽を確認する手だてはない。

「今ではもう、即時通信技術も超光速航行技術も呪界の中ではだれも使わないな。超技術を使う必要はないんだ。それはもう宇宙のデフォルトで、だれだって回廊や遠耳や水寄せを使えるんだ」

目を輝かすパワーズの顔に向かって、万丈は語った。呪界の基本的な成り立ちから回廊旅行者でなければ知ることのない不思議な時空のありようまで、呪界の誇る最新のテクノロジーから、最近はやりのＴＶ番組（遠耳を活用したテレビのネットワークがあるのだ）

まで、また倦《う》むことなく繰りひろげられる三大勢力間の覇権争いから最近巷《ちまた》を賑わす盗賊団の噂まで。自分の饒舌に半ば呆れながらも、話すことの楽しさを満喫した。

パワーズが要領よくはさんでくる質問には、老人の博覧強記ぶりがうかがわれた。万丈がこれまでなんとなく見過ごしてきた文物や風物が、かれの指摘で、なるほどそういうことであったかと目がひらかれた思いをすることさえあった。むろん、そこは結界の外の人間であったから少なからぬ誤解もある。万丈はむしろ歓ばしい思いでそれらを解いていった。

呪界とは、パワーズが想像しているように魔道と妖獣が跋扈《ばっこ》し、狂熱と頽廃が猖獗《しょうけつ》をきわめるようなそんな空間ではない。広大な呪界のなかにはそのような星域もあるが、それがすべてではない——万丈はそう強調した。結界の外と本質的に違いはない。ただ恒星の分布がより密で、歴史の古い文明が林立しているためにユニークな星間文明圏を形成しただけなのだ、と。万丈はまた呪界の条理についての誤解も正した。結界の内で日常茶飯に奇蹟や魔法が行なわれているわけではない。宇宙の構造は柔らかいが、あえて回廊以外の通路を掘ろうとする者はいない。水寄せは広く行なわれているが、水のかわりにシチューを出せるわけではない。こうしたいくつかの術は、呪界とわれわれとのあいだで長年かけて定着した慣用句のようなものだから、単語を差しかえたからといって通じるわけではないのだ。何ができて何ができないかは実際に身体とカンで体得する以外になく、そうすれば意外に窮屈で融通のきかないものだとわかるだろう。また、だからこそそれは〝条理〟なのだ。そう万丈は言った。

するとパワーズはかぶりを振った。

「ほんと、あんたは何もわかっておらんなあ……。呪界の外におるということが、超技術を使ってしか光速を超えられんことがどれほど情けないかがな。わしらの地図はちょっともダイナミックではないし、慣用句にせよ宇宙と言葉を交わせるような、豊かで幸福な共感など爪の垢《あか》ほどもありはせんわい。窮屈だとか融通がきかんとか言うとるが、わしに言わせればとてつもない贅沢じゃよ」

そこでふたりは杯をあわせて互いに苦笑した。

実際、その夜が素晴しかったというなら、その多くはパワーズの酒倉に負っていた。庭から屋内へ腰を移し（それともちろんファフナーもついてきた）、あるいは夜が更けてゆくにつれて、ふたりの（それともちろんファフナーの）杯に注がれる酒も、より味わいが複雑で濃厚なものへと変えられていった。この夜のために開けはなたれた酒倉は無尽蔵かと思われるほど底が深く（もちろんファフナーが本気になればその限りではない）、かれらは心地よい酩酊のなかで浮いたり沈んだり、昔の歌を口ずさんだりした。窓からはアグアス・フレスカスの月が白い光りをしのびこませ、その外でタビビトノキは枝葉を端然とひろげて青く佇んでいた。さらにその向こう、深い藍色のはるかな地平線にぱっと土煙があがった。しばらくしてかすかに音が聞こえたが、今度こそだれも気がつかなかった。

「これかね？」

「これさ」

卓のうえにコースターよりふたまわり大きい金属環が置かれていた。万丈がザックの中から引っぱり出したものだった。

「なんか固い塊はないかな。石みたいなやつ」

「これじゃだめかな」

パワーズがさし出したのはかちかちのパンだった。ふたりは顔を見あわせ、それからクツクツ笑いはじめた。

「爺さん、あんたは最高だ」

「そうだとも。そうだとも」

ふたりとも呂律《ろれつ》がまわらない。ファフナーは平然と卓上にすわり、植物性チーズをかじっていた。完璧に素面《しらふ》だ。

笑いながら万丈は汎用キイボードを金属環につないだ。環の内側がぼうっと明るくなった。

「こりゃいい。キャンドルに使える」パワーズが言い、また二人で笑った。パンを放ると環の上でぴたりと静止し、キイをおさえると微細片に砕けた。

「ほう？」

キイボードの上を万丈の指がなぞり、パンくずはまとまりをもって流れた。やがてそこに小さな銀河がうまれる。

「破片造形《ペブル・アーツ》っていうのさ。ああ呪界ならな、もっと面白いんだが。まずは基本形からやってみようか……」銀河は角のある四足獣になり、正十二面体をへてゆらめく水面になった。

「ざっとこんなところさ」

「こりゃあいいものを見せてもろうた」

パワーズは赤い額をぴしゃぴしゃ叩いて喜んだ。

「礼になにか捜してみよう。呪界ではないから期待せんでくれよ」

書きもの机の抽斗《ひきだし》をごそごそやって、何かをつかみだした。受けとってみると、それは万丈のこぶしほどの丸い石だった。みがかれ、なめらかだ。ひんやりと掌におさまった。

「わしが掘り出し、削りこんだ。地下室を造ろうとしていて原石を見つけたんじゃ」

「瑪瑙《めのう》？」

ファフナーが首をのばしてのぞきこむ。灯りに近づけると、石はさまざまな縞模様を封じこめていることがわかった。流れ、とどこおり、渦を巻き、そして波紋のようにひろがる。

万丈はパワーズの巧みに舌をまいた。石の理《め》をよみ、その多様と美を何ひとつそこなわず、配慮と計算のあとさえ見せずに生かしている。ばら色のグラデーションが手の中であたたかく微笑んでいた。

「すばらしい。素材も、研磨《ロマンシング》も」

「じゃろう？　たかが石ひとつにかくも美しいパターンがひめられておる。そしてそれは見出されたがっておるんじゃ。わしにな」

満悦のていでパワーズは窓辺に寄り、自分の畑をながめわたした。

「種を播くと、芽が出て花を咲かせ、実をむすぶ……。これはいったいどういうことなんじゃろう？　どう思うね」

万丈は首をふって先をうながした。老人は窓枠に身体をあずけた。

「種子は生命のカプセルだと人はいう。むろんそれは正しいが、見方はひとつじゃあるまい？　種子は、その周囲の物質に選択的に働きかけて、時間線上に配列されたさまざまなパターン——植物がその一生のうちにこなしていく姿かたち——を織りあげていく。そんなふうにも見えるのではないかね。花、葉、根。そうしたパターンを実現させ、演じさせるためのロジックのカートリッジ。それもまた種子なのじゃ。種子に仕込まれたロジックを踏み台にして、そのときそのときにふさわしい形態《パターン》を択《えら》びとりつづける。この運動性が生命じゃ」

むしろ淡々と、老人は語った。

「わしらはおのおの生を生きることで、そんなパターン、宇宙にあらかじめひそめられている可能性、生命にとって意味ある形を即興的に実現させていくんじゃよ」

「あんたは――」万丈は照れくさそうに指摘した。「ロマンチストなんだな」

「ばかを言うな。ただのセンチメンタリストじゃ」パワーズはにやりと笑ってみせた。

「アグアス・フレスカスには長いことわし一人しかおらなんだ。こう静かじゃと、宇宙の冷えてゆく音が聞こえるように思える夜もある。そんな夜、わしは呪界のことを――未練がましいかね？――あれこれ考えるんだ。あんたがどう言おうが、わしらから見れば、呪界は活気に富み、猥雑で破廉恥《はれんち》で、けばけばしく、目まぐるしくうつりかわり、理屈にあわず、複雑怪奇で、やかましい。――そう、やかましい」

「……やかましい」

「呪界では宇宙がひっきりなしにあれこれ言ってくる。呪界にはパターンが多すぎる。わしらのロジックが〝意味〟をみとめるパターンが多すぎる。こっちの宇宙を見てみい。こっちの宇宙は素っ気ない。冷淡だし、無関心じゃ。こっちの宇宙は人間に適応を迫る。人間が宇宙に歩みよらにゃならん。――呪界はどうじゃ？」

「逆だな」

万丈はパワーズの演説に引きこまれかけている自分を感じた。

「宇宙がこう言うておる。私を見てくれ、私を感じてくれ、とな。たんに宇宙の性質が、だらしないとか羈絆《きはん》が弱いとかじゃあない。もっとべつのレベルで、どこかが結界の外と決定的にへだたっておる。

わしはな、呪界が情報的テクスチャである宇宙をやたらと折り曲げた挙げ句の産物だという言い伝えに、手がかりがあると思うとる。

だれかがそこに何かを書きこんでおるのかもしれん。人間にとって、生き物にとって意味のあるものをみっしりとな。呪界とはただ、それができやすくなった状態にすぎん。そうしてその状態を利用して、だれかが、なにかが、書きこみをしているんじゃ……」

パワーズは言葉を切って、窓の外、月明かりをあびて佇むタビビトノキを眺めている。

万丈はやれやれと思った。パワーズは宇宙モデルである「情報的テクスチャ」と知性体が読み書きする「情報」とを混同している。呪界の外にはこの手合いが多い。卓上のファフナーと顔を見合わせ、お互いにちょっとずつ肩をすくめた。――しかし、パワーズはいきなり話題を変えた。

「おまえさんがいま手にしておるその石が、もとはもっと平凡な模様だったと言うたら驚くかね」

万丈の目がいぶかしげにすぼまった。

「そして見るんじゃ、このタビビトノキを。よいか、アグアス・フレスカスの重力下ではこの木はせいぜい十メートル前後にしか成長せん。なぜ三倍にものびたのじゃろうね？」

ファフナーは万丈の肩にふわりと乗った。その目はめったにない緊張をみなぎらせ、耳はぴんと立っている。だがファフナーは老人に注意をむけているのではなかった。万丈は、しかし竜のそんなようすに気づかぬまま、立ちあがってパワーズに詰めよった。酔いはさめていた。

「どういうことだ」

「知れたことよ」臆するようすもなく、老人は笑いかけた。「わしはアグアス・フレスカス、に呪界を呼び寄せようとしておるのじゃ」

そのときファフナーがケーッ！と啼《な》いた。

背すじの棘が一本のこらず逆立っている。

パワーズがドアにふりむいた。

「外にだれかおるぞ」

「開けるな」万丈が立つ。「開けさせるな！」

その暇はなかった。

刺客は月あかりを背負ってゆらりと中へ踏みこんでいた。

3

上背のある、おそろしく痩せた男だった。ゆったりとした袖口から杖のように細い手首がのぞき、その先に長い長い指がぶらさがっている。

「やっと見つけた」

表情のない、どこかいびつな声だった。

「客人か！」パワーズは飛びあがらんばかりの喜びようで男を出むかえた。「まったくなんて日じゃ」

万丈の制止は間にあわなかった。男の長い指がパワーズの首をかすめ、老人はその場にくたりと横たわった。刺客は自分の足もとに崩れた老人を見下ろした。その顔。男の右の眼球は左の三倍ちかくあったのだ。顔がそこを中心にもりあがっていた。

「やっと見つけた」

刺客は指をまげたりのばしたりしながら、パワーズの身体を踏みこえた。

「何をした」

「何も。ちょっとおどろかしただけだ」

男は自分の爪を眺めた。万丈はそれで男が何者なのかを悟った。かれは〝爪〟と呼ばれる暗殺者だった。その爪は他人の神経を自由にクラックし情報を流しこむことができる。

爪は、パワーズの心拍と呼吸の異常昂進というデマを流した。パワーズは危険な興奮状態を中断しようと失神しなければならなかったのだった。〝爪〟はあるイメージを心理的に固着させて、狙う相手を緩慢な人格崩壊にみちびくこともできたし、嘘の激痛でショック死させることもできた。接近しなければならないから要人暗殺にはむかないが、こんな場合――万丈のような男をへんぴな星で抹殺するケースにはもってこいだ。

「呪界の外へ逃げたとはな。多少は知恵が回るようだ。骨が折れた」

少しも骨が折れたようではなかった。が、〝爪〟が爪から目をはなして万丈を見つめたとき気配は一変した。巨眼のなかで、まっかな虹彩が熾《おき》のようにもえている。

目が放散するすさまじい殺意に、万丈は痺れた。

すると音もなく刺客は間あいを詰めていた。

万丈の動作が一瞬おくれた。腰のナイフを思いだしたとき、〝爪〟に右肩をつかまれ万丈の腕は動かなくなっていた。流しこまれたホワイトノイズが万丈の意志を呑みこんだのだ。〝爪〟は同時にファフナーをはたき落とし、腕の細さからは信じられない力で万丈をふりまわして卓の上に叩きつけた。頑丈な卓はびくともしなかったが、肋《あばら》が一本折れた。

「動けまい」

肩をつかんだまま〝爪〟の顔がゆっくりと歪み、それがぎごちない笑みになった。今まで笑ったことなどないかのようだった。それをきっかけに麻痺がじわじわと全身にひろがっていった。肋の痛みがミルクのような無痛に沈んだ。

万丈の右腕が、今度は意志とは無関係に、ナイフを鞘から抜きはらった。純白の刃があらわれ、それが万丈の胸に静かに突き立てられた。

「そら」

ナイフがなめらかに動いて、胸に軌跡を残した。血があふれるのを万丈も見たが、自分の身体なのだとはどうしても信じられなかった。痛くないのだ。

「いいことを教えてやろう」赤い目がぬれていた。「この前おれが手がけた女も、こうしたんだ。全身を解体したよ。最後の最後まで、女の肩から先だけがこう、たゆみなく動いていたな。女の腕はとても悲しそうだった」

万丈の手が、ナイフをふたたび持ちあげた。

だが、それがふりおろされることはなかった。ファフナーが奪いとったのだ。天井すれすれで身をひるがえし、もう一方の爪で刺客におそいかかる。竜族の爪は強靭だ。万丈のなまくらナイフなどやすやすと断ちきるほどに。さしもの〝爪〟も自分をかばうため万丈からはなれた。

それが、陽動だった。

息をふきかえしたのか狸寝入りだったのか。卓の陰で身をかがめていたパワーズが、がばっと立ちあがった。駆けよりざま、卓上の金属環をひろいあげ、その作用面を〝爪〟の心臓のうえにぎゅっと押しあてる。

ひとたまりもなかった。

肉はなめらかなペーストになり、ツイストをかけた環の力場に沿って飛び散った。

〝爪〟の左胸はあらかた吹きとばされ、万丈は刺客ごしに向こう側の壁を見た。

だが〝爪〟はハートを失ったまま、うす笑いをうかべた。

「この程度かね」

ファフナーに二の腕の肉をむしりとられていたが、むろんかれは何の痛痒《つうよう》も覚えていないようだった。その腕一本で、自分の倍もありそうな万丈をたかだかと差しあげ、サイドボードめがけて力まかせに投げつける。どかん、とものすごい音がした。

「寝たふりを続けておくべきだった」

万丈のダウンをたしかめる必要などないように〝爪〟はパワーズに向き直った。

「それがあなたのためだったのだ」

パワーズは茫然と、ただ立っていた。心臓を失い全身を血で染めて、しかし平然と笑う男が目の前にいる、これが呪界か――パワーズの喉がからからつばで鳴った。くちびるから漏れる息がふるふると震える。たしかに恐怖もあった。しかしパワーズは、それとは別な興奮が鳩尾《みぞおち》のあたりで熱くなりはじめたのを感じていた。どうかすると笑いだしてしまいそうな気がした。

「そうかい」

卓を背にして、パワーズは〝爪〟の目をにらみあげた。

「そうとも」

ヒュッと風が鳴った。

パワーズの手からつぶてが飛び、〝爪〟は顔をおおって大きくのけぞった。低く舞いおりた竜の尾がその足をはらう。長身の刺客はよろめいた。その動きは不自然なまでにぎくしゃくして、すぐに膝を床についた。

その前に万丈が立っていた。

〝爪〟は万丈の回復力に愕然としたようだったが、次の行動には出られなかった。筋肉がそれぞれでたらめな方向に動いて、ぎりぎりとかれ自身を縛っていた。

万丈が手をくだすまでもなかった。すぐに痙攣はおさまり、そのときには刺客はことされていた。オモチャが壊れたときみたいな、あっけない死にかただった。

万丈の指が〝爪〟の巨眼をつまみ出した。ゼリーのクッションに包まれたそれが〝爪〟の本体だった。有機コンピュータの一種で、インタフェイスを介して他の生物の脳――とその身体――をバックアップに使う。本来はまったく逆の目的で開発されたのだったが。

パワーズのつぶては、インタフェイス部に損傷をあたえていた。万丈は目玉をにぎりつぶすと、床におちていた美しい石をひろいあげ老人に返した。

パワーズはサイドボードの残骸を悲しげに一瞥すると、かるく肩をすくめて万丈を見た。

「わけありじゃな？」

「そうらしいね」

万丈はひらき直ったように声を荒らげた。パワーズが差し出した応急フォームのスプレイ缶を引ったくると、胸の傷口に泡を盛り上げた。

「らしい？」

「信じてもらえるとは思わないが——なぜ追われているかおれは知らないんだ。どうやら少し前までは覚えてたみたいなんだけど」

「ええと……？」

「あのいまいましい〝モラル・マルチプレックス〟のことは言ったろう」

「うむ」

「その治療のせいさ」

「……すると」

「塗りつぶされちゃったんだよ。なぜ追われているのかの記憶までね」

万丈はうつむいた。パワーズはわざわざしゃがみこんでその表情をたしかめた。偉丈夫はこれ以上ないほど情けなさそうな顔をしていた。

「嘘がつけるタイプじゃないのう」面白そうに笑って、パワーズは立ちあがった。「それで？　あんたを追いかけまわしとるのはだれなんじゃ？」

万丈は黙って首を振った。もちろん知らないのだ。

「そいつは執念ぶかいのかね？」

「なぜ」

老人はその丸いアゴで窓の外をしゃくってみせた。あわてて窓にかけより目をこらす。

深い藍色の地平線にぱっと土煙があがった。つづいてもうひとつ。またひとつ。さらにひとつ。

「執念ぶかくて、おまけに力もある」

パワーズはクックッ笑いはじめた。

「大丈夫じゃよ。言わなかったかね？　心配はいらん。わしに任せとけばええんじゃ」

「はは、ありがとう、ミスタ・パワーズ」

うなだれた頭にファフナーが止まった。

「まったくなんて日じゃろう！」

パワーズは嬉しくてたまらないようすでうきうきと言った。

「千客万来とはこのことじゃ」

4

地下室へ降りるには階段しかなかった。灯りもまばらな細い一本の通路で、やたらに隔壁がある。それをひとつまたひとつと上げながら降りていくのだ。いったいなんでこんなものがあるのか、万丈には見当もつかなかった。老人以外に、だれがこの階段を通ろうとするだろうか。

七つめの隔壁をくぐり抜けたとき、頭上から低い振動とうなりが伝わってきた。重低音が腹にずずんとこたえる。ショック・カノンだ。

「まさかこんなふうに役立つとはな」

パワーズが自分の耳の下にふれると、隔壁がするすると下りて背後をふさいだ。

「発電設備は地下ふかくにある。やすやすとは破壊されん」

階段は急になり足元が危ういほどだった。暗がりへ落ちこんでゆく傾斜と、ひょこひょこ降りてゆくパワーズの後ろ姿をながめていると、あの嫌な予感がよみがえってきた。いやもう予感じゃない。そう万丈は観念した。現実だ。そしてどんどん悪くなる。

「なあ爺さん、さっきの話なんだが……」

パワーズは黙りこくっていた。竜が居心地わるげに頸をひねる。

「……その、呪界を呼び寄せるっていう」

「ふむ」

パワーズはまた耳の下をおさえて次の隔壁を上げた。

「呪界のフレア現象は知っておろうが」

「フレア？」

「ははあ、知らんか。まあ結界の内側におるものには関心のないことかもしれんな。呪界のエリアはここ十万と二千年のあいだ、拡がりも縮みもせんかった。しかしそれは長いタイム・スパンでのことで、呪界のふちでは境界が絶え間なく動いておる。まれに光年のオーダーにまで触手のように細長くのびてくるものまであって、これをフレアと呼んでおる。フレアのしくみはまだよくわかっておらん。非常に不安定なのでな」

重低音が、またひびいた。パワーズのキャビンはもう跡形もないだろう。万丈は、けっこう趣味のよかった調度品や素晴しい酒倉を思いだした。

「まあ通説ではこうだ。こっちの宇宙が境界付近で不安定になり、テクスチャ構造が呪界によく似た状態をとったとき——呪界のなかみがこっちへむけて落ちこんでくるような、そんな現象が起こっておるのじゃないかと言われとる。わしはな、このフレアを人工的に発生させようとしておるんじゃよ」

十いくつめかの隔壁に、かれらはたどりついた。

「これが最後じゃ」

扉がせり上がっていき、その向こうにパワーズの工房があらわれる。万丈は二、三歩ふみ入って、思わず唸った。そこは巨大な円筒状の空間で、さしわたし五十メートル、上下が百メートルはあるだろう。その内側からせり出した小さなテラスに万丈は立っている。空洞はあきらかにパワーズが掘ったものだったが、万丈を驚かせたのはその大きさではなかった。

空洞が窮屈だと思えるほどの大きな物体が直立している。

目の前、手をのばせばとどきそうなくらいの近さまで、その構造物は迫っていた。

どうやら移民船の空間歪曲エンジンを中心にブースター・ユニットやコントロール・ユニットを組みあげたものらしかったが、一目見ただけでは何がどうなったものなのか見当もつかない。船の、つかえそうな部分を片っぱしから引きむしってきて積みあげたようだ。美観も統一感もあったものではなかった。

「これが呪界発生器じゃ」

パワーズは満足げにうなずき、万丈は青ざめた。

「なんで隔壁があるのかわかったよ」

「そうじゃろうとも」

「侵入者をふせぐためではなく、この装置から居住部分を守るためだったんだな」

「なかなか物騒なキカイでなあ」

パワーズは好々爺《こうこうや》が乱暴者の孫を見るように目を細めた。呪界発生器は、あちらこちらでチロチロと光をまたたかせている。電源が入っているのだ。身の毛もよだつ唸り音も聞こえてくる。内部で男声合唱団二十組がハミングしてるみたいだな、と万丈は目まいのする思いでその音を聞いた。むん、むんと絶え間なく続く音。それが呪界になんとしても行こうとする、パワーズの執念のうなりに聞こえたのだ。

「なんで……」

「ふん？」

「なんで、こうまでして、あんたは呪界に行きたいんだ？　行こうとするんだ？」

「愚問じゃね」あっさり片付けて、パワーズはテラスの端にある制御盤をいじりはじめた。

「わしにわかるわけがなかろう」

ハムとはあきらかに違う、底ぶかい振動が構造物の奥から響きはじめた。合唱団三百組くらいだ。響きは安定し、徐々に力強さを増していった。

「まあ強いて言うなら、ほれ、例の宇宙に意味を書きこんでおる奴の顔を一目見ておきたいから、というところじゃろうかのう」

「な、なあ爺さん」万丈は頭をふった。「まるでそいつが本当に呪界のどこかにいるみたいなことを言うね」

「違うかね」老人は目をぱちくりしてみせた。「呪界の有名な伝説じゃろうが。ありとあらゆる価値の中心〝形而上の黄金〟と、その番人にして検閲者たる〝抽象的な竜〟。知らんとは言わせんぞ」

万丈はあんぐり口をあけた。それから気をとり直してパワーズの致命的なミスを指摘しようとした。まさにそのとき、

ゴォッ

唐突に強風が巻きおこり、万丈をよろめかせた。その鼻先を、いつかどこかで見た覚えがあるマリンブルーの多面体がかすめていった。どこからともなくあらわれたその結晶はどこへともなく飛んでいった。閉ざされたままの隔壁へむかってどんどん遠ざかっていく。二十メートル以上先だ。だが万丈から扉までは五メートル足らずしかない。

万丈の視界に、ふたつの遠近法がダブっていた。別の空間がここに重ねられている。

「あれは青晶士《せいしょうし》……」

万丈はとびあがった。呪界の知性体のひとつが目の前を通っていったのだ。呪界発生器は、たしかにアグアス・フレスカスに呪界を招き寄せようとしている。

ファフナーの爪が肩に食いこんだ。

万丈ははっとして隔壁のむこうの気配に意識を集中した。青晶士ではない。追っ手だ。十いくつもの壁はあっという間にやぶられたらしかった。たしかに、そこにいる。

見るみる隔壁は白熱し、とろとろと溶けていく。万丈はパワーズに知らせようと身体を

ひねった。老人の背中が奇妙に歪んでみえた。目に見えぬ力がかかり、どこかで何かがみしりと音をたてたような気がして——

呪界発生器は粉ごなに砕けちった。

——とっさに顔を両腕でかばっていた。

だが、破片も爆風もやってはこない。

万丈は目をあけた。パワーズがしたり顔でにやにや笑っている。その向こうで呪界発生器が砕けたまま静止していた。

万丈と竜は首をぶるぶる振って、まじまじと構造物を見つめた。やっとそれがわかった。呪界発生器には傷ひとつついていない。砕けたのは光景のほうだった。テラスの向こうは、さざなみのように細かな無数のひびで、一面おおわれている。構造体はガラスの上に描かれてあった画のように見えた。ささらに割れた光景は、破片造形さながらに揺動していた。

どん、と低周波がうなり、隔壁がシチューのように飛びちった。黒いスリムな甲冑を被った影が鉛の蒸気のなかに立っている。

「ハイ！」パワーズが叫んだ。「万丈、そいつらはまかせた」

言われるまでもなかった。万丈はするりと革のはちまきをほどき、ムチのように鋭く振って、影のかまえた振動銃をはねとばした。万丈のでかい拳固が一撃で冑《かぶと》を打ち砕いた。

「ファフナー！」

老人の声に、竜は宙をひるがえりパワーズの肩にとまる。

「おまえのリズムをわしに教えとくれ。呪界を〝見切る〟ことができるようにな」

さざなみの振幅はぐんぐん大きくなり、荒れた海のように激しく揺れ、逆巻く。その波間に見たこともないさまざまな光景が魚影のようにあらわれてはまた消えていくのを、パワーズは見た。

手の届きそうなそこに、呪界がある。

「ハイアー！」

感きわまった声だった。ポケットをまさぐりあの瑪瑙をつかみだして、パワーズはそれを高く高くかかげた。

「見えた！」

かれの手からつぶてがはなたれ、〝水面〟に叩きつけられると、その一点へまわりから波紋がしぼりこまれていく。巨大な呪界発生器の全域から何百万もの波紋が加速しながら逆流し、その勢いにとうとう「こっちの宇宙」が耐えきれなくなった。

轟音とともに、そこが内破した。そして――

ふりむいた万丈の目に、それは溶岩流と見えた。赤い熱い流れが猛烈な勢いで噴きだしてくる。横っとびでそれをかわした。影。逃げ遅れた数体の影は奔流にさらわれ、すぐに見えなくなった。熱流は通路を吹き抜けていく。

「パワーズ！」

万丈はもう泣きだしそうだ。

「これは、何だ。なにをしたんだ」

「わしにわかるもんか」

「もういい。止めろ」

はじける音がした。かれらが目をあげると、別な熱流が噴きだすところだった。ダムの横腹を突きやぶる水流のようだ。頭をかかえて逃げまどうふたりのまえで、三つめの火柱が制御卓を呑みこんだ。

「手におえんのう。なんとかならんか」

「おれにどうしろってんだ！」

テラスがめきめき鳴って、大きくかしいだ。細かく砕けた構造体の光景はいまやバラバラに分断され火の中に溺れていく。その垂直の炎の海がパワーズと万丈のうえに倒れかかってきた。

「ファーフナー」

万丈はパワーズをかかえこむようにして叫ぶ。ファフナーがふたりの上に舞い降り、不活性断壁をひろげた。直後、大きく持ちあげられる感覚があった。翻弄される。

「万丈」身体を折りちぢめながら老人は訊ねた。「教えてくれんかね」

「回廊旅行者の口癖、旅立つもののセリフを」

「何を」

万丈はそれを教えてやり、パワーズは夢見るようにそっとつぶやいた。

「さあ、銀河《おさら》の反対側へ連れてっとくれ」

肺も潰れそうなGがかかり、かれらは意識を失った。

〝清冽な泉《アグアス・フレスカス》〟の涸れはてた大地の上を、赤いかがやきが網の目のようにひろがっていった。パワーズのあけた穴をおしひろげ、とめどなく溢れだし、やがて惑星表面すべてが熱の海におおわれ、アグアス・フレスカスは小さな太陽になった。いや、その時点でアグアス・フレスカスは存在しない。それはほんのちょっとの間だけ、小さな小さな呪界の〝飛び地〟になったのだった。

惑星ひとつを呑みこんだ〝呪界〟は、その存在根拠——パワーズのつくり出した擬似場——を失うと、急速に収斂し吸いこまれるようにして消えた。アグアス・フレスカスのあった軌道には、わずかな破片がただよっているだけだった。その中に瑪瑙に似た美しい石を探そうとしても、たぶん無駄である。

5

「こんなことじゃないかと思った」

うんざりした声だった。エメラルド色の竜は黙って瞬膜を下ろし、そっぽを向いた。万丈は剣呑《けんのん》な視線をパワーズにうつした。老人の眼鏡にひびが入っている。ふたりと一頭のうけた傷はそのひび一本だけだった。

「たいした哲学者だよ、まったく。あんた、自分がなにをしでかしたのかわかってるんだろうな」

「もちろん。回廊へつなごうとして、その下の層までぶち抜いてしもうたんじゃ。始源層に」

始源層は〝宇宙の素材〟が大いなる混沌となってうず巻く宇宙の最深層だった。〝情報的テクスチャ〟のいわば「裏地」。それに触れればすべての質量／エネルギーは素材に還元される。ファフナーが非エネルギー性の断壁《バリアー》を使ったのは僥倖《ぎょうこう》だった。

「それで？」

「それでもこれでもないわい。大失態じゃ」しょんぼりと老人は言った。「……このひび、直らんもんかなあ」

万丈はがっくりと肩をおとした。

いまかれらは、丘陵のなだらかな斜面に腰を下ろしていた。どことも知れない星だが――万丈はザックを失くしていた――、空はよく晴れていた。始源層が、断壁《バリアー》に包まれていたかれらを異物として回廊の層へ排出してくれたおかげで、こうして空を見ることができる。日射しはあたたかだった。さっきパワーズは念願の水寄せに成功し、最高の気分を味わってもいた。

たしかにここは呪界だった。

だが万丈は不機嫌そうに草をむしった。

手もとに残ったのは革のはちまきとファフナー、それにナイフだけ。横でパワーズが浮かれていると、険悪な気分になってくる。むしった草の揮発成分が、ほんのわずかその気分をあと押しした。

「爺さん？」

「ほい」

「話のつづきをしようや。〝形而上の黄金〟と〝抽象的な竜〟さ。爺さん、あんたはあれを本気にしてるのかい。本当にあると、真剣にそう考えてるのかい」万丈はにやりと歯をむいてみせた。

「ふん？」

「そりゃたしかに〝形而上の黄金〟と〝抽象的な竜〟は有名さ。おれだって知ってる。呪界の外で知られていても不思議はない。だけどそいつは伝説なんかじゃない。TVのコメディ番組に出てくるただのジョークなんだよ。残念ながらね」

万丈はいじわるな期待をこめて、パワーズの目をのぞきこんだ。老人は答えた。

「だからどうだというんじゃ？」

万丈は思わずつんのめりそうになった。万丈の感情を過熱させて喜んでいた草むらも、成り行きを見守ることにした。パワーズは立ちあがり、芝居がかったしぐさで思いきり両腕をひろげた。

「わからんのかね、ここは呪界じゃ。ここでなら、宇宙の真理がたったひとつの冗談から遡及的に組みあげられたんじゃとしても、わしゃちっともおかしいとは思わんね」

万丈は吹きだした。

「あんた、自分の言ってることがわかってない。支離滅裂だよ」

「そうかね？」パワーズはいやに静かな声で言った。「今度はわしの番じゃな。万丈、おまえさんは本当にそう考えておるのかね」

万丈にむかって一歩ふみこんでくる。

「おまえさんはおかしいとは思わなかったかね？　あんな荒野だらけのひどい星に、遭難者とはいえ言葉の通じる相手が住んでおって、即座におまえさんを発見し、水と酒と肉をふるまい、命を助け、あげくのはてに呪界に戻してくれる。こんな、絵に描いたように都合のいい筋書きを、ちっとも疑ってみたりはせんかったというのかね？ そうなのかね？」

万丈はたじろいだ。草むらがかれの動揺を反映してざわざわと鳴った。

「わしがあらわれる前、おまえさんは朦朧としてしきりに〝水こい、水〟とつぶやいておった。よいかな、もしそのとき呪界のフレアが一瞬かすめていったとしたらどうじゃろう。わしが、おまえさんに水をやるために、それだけのために過去にさかのぼって創造された人格なのじゃと言うたら、やはりおまえさんは笑うかね？ その度胸があるかね」

パワーズは両掌で万丈の顔をはさみこんだ。人なつこい老人が、まるで別人のようだった。

「わしの苦悩も歓びも、すべておまえさんに水をやるための準備にすぎなかったとしたら、わしはおまえさんにどんな感情を抱くじゃろうか。ほれ、考えてみい？」パワーズは万丈の目をのぞきこんだ。

「だが、もしそうだとしても、あんたはそのことを知るはずがない」

「そう思うのか」老人はあざけるように笑った。「では想いうかべてみてはくれんか。そいつはそれを知っとった、と。そしてその長い長い人生をただその日のために生きてきたと。呪界から落ちてきた男と竜に水を与え、そいつらを送り返してやるという決定ずみの歴史的事実を実現するために、それだけのためにひからびた星のうえにへばりついていたそいつが、今どんなふうな気持ちでおると思うね？　嫉妬しておるのさ。男と竜は、呪界のお気に入りなのじゃもの」

そうして老人はにや、と笑った。

「――冗談じゃよ。ああ、むろん冗談じゃとも」

だが、かれの目は少しも笑っていなかった。

「本気になど、せんかったじゃろうな」

パワーズは手を離し、身体を引いた。くるりと背をむけ、眼下にのびのびとひろがる景観を眺めわたし、かれは言った。

「さてさて、腰をあげようじゃないか。道中は長い。仲良くせんとなあ」

「な……に？」万丈の声が裏返った。

「なにきょとんとした顔をしとるんじゃ。案内役がそんなことでは困るぞ」

「案内役……」

「まさか万丈、おまえさんはわしを置き去りにはせんよな？　まさかまさか。水を与え、肉と酒をふるまい、命を助け、あげくのはてに呪界に戻してやったこのわしが、道に迷うとるというのにな。のうファフナー、そんなやつではないよな、万丈という男は」

竜は大きくうなずいた。

「お・ま・え！」

「万丈。こう思うとええ」パワーズは老人とは思えぬほど背筋をしゃんと伸ばした。「さっきの冗談のつづきじゃ。わしは役目を果たしおおせた。今度はおまえの番なんじゃよ。右も左もわからん老いぼれと腐れ縁でむすばれ、凶運を招《よ》ぶ竜とともに、わけもわからぬまま追っ手におわれて右往左往するのが、おまえさんの存在理由なんじゃ。そういうふうにして、いつかおまえさんもある歴史的事実を成就させるんじゃ。たぶん、それがあんたらが〝お気に入り〟である理由なんじゃろうて。やかましい、おしゃべりな宇宙のな」

説得に弱いのも、そう、後遺症のうちなのだった。

万丈はため息をついて立ちあがる。アダム・パワーズはファフナーを肩にとまらせ、はや意気揚々と斜面をくだりはじめていた。

万丈はもう一度ため息をもらした。ため息の原因がふたつになったのは確実に思われた。

「ホッホウ！　さあ、お祭りに行こうじゃないか。万丈、つの笛をもっておらんか。なにか力いっぱい吹き鳴らしたい気分じゃよ」

夜と泥の

夕映えの最後のはためきがきえかかろうとする空の下で、その黒い大きな影はすこし淋しそうに見えた。沼の上で大きくかしぎ、完全に死んで、微動だにしない。なんとなくブルドッグに似ている。五十メートルもある葉巻を一本ずつ両脇にかかえた、巨大な犬だ。ほんの二百年まえまで、それは寡黙で有能な大型土木工作機械《ロボット》だった。見てくれこそ悪いが〈セリューズ〉に忠実につかえ、山を削り河をひらいた、はたらきものの剛健な機械だった。しかしそのクローラーがまわることは二度とない。二基の掘削ビーム発振器が作動することもない。泥に半分漬かり、旺盛な植物群にからみつかれてもう動けない。この異星の沼の真ん中で。

うるんだ太陽は、とうに北の森におちた。残照の空は徐々に熱と火をうばわれ、うす闇が沼と沼をとりまくしめった森のうえにおりている。星々は針で突いた穴のように、小さいがするどくくっきりとかがやいた。雲はなかった。

沼のほとりで虫が鳴いている。

小さなけものの鼓動のようなその声が、やがてひとつのリズムをうちはじめると、南の空が明るくなっていく。月の出だ。

トクトクトク。

雨季はおわった。

長く熱い日々がはじまるのだ。昼の炎暑の名残りがまだそのへんに、たゆたっている。泥がにぶくひかっていた。

虫の声は、はじめのひと叢《むら》が隣りの茂みを呼びさまし、次から次へとひろがって、やがて広大な沼の全周をとりかこんだ。リズムのずれがふしぎなうねりを生んで、虫たちのビートは立体的な陰翳をおびた。月を迎える歌なのだろうか。別のなにかに呼びかけているようでもある。

月がのぼって沼を白く照らすと、まわりの密林がぎゃくに闇をふかめてのしかかってくるように見え、私はふいに不安をおぼえた。理由のない不安だ。だが同時に、リズムをそろえていた虫の声がばらばらに乱れはじめた。目に見えぬ動揺が、ナクーンの湿地帯をおおったように。息がつまる。苦しくなってくる。

「……蔡《ツァイ》」

そうきこえたのは自分の声だった。知らず知らずに口に出してしまっていたのだ。かわいた、あたたかい手が私の手の甲をポンポンとたたいた。蔡だ。肉厚のがっしりした手が、月のあかりをかすめて隣りへもどっていった。自分がよっぽど緊張しているのだとわかって、私はすこしおかしくなった。どうってことはない。怖がることはない。われわれは安全なのだ。

虫の声ももとどおりそろってきた。てれかくし半分に苦笑いをちょっとためし、前におかれたグラスに手をのばしかけたとき、森の奥から絶叫があがった。うろたえて酒をこぼしてしまい、案の定、横でクスリと笑うのがきこえる。

「……鳥だね？」

蔡はうなずいた。

「もっと喧《やかま》しくなるから」

厚くて頑丈な声がそう言った。いいおわらぬうちに別の方角で別の鳥が喘ぎ、間髪をいれず、けたたましいさけびがすぐそばでした。

蔡は動じたようすもなく、悠然とグラスを傾けている。私もそれにならい竹の香りのする酒をすすった。胃の底で小さな火が閃く。目のふちがあたたかくなる。シートの背もたれに体を預ける。自分の体重が心地よかった。

私たちふたりを乗せたこの小艇はコンパクトだがまったく素晴しい。ここまでの一時間の飛行はじつに快適だったし、こうやって待機モードにしておくと、コンパクトな機体は熱も音も光ももらさない(ように偽装する)。だれだって軍事用だと思うだろうが、じつはじつはバードウォッチングのための機体は

だから視界はたっぷりと広く、コクピットも入念な設計のおかげでひろびろとくつろげ、小さいながらバーまである。膝の上に引き出した小テーブルの端にノズルが三本とりつけてあるのがそれだ。私はグラスに新しい一杯をみたし、蔡も同様にした。

だしぬけに大きな鐘の音が鳴って鳥たちを黙らせた。余韻が尾をひきやがて消えそうになると、別の、もっと高い鐘がカーンと鳴り、さっきの鐘がそれにこたえるようにまた音をひびかせる。

私には想像もつかない。だが蔡の言葉を信じるなら、それも生きもののたてる音なのだ。鐘の音は、競うように鳴りやまない。すると、虫のビートに変化が生じた。鐘のタイミングをみはからって強弱をつけたりリズムをゆらしたりするのだ。鳥たちも負けじと、しきりに啼きかわす。小艇のまわりでは鉄ヤスリをこすりあわせるようなキチキチいう音がこまかくいきいきとうごき、右手の遠くで、土笛のようなとぼけた音が郭公《かっこう》の音程を歌った。

そこらじゅうで音がしている。てんでに音をたてている。沼を取りかこんで、音の密林が立ち上がろうとしている。

酒のためか、私はかるい昂揚感に酔った。蔡の話はいまだに信じかねたが、そのとおりのことが起こったとしても……そう、そんなにふしぎではないと、そう思えてきた。この音が、蔡の途方もない話に信憑性をあたえてくれたのだ。

「ねえ……酒は飲んでてもいいんだろう」

「どうして」

「影響はないのかな。私たちの頭の中のからくりには」

「ないとは言わないがね」蔡はわらって手をふった。「平気さ。まあ、へべれけにはならないほうがいいな。あれを見そこなうから」

お墨つきをもらったので、ブルドッグのいかつい顔を肴《さかな》に私は澄んだ酒の歯ざわりをたのしんだ。地球化機械《テラフォーミング》の残骸は、月の光にしらじらと照らされて、朽ちはてた古代の遺跡のように見えた。苔と、つたと、信じがたいほどの量の葉がブルドッグにしがみつき、吸いつき、からみついて、いたるところで花を咲かせている。夜の光に色をうばわれ、それらの影のかさなりは一種抽象化された模様のようだ。

私はシートから背中をおこした。

その模様の中を、なにかが動きまわっている。紐のような生きものがざわざわと移動していく。いくつも。

「そろそろはじまるぞ」

蔡の声におちつきはらったふりでうなずきかえし、それから感覚拡張《SE》システムのことを思いだして、あわてて目を増感した。視界がせばまり、かわりにブルドッグの鼻づらが視野いっぱいにズーム・アップされた。不慣れだから微調整はうまくいかなかったものの、動くものの姿はよく解像されていた。かたい鎧をもつ、多節の、這う虫だ。一メートルはある。

「あれだけじゃない。そこもだ」

蔡がゆびさす先へ視線をおろす。沼にたくさんの波紋があらわれていた。泳ぐものの背が見え、動きまわるものの肢や尾が見えた。ごつごつしたウロコや、疣《いぼ》だらけの粘膜が、暗い水面にすっと浮かんでは消えていく。銀色の閃きがそこかしこで跳ねまわっていた。魚が飛びあがり、月光を掠めていく。小さなナイフがつぎつぎになげられていくようだ。

空が鳴った。

千万の小さなモーターがまわるような音だ。月夜のあかるい空いちめんに小昆虫の大群が乱舞していた。雲というより幾層もの幕となって星を翳らせ、風に泳ぐカーテンのようにたなびく。右へ、左へと群れがゆきかい、重なりあったところに干渉模様がうまれて、空にさまざまな濃淡がえがかれた。

「今夜も盛大になるぞ」

蔡の頬がうっすら紅潮していた。満足そうなため息。

ぬめぬめした膚をもつ生きものたちが、沼のほとりに集まってきた。森にひそんでいたもの、泥の中から這いでてきたもの。それらが跳ねたりもがいたりしながら、あとからあとから波のように押しよせてくる。サンショウウオや蟇蛙《がまがえる》に似た、肢のみじかいものたちが、押しあいへしあいし、のたのたあるきまわり、ときには肩を寄せあい濁声《だみごえ》をはりあげたりもしている。ついさっきまで動く姿のなかったこのナクーンの湿原が、今や音と動きでたぎりかえっている。

ふしぎな昂揚感はまだ続いていた。むしろ高まっている。

もうすぐだ――それはわかった。遠からず姿をあらわすはずのそのものにむかって、この沼のすべての音と動きが急速に収斂しているのだ。この大騒ぎ全体が、それを招《よ》ぶための歌なのだ。

興奮がキャノピごしに私の体温まであげるように思われ、グラスをとって、火照《ほて》ったくちびるでひとくちすすった。澄んだつめたい酒は、月の光に似つかわしい味がした。

私たちは、並んで、前をむいて待った。待っただけのことはあるだろう。もうすぐ報われる待機だった。

＊

空港で二時間、待ちぼうけをくわされた。

ビールをグラスで三杯。レバーサンドウィッチがひと皿。ニュースパッドも読み飽きていいかげんしびれをきらしかけたころ、若い男が息をきらしてやってきて私の名をきき、名刺を出しながらいいやあすみませんでした、と言った。ティールームの客がひとり残らずこっちをむいたほどの大声だったが、かれはこちらの当惑にはまるで頓着しないふうで、童顔をにこにこほころばせている。これだけ元気のいい謝罪はめったとお目にかかれるものではない。私はむしろ、いい気分で腰を上げることができた。

蔡の使いだというその青年が用意した車で市街へむかうことになった。空はさっぱりと晴れあがり、道の流れもよく、やれやれと安堵する。今度の旅はあちこちでやたらと待たされどおしだったからだ。目的地に近づくにつれ、だんだん時刻表が役に立たなくなってくる。知らず知らず、それに馴れてしまったころ、ここに、この蔡の星に降り立ったのだ。

「蔡が自分でお迎えにあがるはずだったんですが」

申しわけなさそうに洪《ホン》が言った。

「いいさ。日程が丸三日ずれたんだ。かれもずいぶんあわてたろう」

「それはもう」洪は苦笑した。「しかし、さぞあきれておいででしょう。軌道ステーションで三日も足止めさせられる星なんて、あまりない」

「天候のせいさ。しかたがないよ」

「それにしたって商用宇宙港がひとつしかないせいでもあるんです。——でも、あんな暴風雨があるのは雨季と乾季のさかいめだけですから。あまり言いふらさないでください」

洪は片目をつむってみせた。

「気象制御はしていないんだね」

「食糧生産に関係があるときだけ。それだって年じゅうというわけじゃない。とてもコストがひきあわないですよ。辺境の、新参者ですから。ところで宇宙港から空港までの最終便も遅れたでしょう？」

「ああ」

「あれ——じつは私のせいなんです。その筋に手をまわして、優先的にスカイバスに乗っていただこうとしたんですが、あれがいけなかった。蔡のスケジュール調整であたふたしてて連絡をひとつ忘れてしまった。先回りさせるはずのバスは三時間もスタンバイしたままで。青くなりましたよ。ひとごとなら大笑いするところなんですが」

そういうからには大笑いしていたのだろう、そう思わせるあっけらかんとした口調で、それがかえってこちらの笑いをさそう。押しつけがましさを感じさせずに自分のペースに持っていける男だ。かれが蔡の秘書だとしたら、その協働ぶりはたいした見ものだろう。

「若い星です。大目にみていただければ救われる」

その言葉に、私は洪の横顔を見直さずにはいられなかった。洪の口ぶりには、自分の星への純朴な——というと意地が悪いだろうか——誇りと自負がくっきりとあらわれていたのだ。

人類は齢をとりすぎてしまった。

——そう口ぐせのように言っていた蔡がとつぜん仕事を辞めてこの星に帰ってから、もう二十年になる。ここへくるまでの、曲がりくねった道を行くような、まだるっこしい行程。私はここを隠栖《いんせい》の星と思っていたのかもしれない。その星で、しかもついさっきしたたかな有能さの一端をのぞかせたばかりのこの青年の口から、こうもうぶな、しかも覇気にあふれた科白を聞こうとは思わなかった。

私は、どぎまぎしてしまった。

「君らの星だね」

われながら意味をなさない返答になって、会話がすこしとぎれた。

ここちよい加速を感じて目をあげると、首都がまぢかに迫っていた。

直立する都市だ。

ゆたかにひらけた平野から垂直にそびえたつ超高層建築群は、都市がガラスと鋼鉄で構築されていたころの摩天楼を彷彿とさせた。効率のよい、集積された都市。直定規と雲形定規とでがんじがらめにされた街。準生体都市を見慣れた目には、不粋というよりいっそ古拙《こせつ》とうつる。

車は平滑な路面から数センチ浮いてなめらかに疾走し、ゆるやかな斜路をのぼって、陽光に燦《きら》めく都市圏内に進入した。

「蔡とは古いお友だちだとうかがいました」

「かれこれ三十年だがね、もっともかれがこの星に引っこんでからは、ごぶさたなんだ」

「では二十年ぶりに？」

「あいつめ、私の旅先にだしぬけにメッセージを送ってよこしたのさ。〝ついでだから寄ってけよ。いいものを見せてやる〟だとさ。二百光年もはなれてたんだよ。なにがついでなものかね」

「あなたをさがしあてるのは骨でしたよ。長期休暇で、あちこちまわっていらして」

「休暇ね。まあ引退みたいなものさ」

私はシートをかたむけ、オープントップの車の上を流れてゆく市街をながめた。

雲が目映《まばゆ》い青空めがけて、シャープな建築群がきそいあうように鋭い切先をむけている。やはりこれは、屹立《きつりつ》する街だ。貝殻様式のエロティシズムも、網膜ステンドグラスの光学的瞑想もない。だが私は、居ならぶ超高層建築を見つづけるうち、筋肉質な逞《たくま》しさや、爽快な力感にしだいにひかれていった。暴風雨とやらは、この首都にもはげしい雨と風を叩きつけていったのだろう。どこもかしこも洗いたての新鮮な活力をみなぎらせ、陽光をはじきかえしてかがやいている。それが街観に精悍で力づよい印象をあたえているのだ。

たしかに、ここは新しい星だ。いろいろなことがまだ失われていない星なのだ。

車は、明滅する浮遊ブイの指示にしたがって対地高度をあげて市内交通網に乗った。大きくカーブをきると光景が旋回し、何千という窓の上を太陽がきらきらと横切っていく。

「大変申し上げにくいのですが、じつは、もうすこしお待ちいただかなくちゃいけないんです……」洪は鼻のあたまを掻いた。「一時間。蔡のスケジュールをいま、押しあけますから」

「かまわないさ」

そうか、蔡はここでも忙しいのだ。隠遁してしまったわけでもないのだ。私はその認識をかみしめた。

進路を進むうち、街のけしきがかわっていった。蔡たちの民族特有の、私にいわせれば悪趣味な色彩とデコレーションが目立ってふえてきたのだ。だが、この陽光の下では、目をむいた龍の張り子も、朱と金でえがかれた模様も、けばけばしくなくてどこか痛快だった。

「その先のホテルに部屋をおとりしました。大きくはないが、いいところですよ。蔡は、プライヴェートな客にはきまってそこを使うんです」

「あててみせようか、なぜかをさ」

「はい？」

「水がうまいんだろう」

ヒュッと口笛を鳴らし、洪がわらった。私もつられて笑う。車が標識の下をまわりこんで道を折れた。遠くの窓が小さなプリズムの虹をかけた。

木製のテーブルはどっしりとして広く、その中央にはチェス盤が嵌《は》めこまれている。その面はテーブルの面とぴったり一致している。二種類の材質でチェッカー模様が描かれている。単純な細工だ。ところが駒がみあたらない。

蔡がくるまで暇つぶしをと思ったのだが、うまくいかないものだ。広いスイートをあちこちさがしまわり結局見つからなかったのだが、かわりにキチネットで花茶の小さな壺を見つけた。ためしに嗅いでみるとすばらしい香りがする。駒はあきらめて、ポットを火にかけた。

書きもの机のうえにキューブ・ビューワがつくりつけてある。そなえつけのキューブのなかに、この星の観光客ガイダンスがふくまれていた。キューブを挿すと、部屋のスクリーンが明るくなる。ナレーションは、ごていねいにも、この星の沿革から語りはじめた。〝リットン＆ステインズビー協会の探査に、この星系がひっかかったころからだ。〝リットン＆ステインズビー〟。私は唇を動かしてナレーターの声をなぞった。私と蔡は協会の関係機関で一緒だったのだ……。

ポットが湯気をふいて、私はキチネットにもどった。薬液に漬けこんである花びらは暗褐色で、皺しわにちぢんでいる。白磁の碗の底にそれを一枚おとし熱湯をそそぐと、その一瞬に花びらが息をふきかえした。あかちゃけた色が目を射る真紅にかわり、たったいま萼《がく》からむしりとったばかりのみずみずしさで薔薇色の湯の底を泳ぐ。

　碗を手の中におさめ、私はスクリーンの前に腰かけた。再生画像をスキップさせていくうちに、あす蔡が私をつれてゆくはずのナクーン河口、その流域にひろがる広大な湿地と密林があらわれた。ジャングルと沼沢のはてしないつらなりの上空をなめらかに移動していくカメラ・アイに、目をあずける。

　この首都より、あきらかに赤道寄りだろう。空気はしめりけをふくんで厚ぼったく、熱をおび、眼下の緑も異様に濃密だった。空の青、雲の白さ、どれをとってもここととまるでちがう。

　とはいえ地球化《テラフオーミング》の洗礼をうけて、その光景は〝おなじみの密林〟となっていた。大規模な生態系の改変は、この大湿地帯を地球のパロディとして手なずけてしまっていたのだ。あの密林がどんなに異様であろうと、もはや異質なものではあるまい。いつだってそうだ。どの天体へ行こうが、人類は不撓《ふとう》の努力でそこを地球にかえてゆく。咀嚼《そしやく》し、消化し、あたり一面を見慣れた事物でおおいつくしてしまうのだ。画面は河口の町の市場風景にうつったが、屋台のうえにあふれかえる魚や蝦《えび》や果実は、この星むけに改良された地球種であった。

ビューワは次にこの大陸最大の穀倉地帯を紹介しはじめたが、私には興味のないものだった。キューブをぬきとり、もとのケースにおさめた。もとより期待はしていなかったが、やはり手がかりはつかめなかった。

上着のポケットをさぐる。そこには別のキューブがあった。蔡がメッセージと一緒によこした映像を記録させてあるのだ。それをビューワに挿すと、画面には、そもそも何を撮ったのかさえ判然としないぼやけた静止画像が映った。

全体が暗いグリーンと黒のくすんだトーンに沈み、具体的に何がうつっているとわかるものがひとつもない。影のにじみぐあいからどうやら夜の森らしいとはわかるが、そうだとすると腑におちないところがある。とりわけ暗い影のなかに、どうしたわけか、仄白い点がぽつりとひとつににじんでいるのだ。

音はおろか動きも奥行きもないこのワンフレームの画像を、蔡はキャプションひとつつけずに送りつけてきた。〝いいものを見せてやる〟。メッセージにそうあったからには、これがそのいいものなのだろう。だがその点はぶれて形がわからなくなっていた。どちらかが動いたのだ。被写体とカメラの少なくともどちらかが。

要するになにもわからない。

キューブをはずし、テーブルに帰って二杯めの茶をいれた。

すばらしい香り。はったりめいたやりかたに手もなく乗せられてのこのこやってきた自分を、私はわりと愉快に感じていた。どうせぶらぶらしていたのだ、この茶が飲めただけでもうけものと思うことにしよう。洪が認めたとおり、ここの水はなかなかのものだ。酒も期待できるだろう。飲料に適した良質の天然水を、大量に確保できる星はめったにない。蔡たちの祖先はいい買物をした。

「めしを食いにいこう」

いきなりうしろから声が降ってきた。厚くて頑丈な声だ。肺の深さまでわかりそうな気がするほど、よく鳴る声なのだ。

「昼はまだだろう？　洪に、昼めしは出さずにおけと言っといたんだ。遅れてすまない」テーブルをまわり、蔡は私のむかいに腰をおろした。「とにかくめしにしようや。腹が減ってかなわない」

精細な木目の上にずっしりした肘を載せて、蔡は身をのりだした。眸《め》に、ふしぎな、いきいきした輝きがある。精力的で、腕ききで、大胆な男の目だ。

蔡はかわっていない。がっしりした体軀は脂肪をよせつけておらず、枯れてもいなかった。少々の皺や白髪で印象がかわるような男であるはずもない。リラックスした表情で、服装もくだけていたが、それでも厚い肩や太い手首がのぞく袖口あたりから、精悍な気力がうっすら立ちのぼるのがわかった。さっきまでだれかとタフな交渉をしていたのだ。シャワーくらいではその気配は消せない。

「ご活躍だね」

「責めるなよ。おとついの豪雨で被害が出てるんだ。復旧の手配でてんてこまいさ」

「ぼくの相手なんかしてていいのか？」

「かまわん、かまわん。正式の担当評議員は別にちゃんといる。おれが口出しすることじゃない」

「そいつとやりあったのか」

「わかったかい」

蔡は照れたように笑い、花茶をうまそうにすすった。

「おまえのほうこそどうなんだ。萎えたような顔をしてるぜ」

「くたびれたね。もうどうにでもしてくれと言いたい」

「そんなに悪いのか」

「深刻な顔はしないでくれよ。事態はたしかに深刻だが、しかしいまどき人類の希釈化を本気で憂えてるやつって、いるかね」

「ほとんどいないな。だが、そのことこそが問題だろう？」

「そうともそうとも。もう一杯どうだ？」私はふたつの碗に湯をそそいだ。「きみのいうとおり、人類は齢をとりすぎた。あるいはそもそも人類のつくる社会というのが、せいぜい恒星系ひとつぶんほどの大きさしか持ちえないのかもしれない。

どこもかしこも、自足し、自閉してしまい、他の星系と交わりをもったり、かかわりあったりしようとはしない。恒星間通信量は先細る一方だ。通商高も先が思いやられる。ここだって宇宙港はひとつしかないと聞いた」

「建設計画はある」

「投資に見合うかな。協会の開発計画はまだ生きている。今も新天地への入植はさかんにおこなわれているがね、あれは、人類を薄めているだけだ。宇宙は広いぜ。何千兆人いたって、宇宙で割ったら濃度はゼロパーセントだ。だれもいないのと同じさ」

「そうなってしまうのかなあ」

「いつかは」

「ところでさしあたっての問題なんだが」蔡は眉をひらいた。「昼めしはどうしようか」

「ああ」私はほっとした。

「なんならクリニックへ先にまわってもいいんだが」

「クリニック？　どこか悪いのかね」

「おや、洪から聞かなかったのか。まあいい、どうってことはないんだ。ちょいと脳のネットワークに悪い遊びを吹きこんでやるんだ。それで五感の増感が思うままになる」

「増感？」

「目や耳、感覚器がとらえた情報を、引き伸ばしたり、デフォルメしたり、フィルターをかけたりする。主観を混ぜることもできる。そうやって使用者にとっての〝意味ある〟情報に精錬しちまうんだ。望遠鏡やマイクロフォンがなくても感覚を拡大できる。バードウォッチングには欠かせない。手術だってふたりで三時間とかからない」

「ふたりと言ったね」

「怖気《おじけ》るなよ。おまえだって無意識に同じことをやってるんだ。感覚器がうけとめた情報をそのとおりまんべんなく感じているか？　さわがしいパーティーで自分のうわさ話がぱっと聞き取れるのはなぜだ？　女性とベッドでお話をするとき、彼女の顔立ちと枕カバーの模様を等価で処理しているか？　いちばん知りたいことを差別して、優先的に処理してるはずだ。それとかわらんよ」

「クリニックはどうもね。好かないんだ」

「歯医者とかわらないぜ」

「歯医者！」

「おれは歯医者が好きだね。歯が痛けりゃ食いたいものも食えない」まったく明快なやつだ。「〝人間は五官を通してしか宇宙とかかわっていけない。五官の外にあるものを、人はついに理解することがない〟。きみのセリフだぜ。じぶんの宇宙をひろげてみろよ。そのための休暇じゃなかったのか」

「それじゃなおのこと、楽しまなくちゃいかんな。あすはまず、ナクーン中流で蟹狩りだ。一トンクラスの大物が狙える。大味だけどな。……とにかく、めしにいこうや」

蔡は立ちあがった。もうそれだけで、部屋の空気がかわってしまう。つねに圧倒的な精気を感じさせる男なのだ。この男が、なぜはやばやと故郷に引っこんでしまったのか、いまだによくわからない。

「蟹のうまい店を思いだした。そこでいろいろ話そう」

「そうだな」

ポットを片づけようとすると、テーブルの模様が目に入った。

「蔡？」

「なんだ」

「このチェス盤、駒はどこにあるんだろう」

「……どうしてそう思った？」

「……」

「どうしてそれをチェス盤だと思うんだろう。おれも最初そう思っていた。この部屋に泊めたおれの客たちもたいがいそれをチェス盤だというんだ」

笑って言った。

白い歯がきれいに並んだ。

「そいつはただのパターンだ。テーブルの模様だ。偶然8×8になってるだけなんだ。どうして皆が皆、チェス盤だと思っちまうんだろう。ふしぎだ」

蔡は肩をすくめてウィンクしてくれたが、私は虚をつかれた。かるく転んだら打ちどころが悪くて、立ちあがれなくなる。どこも痛くないのに。たとえていえば、そんな感覚が一瞬、私をおおった。

……予断。

〃人類は齢をとりすぎた〃という蔡の言葉を、私はとりちがえていなかったか。私はそれを敗北と諦念の表明だと思ってきた。しかし、蔡は、私たちのふがいなさに憤《いきどお》っていたのではないか。私たちを見限って、なにか違うことをはじめたかったのではないか。

「あの画像だがね。そろそろ何なのか教えてくれないか」

「あすは、この星の夏至なんだ」

「？」

「大むかしのいいつたえにあるよ。夏至の夜には奇怪な事件が起こるとね。たぶん妖精かなんかがはねまわるんだ」

「そうなのかい？」

「そうなのさ。そこんところを、めしを食いながら教えてやる。いこう」

＊

湿原の南で、ひとつの影がたちあがった。

のっそりと、緩慢な……しかし着実な動作で、巨大な機械が自分のからだを持ちあげていく。十本の高い脚のうえに、戦車の砲塔に似た、ずんぐりした胴（いや頭か？）が載っている。長い砲身はないが、長短さまざまな棘のような突起がずらりと生えている。目のような赤い光源が、ここから見えるかぎり六つ、その胴の別々の位置でまばたきしている。

拡張された私の目が、遠い位置のその姿を解像した。

「〝蜘蛛〟だ」蔡がつぶやく。「あれは……そうだな〈セリューズ〉の持ち駒だ。もとは〈サンギュリエール〉のだったが、分捕られてしまった」

「いやはや、物騒だね」

「いいや、三者の争いは、ちゃんとコントロールされている。安心していい」

「なるほど。しかしあの不安定なデザインでよく立っていられるな。よほど……」

「しッ」

蔡が唇を鳴らした。それでやっと気がついた。沼はしいんと静まりかえっている。

水面に波紋はなかった。

空に昆虫の姿はなかった。

蟇蛙たちは石のように動かない。

異様な沈黙に、私は耳をそばだてた。はるか遠くで、ォオン、ォオンという唸りともきしりともつかぬ音が鳴っている。拡張された耳がそれをききとった。〝蜘蛛〟の音だ。地《テラ》球化《フォーミング》用ロボットの、いまはもう貴重な生き残りがたてる音だ。

やがてゴツンと低い響きがあって〝蜘蛛〟の黒い巨体がよろめいた――ように見えた。歩きはじめたのだ。細い脚のごつい関節がゆっくりまわり、重心が慎重にうつされて、はじめの一歩がふみだされる。妖精にしてはあまりにぎこちない動きだったが、そんな軽口を叩いている場合ではない。あれはこの沼地の――敵なのだ。

足場をたしかめるように〝蜘蛛〟は立ち止まった。その頭から、格納されていたセンサ、光学兵器、電磁ランチャがにょきにょきとのびてくる。どれもこれも旧式の、しかし堅牢な品物だ。ハリネズミのようになった頭部を〝蜘蛛〟はキリキリと旋回させた。拡張された私の目には、その上の文字がよみとれた。

〝ベルヴァード／リットン＆スティンズビー協会〟

瞬後、その視界が白く炸《はじ》けた。目をしぼりこむと、ランチャから光球が投げられたとわかった。光球は非常な速度で飛んできて、吸いこまれるように水面に落ちた。二秒後、爆発が起こった。膨大な水が瞬時に気化したのだ。何千という生きものがその中で煮殺された……ことだろう。

ォオン、ゴッン。

〝蜘蛛〟はふたたび歩きはじめる。

「あれが〈セリューズ〉のやりくちかね。乱暴だな」

「そりゃ〈サンギュリエール〉も〈カプリシューズ〉も大差ないな。あれらが、切磋琢磨のなかでつちかってきた作法だ。あの熱弾《ヒート・ボム》は、もともとは原生林を焼きはらうための自律爆撃機に搭載されていたやつ。ランチャは〝自作〟したものだ。あいつらはどんどん自分で改造するからね」

「なんてことだ。そんなに物騒な人工衛星が頭の上をまわっていて、よく平気でいられるな――」

第二弾は沼の中央部に落ち、近くにあった小さな浮島はあとかたもなくなった。

「いったろう？　彼女たちの争いはちゃんと管理されている」

〝蜘蛛〟は、はじめにくらべてずっとスムースに動いていた。なめらかなストライドはおどろくほどの速さだった。ォオン、ゴッンという音は、もうSEなしでもききとれるほど近い。紅い目から火箭《かせん》が走り、密林の端がぱっと燃えあがった。

「管理が万全であることを祈るよ」

私はため息をついて、空を見あげた。この空のどこかを四つの人工衛星がまわっている。

惑星改造を司《つかさど》る〈ベルヴァード〉。その下でシステムを操作する〈セリューズ〉〈カプリシューズ〉そして〈サンギュリエール〉。蔡の祖先たちがこの星をリットン&スティンズビー協会から買いとったとき、彼女らはすでにこの星の天に君臨していた。彼女らがこの星を地球に仕立て直したのだ。一糸乱れぬチームワークで地球化を遂行したのだ。

そしてこのふしぎな闘争が、もう二百年も続けられている……。

炎が、沼地の生きものたちの濡れた膚に映ってちらちらした。かれらは〝蜘蛛〟に怯《ひる》むこともなく、黒い目を破壊者にむけたまま身じろぎもしない。緊張と闘志が急速にたかまっていく。それがひしひしと伝わる。

どこかで蝦蟇《がま》がいっぴき、げッと鳴いた。

蔡が背もたれから起き、酒をひと息で干して、グラスを伏せた。

「はじまるぞ」

蝦蟇のなきごえが、燎原の火のように沼のおもてをひろがりはじめた。がッがッがッという粗野なリズムに、虫が、鳥が、鐘が次つぎと合流して威圧的な音塊を積みあげてゆく。それに昆虫の羽音がかぶさった。大群がふたたび密林から飛びたつ音響に、私は名状しがたい感情を味わった。いや、感情が名状しがたい力にゆさぶられるのを感じた。だがわれわれの力は〝蜘蛛〟に通用するだろうか。機械の歩調は、少しもゆるまない。

熱弾がつづけざまに発射された。

さっきまでのは警告だったと言わんばかりの、はげしい乱射だ。光球が尾を曳いてたてつづけに打ちこまれ、沼をめちゃくちゃにかきまわす。

空の濃淡が大きく動いた。

昆虫の群れが極光《オーロラ》のように波うち、はためく。ヒューイッ、ヒューウイッ。ホイッスルに似たするどい音がその中を伝令のように駆けぬける。群れから一群がわかれて、統制のとれた動きで〝蜘蛛〟におそいかかる。頭部のまわりに集まり、濃い煙幕をつくって渦まいた。

「なんだあれは」

拍子ぬけだった。

「健気《けなげ》といえば健気だが」私はつぶやいた。「ああしたってどうにもなるまい。この沼は、あんなシステムで守られていたのか。昆虫の衛兵に」

「まあ見てな。それにありゃ昆虫じゃないよ——半昆虫だ。生体ロボットとマイクロプランツのミクスチャだ」

蔡はご満悦といった調子で笑った。

「〈サンギュリエール〉がこの密林を構築するとき億のオーダーで投入した。プランツを積み替えればなんでもできる。播種、生育支援、テリトリー調整、微生物や水質、土質のコントロール、テレメトリ。安価だし、巣《アセンブラ》と一緒に投入しておけばメンテナンスフリーだ。すぐ故障するがいくらでも補充できる。自己複製してな。やつらは今、〝蜘蛛〟のセンサにジャミングをかけている。電磁波や熱、それに音。〝蜘蛛〟を攪乱《かくらん》しているんだ」

それが何の役にたつ？　それで〝蜘蛛〟を撃退できるのか？　〝蜘蛛〟はすでに私たちの沼に足をふみいれているのだ。

そのとき異変が起こった。

〝蜘蛛〟の足許で泥水が割れた。

熱弾ではない。

力のぶつかりあいでできた水しぶきだ。

蔡が息を呑む。私も肘掛けをにぎりしめていた。

水柱は高々と持ちあがった。〝蜘蛛〟の頭をびしょぬれにするほど巨大なその水しぶきの中に、私と蔡は、黒い、粘液にひかる皮膚を垣間みた。ほんのへんりんを見ただけで、その黒い生きものが想像を絶するほど大きいのだと知れた。

鯨？　まさか。

「やった！」

蔡が声をあげた。

水獣が、今度は水面から半分以上姿をさらして、頭から〝蜘蛛〟に突っこんだのだ。頼りないバランスはあっというまに崩れ、〝蜘蛛〟は泥水の中へ倒れていった。

ブオオオ、、、
霧笛が轟々と鳴った。

水獣が後肢で立ちあがり、腹をふるわせて吼えている。みじかい前肢で体の前の空気をさかんにかきまわして、喉をごうごう鳴らす。あれは、そうだ、勝鬨《かちどき》をあげているのだ。

サンショウウオに似た形である。直立すると、ほぼ〝蜘蛛〟と同じ背たけになる。ぶかっこうなほど頭が大きく、そのためか、幼い印象があった。目はないようだし、前肢の小ささといい、いびつなプロポーションといい、どこかつくりものめいている。

しかしつくりものの命だからといって、肉のよろこびに乏しいとはかぎらない。げんに水獣は、いま、ほえ声で自分のからだをふるわせることに無上のよろこびを見出しているらしかった。体の奥からわいてくる力をまるごと声に変えようとして、夢中だった。沼もまたそれにこたえて、ありとあらゆる声でさけびかえしている。それをきくうちにまたしても血がほてってくるのが感じられた。

しかしむろん〝蜘蛛〟はまだ「生きて」いた。転倒したわけですらなかった。脚を曲げてちぢめ、安定をたもち、本体はまだ水に漬かっていない。またたく赤い眼が無防備な水獣の腹を見逃すわけもない。

頭部がギチリとまわった。

真紅のビームが、棘のひとつからほとばしった。位相をそろえた鋭利な光線は、まだあたりに立ちこめていた水けむりの中にあざやかな光条をえがいて、水獣の腹をふかぶかとえぐった。

ブオオオオ
水獣は吠えた。〝蜘蛛〟にのしかかり、かよわい前肢でセンサ群をなぎはらう。柔らかく重い腹で圧《お》しつぶそうと、全体重を乗せてゆく。

折りちぢめていた脚を、〝蜘蛛〟はつっぱった。はずみで水獣はふりおとされた。

「もぐったぞ……！」

水獣は水の下に傷ついた体をひそめた。だが直立した〝蜘蛛〟は小粒の熱弾を、雹《ひょう》か霰《あられ》のようにばらまいたのだ。

沼は沸騰した。

たまらず起きあがった水獣の足を、〝蜘蛛〟が狙う。赤いビームに膝をうちぬかれ、あおむけに倒れた水獣の腹を、〝蜘蛛〟の脚が、重い鎚《つち》をふりおろすように踏んだ。

ブオオ……

超低音の咆哮が湿地の空気をうちどよもし、四方に散っていった。血を吐くような絶叫だ。

その谺《こだま》がかえってくる。

地鳴りのような音が沼の一角でうまれ、みるみる成長してナクーンをのみこんだ。沼じゅうのありとあらゆる生きものが、沸きたつような喊声《かんせい》をあげて暴走しはじめたのだ。

森がどよめき、暗い慄《ふる》えがそのうえをはしって、輪郭がぼやけた。無数の鳥と昆虫が飛びたって、そのように見えたのだ。虫と鳥は急速に上昇し、あらしの雲のような獰猛さでまたたくまに全天をおおった。

いっぽう湿地は、突然に水平な地すべりを起こした。沼水がいきなり波をたてて動きだし、〝蜘蛛〟と水獣めがけて包囲を縮めた。目をこらすと、その泥流は蛙や魚、多足類、両生類などがひとなだれになったものなのだとわかった。

あれらに何ができるだろう。何もできはしまい。だが私は、にぎりしめたてのひらがいつのまにか汗ぐっしょりになっているのを知っていた。小艇の安全なシートにおさまりかえっていることがうしろめたく感じられてならなかった。キャノピに昆虫が当たっていくバチバチいう音に、じりじりとせきたてられる。棒っきれでもかまわない、なにかをひっつかんで参戦したくてたまらなくなる。

水獣が喉をゴボゴボならして起きあがり、沼のエールにこたえるように体軀をぶるぶるとゆすった。もう、かれは咆えようとしなかった。その力はない。口からは咳きこむたびに血があふれ、こぼれていた。よろめく足をふみしめ、その黒い、鯨に似た生きものはゆっくりと背をまるめた。

小さな手。大きな頭。体がぐっと沈み、すべての筋肉に力をためこんで——

水獣が跳ねた。渾身の力をこめて〝蜘蛛〟の脚に体あたりした。五本の脚がばらばらにくだけ、今度こそ〝蜘蛛〟は水の中におちた。——だが、それまでだった。〝蜘蛛〟の、残った脚がハンマーのようにふりまわされ、それが運わるく水獣の頭を一撃した。

水獣は力つきたように横倒しになり、それきり二度と起きあがらなかった。

「おお……」

蔡は口を手でおさえた。私も顔から血がひく思いだった。

湿地が一秒、シンと静まり、次の一秒で音が爆発した。鐘の、割れた、あらあらしい音が喚きちらし、ホイッスルは刃物のようなするどさで吹きぬけてゆく。沼の音はあきらかに、きいたことのない様相をあらわしはじめていた。暗く、はげしく、つよい感情。

殺意。

〝蜘蛛〟は、なおも動きを止めようとしない。無機的な執拗さに駆りたてられ、あらぬ角度に曲がった脚をいらだたしげにふりまわしながら、残った脚でじりじりと沼の中央へにじりよっていく。

それは、しかし長くは続かなかった。

沼の殺到が〝蜘蛛〟の進路を阻《はば》んだ。ある一点でとうとう進めなくなった。ォオオン、ゴツンと関節がまわり、脚たちはしきりに伸びたり曲がったりしたが、油の中でもがく蝿のように、〝蜘蛛〟はもう一ミリも移動できなかった。やがてその脚を蝦蟇や大ヒトデ、八腕の巻貝、多足のものなどがつたいのぼりはじめる。一匹や二匹ではない。その蠢動《しゅんどう》は脚の地肌が見えないほどの密度で、重力にさからう粘液のように〝蜘蛛〟を黒くつつみこんでゆく。解像度をおとした目で見ると、まるで沼から無数のゆびをもつ手がのびて〝蜘蛛〟をにぎりつぶそうとしているようだった。翅や翼をもつものたちも黒い雪となってその上に舞いおり、びっしりと積もった。

けっして劇《はげ》しい攻撃ではない。むしろ緩慢な、真綿でしめ殺すような手つきだったが、殺意ははかり知れなかった。むろん私も、そしておそらく蔡も、この殺意を共有していた。

「ブルドッグもこんなふうにしてやられたんだろうか」

「ブルドッグ？」

土木工作ロボットの残骸を、私はゆびさした。蔡は、眉をひらいて小さく笑った。

いまや〝蜘蛛〟はその半ば以上を泡だつ水面にのみこまれ、睡《ねむ》りにおちてゆくように、動かなかった。水獣とのたたかいで、あちこちにふかい亀裂が傷をひらいており、蠢動と泥水はその中へももぐりこんでいる。たとえ〝蜘蛛〟が腹に強力な自爆装置をかかえていたとしても、無効にされてしまったであろう。

いっぽう、水獣の死骸もまた、沼が掛けてやる毛布のように、黒い絨毯に蔽《おお》われていた。

こんもりした小さな島ほどの盛り上がりが、じょじょに小さくなっていく。

「そうだ」

問うまえに、蔡がうなずいた。

水獣は、沼に帰っていくのだ。

分解されて。

元の素材にもどされて、また復活するそのときまで。

沼はようやく静まりつつあった。水面の泡も小さなつぶやきほどになり、〝蜘蛛〟はなめらかな泥の中へしずかに没していく。ぴくりともせぬまま沈みつつあるその姿は、なぜか食虫植物の歯のなかで甘くとろかされた虫を連想させ、その考えは妙にエロティックな気分を私の中にかきたてた。――この沼に自分の死体を分解されるのは、どんな気分がするものだろう？　うっとりとため息をもらすような、そんな快感があるだろうか。

「――」

蔡が私の名を呼んだ。

「うん、わかっている」

私はそうこたえて空をあおいだ。空いちめんをおおう翅あるものの群れは、またしてもその様相を一変させている。殺意はきえ、羽音も絶え、昆虫たちは天たかく漂う浮遊塵のように、膜のような一様の層となって空気のたゆたうままにゆらゆらとうごいていた。月の光がその層で拡散《ディフューズ》され、夜空ぜんたいがぼんやりひかる発光材でおおわれたように見えた。

何か話そうとして、やめた。今は、音をたててはいけない。蝉やチョウの羽化を観察しようとするときのように、息をつめ、ただ待てばよいのだ。

やがてその時がきた。

空をおおった昆虫の膜がゆるくひらいて、沼の中央の上空に、まるい空隙を生んだ。黒い空がのぞいて、まるで一ツ目のようだ。そこから澄明《ちょうめい》な光りがひとすじ、まっすぐおとされる。

沼のうえに、見おぼえのある白いにじみが月光をあびて立っていた。

目をこらすと、それが少女だとわかる。

〝彼女〟の名はジェニファー・ホール。

夏至の夜だ。

＊

「さて、何から話したものだろう」

口をつけた杯を卓子《たくし》におき、蔡は手をもみあわせた。頬は愉しげにゆるみ、目の奥には快活な色がのぞいている。洪の言葉にあらわれていたものと同じ色だ。まったくどいつもこいつも――と私は思った――この星のこととなるとマタタビを嗅がされた猫みたいにうっとりする。

「そうだね、とりあえずこの店でうまいものを教えてくれ」

ホテルからつれてこられたこの飯店は、いかにもかれ好みというべきか、場末のごみごみした通りにある、狭くて汚ない店だった。通されたのは個室とは名ばかりの部屋だったが、その狭さにかえって心がなごんだ。

「われわれの祖先は二百年まえ、リットン&スティンズビー協会から、改造を了《お》えたこの星を買った。まずそこから話をはじめよう」

蔡はあたらしい一杯を大事そうに両手で囲った。

「ふつうL&S協会は星を売らない。入植者をつのり、星系の運営ノウハウをオリエンテーションして国家をつくらせ、その政府に星をリースする。われわれは異例だ。その理由を、たとえばわれわれに強くある同胞意識にもとめる見解もある。幇《パン》の結束力の投影というわけだ。ご先祖の真意がどうだったのか、おれは知らん。協会の開発プランの中でこの星系がどういう位置にあるかは見通してのことだろう。それはともかく――」泥蟹の殻を割り、中から白い張りきった肉をひっぱりだして、蔡はそれを頬ばった。「この星は人間が住みつくにはじつに好適だった。うまい蟹だろう？」

大きな鉢に盛られた蟹は、まだもうもうと湯気をたてていた。その形は地球のものとは微妙にことなっている。異星に適応しておのれの姿をかえていく。〝落地生根〟〝開花結実〟。帰るべき祖国を失った太古の華僑の、そんなスローガンを私は思いだしていた。こんなふうにして、この星は地球に変えられてゆく。

「百年だ。百年ばかりの惑星改造で、この星は地球と見紛うほどになった。もともとよく似てはいたが、それにしてもうまくいった。地球の種は無節操なくらい、この星をむさぼり食って繁殖していったよ」

「なるほど、うまい蟹だ」

「〈ベルヴァード〉の仕事さ」

「それが地球化複合体《テラフォーミングコンプレックス》の名かね」

「最上位のプロジェクトマネージャが〈ベルヴァード〉。そしてその下位に同格の三衛星〈セリューズ〉、〈カプリシューズ〉、〈サンギュリエール〉がいる。全体のプランは〈ベルヴァード〉が統率し、現場の総責任者が三衛星だ。彼女らはほんとうによくやった。これ以上のものは望めまい」

「いやに褒めるね――」

私はそう水をむけ、同時に蔡の目にあらわれたあの色を揶揄《やゆ》した。だがかれは気づいたようではない。私はこっそり眉をあげ、蟹の甲の肉汁《ジュース》に没頭した。

「協会からこの星を引きわたされたあと、われわれのご先祖は〈ベルヴァード〉のアルヒーフ・ユニットを虫干しすることにした。このユニットには、地球化の経緯が克明に記録されている。それを再生しようとしたんだ」

「膨大な量だろう」

「そうでもない。二百年も前の機械だからな。ビジネスデスクの処理能力をちょっと区画して、そこで〈ベルヴァード〉の全計算を一からそっくり再生したんだ。時間を五百十二倍に圧縮してな。その区画に監視ロボットを放りこんでおいて、特徴的な事象をひっかけとく、そうして分析する。徹底的に。

おれたちのご先祖は、タフな商売人だったってことだよ。手抜き工事がされていないか。むだなコストをかけていないか。しっかり帳簿を読ませてもらう、というわけだ」

「地球化複合体の思索と行動をそっくり再現したというのか」

私は絶句した。いったいどれだけのプロテクトを解除しなければならなかっただろう。協会はふつう衛星を引き渡したりはしない。地球化に関する貴重な情報が積まれている。協会の特権的なポジションの源泉なのだ。

「協会にとっても悪い取引じゃなかった」蔡はいたずらっぽく笑った。「この星系はまあ、言ってみればケチのついたプロジェクトだったんだ。

さて、ご先祖たちが最初に訝《いぶか》しんだのは、資源投入量のマップを惑星地図に重ねたときだった。地球化に要したあらゆるリソースを単一の指標にまとめたものだ」

「だんだんわかってきたような気がする」私は甲羅から顔をあげた。「ナクーン河口だ」

「異常に資源投入量が大きかったのだ。とりわけ物好きなご先祖が——おれのじいさんなんだが——こいつを読みこんだ。どう少なめに見積もっても、通常の四倍もリソースを、つまりは金をくっていた。……しかも、話はそこで終わらない。いいか、三衛星はこの惑星を分割統治している。ナクーン流域は〈サンギュリエール〉の領分なのだが、どうやら〈セリューズ〉や〈カプリシューズ〉もここに大量の物資とエネルギーを投入したのだ」

蔡は重々しくそう言うと、蒸しまんじゅうをつまんだ。しっかりと発酵させた皮は豊満で、しかも軽快な後味を残す。

「三つの衛星はじぶんの領土に専心しているわけじゃない。たがいの作業進捗状況についてリアルタイムの相互監視をおこなっているし、要請があれば援助しあうことだってある。もしそうなら、その記録がアルヒーフ・ユニットにあるはずだ。じいさんは調べた。まずわかったのは、ナクーン河口に複合体のストレスが集中しているということだった。目的と方向の相反する力が、ナクーンでせめぎあい、ぶつかりあっていて、複合体の論理的整合性は、この件に関しては棚あげにされ、リソースの濫費《らんぴ》がまかりとおっているようだった。じいさんは軋轢《あつれき》の存在をしめすマップの、エネルギー勾配を見ているうち、アレルギー症状に似た一種の過剰免疫作用がはたらいているんじゃないかと思ったそうだ。なにかの異物がそこにいる、とね」

「それが、これかね」

手の中でキューブをころがしてみせた。蔡は目でうなずき、着衣のあわせめから光学シートをひっぱりだして卓子にならべ、私の顔をうかがった。ひとりの少女の写真が、次つぎとシートに浮かび、消えた。地球の古風な建物を背景に、男もののシャツを着た少女が写っている。学生のような雰囲気。笑った顔が大半で、わざとのしかめ面や怒り顔が合間にはさまる。芝生にジーンズの脚を投げ出したり、寄宿舎らしい部屋で紙のノートにペンを走らせていたり。

ブルネットの髪や潑剌《はつらつ》とした笑顔は十分魅力的だったが……この写真はいったいなんだろうか。蔡の意図はまるでわからなかった。

「彼女の名はジェニファー・ホール。四百年まえに多発性硬化症で亡くなっている。彼女は死ぬまで地球を一歩も出なかった。君のキューブにおさめた画像は、ナクーンの沼地にあらわれた彼女の残像だ。地球から二千二百光年はなれたこの星の湿地帯を、幽霊がさまよっているんだよ」

蔡の言うことがのみこめず、私は卓子に目をもどした。光学シートに頑丈な骨相の老人が映った。

「彼女の父、トマス・ホール博士。リットン&スティンズビー協会の科学者だ。そいつは晩年の写真だがね」

蔡は気持ちよさげに目を細めた。

「あまり混乱させてもかわいそうだな。話をすこしもどそう。おれのじいさんはナクーン・デルタの、もっともストレスが高い区域へ探査ユニット群を送りこんだ。どうにもやばい気がしたんだろうな。人をやるまえにきちんと調べときたかったんだ。君のそのキューブにおさめてあるのは、じつはそのとき得られた画像でね。つまりジェニファーの亡霊の、それが最初の写真だよ」

「もっとましな写りのがあるんだな」

「あたりまえさ」蔡はにやにやした。「いちばん写りの悪いのを送ったんだ」

光学シートは、黒と緑のくすんだトーンにおおわれた、見おぼえのある色調だったが、被写体は段違いの鮮明さだ。これが、そうか……。

「ナクーン・デルタ……」

「そうだ」

「ジェニファー……ホール?」

「そう」

ぬれた泥の上。

蟹がまどろんでいる。

その甲羅はさしわたし二メートルはあろうか。そのうえであぐらをかいているのは、さっきの写真の少女だった。体じゅうを泥でよごしているが、どうやらその体は十代のままだった。ひきしまった、形のいい胸にいっぴきの蝦蟇を抱きかかえ、その両生類の頭からのばされた柔かいつのにくちづけている。次の画像《え》。立ったうしろ姿の、たくましい脛《はぎ》、きりっと上をむいた臀《しり》。別の画像。ぬかるみにおぼれた土木機械がロングでとらえられている。どこかブルドッグを思わせる機械は、もうずいぶんまえに機能停止してしまったらしかった。

「これだけじゃ、なんの証拠にもならない――」ようやくなにか言い返そうとした、まさにその科白を蔡に横取りされた。

「――じいさんもはじめはそう思ったそうだ。だれかがわしに一杯くわせようとしとるんじゃないかってね。あいにく、そうではなかった。そのだれかにじいさんをだまし、おやじをだまし、おれをだますだけの根気があればべつだがね。さあて、じゃあこれを見てくれ」

光学シートの静止画がそのまま動いて動画モードに入った。油と酢でよごれた卓上の一角が四角く切り抜かれて、ナクーンの神秘の夜がひらけた。沼の重い水が月の光りをゆらゆらゆすり、蟹の甲のふちに腰掛けて、ジェニファーが足先をぴちゃぴちゃやっている。

水面に映る自分の顔のあたりだろうか。足許を見ている彼女は背中を丸めている。首、肩、背中が月の色をうつして、ひとつながりのしろいなめらかな面になっていた。

「じいさんが三度めに送りこんだ探査ユニットが、この絵を撮ってきた。彼女の肩のあたりをよく見ておくんだ」

夜の光りのために青みをおびた白い肩は、まるくつややかで磁器の肌を思わせる。

ひとつまみの影が、ぽつりとそこに芽吹いた。影はまわりのなめらかな膚をとりこみながら、醜い模様をえがいて背中へひろがり、上腕、脇腹、腰、内臓を次つぎと蚕食《さんしょく》していった。はじめその影が何なのかわからなかったが、彼女の、影におおわれた部分がただれたようにくずれてゆくのに気づき、愕然とした。得体の知れぬなにかが、彼女の身体をむしばんでいるのだ。

表皮が潰瘍のようにくずれるだけではない。筋も、腱も、内臓も、もりあがり、めりこみ、うごめいて、ジェニファーをこわす。すでに彼女はぬかるみの中にくずおれていた。肩の肉がとけ、骨がのぞき、それもみるまに黒ずんでじっとりと腐ってゆく。

もはや〝ジェニファー〟が生きているとは思われなかったが、異変は彼女を分解しつくすまで止まらず、水面は彼女から剝がれた微細な小片におおわれ、それが波にゆすられてのったりと動いた。小蟹や魚や、さっきまで彼女に抱かれていた蝦蟇が、それをあわただしく口へ運ぶ。

あまりのことに、私は光学シートをぐしゃりと丸めた。

卓子に新しい皿がのせられていた。揚げた鯉、とろりとしたあんがかけてある。私の食欲はのこらずふきとばされてしまった。

「なんてやつだ。君も見ろ」

「まあまあ」屈託なく笑い、蔡は魚の肉をばらしにかかった。「見たろう？」

「〝見たろう〟？　見せたのは君だぜ」

私は自分の息のあらいのがわかった。あんな映像はいくらでも合成できる。それはわかっていたが、動悸はおさまらなかった。

「彼女はおのれの姿を十時間以上たもてない。ああして崩壊する。一年に一日、夏至の夜にあらわれその夜のうちに死ぬんだ。破壊因子はどうやら彼女の中に格納されている。酸化加速物質だ。彼女はゆっくり燃えていく。内側から」

「待てよ、何がなんだかわからない。四百年まえに死んだ？　地球を出ていない？　亡霊？　彼女は生きているのか？　死んでいるのか？　その肉は何でできている？　その肉に形をあたえたのは、だれだ？」

「形をあたえたのは、むろんジェニファー・ホールの遺伝子さ。他にあるかね。〈サンギュリエール〉の、エコフォーミングセクションには地球種の遺伝情報ライブラリがおさめられている。その中に彼女の遺伝情報がしまわれていた。

もちろん、トマス・ホール博士のやったことだろう。ジェニファーは十七で死んだ。父親の嘆きや憤りは推しはかるしかない。だが、かれが娘のあかしを何かの形でのこしたい、どこかに刻印しておきたいと思ったとしてもふしぎではないだろう。ドクター・ホールはL&S協会で地球化複合体の設計にかかわっていた。卓越した生態系コーディネイターだったんだ」

「見てきたようなことをいう」

「うまいことに、おれのおやじはじいさんゆずりの好奇心の持ち主だったのさ。おやじの調べによれば、協会の地球化複合体は、いまでもドクター・ホールのチームが作成した生態系改造スケジュールを使っている。地球種のライブラリはいまでも同じマザーから起こしているそうだよ。……ジェニファーは、宇宙のさまざまな場所にちらばっている。そのひとつがたまたまこの星で発芽した——ところで、魚、食わんのか」

私は黙って首を振った。蔡はつづけた。

「ドクター・ホールは娘がほんとうに実体化するとはおもっていなかったろうな。そうだと知っていれば送りだしたりするはずはない。人間はひよわだ。改造過程の苛酷な環境下で、複合体がジェニファーのセットをとり出すというケースは想定できない。なんの役にも立たないもんな。

ドクターはジェニファーの遺伝子がそこに紛れこんでいると思うだけでハッピーになれ

たんじゃなかろうか。

おセンチかもしれん。だがおれたちにそれを笑う権利はないし、ドクターだってもろもろのことはわきまえていたはずだ」

「……だから娘の遺伝情報に時限装置を仕掛けた？」

「十時間以上はもたないようにね。そう……おどろいたな。ご明察だ」

「親父さんのほうはそれでよかったかもしれない。でも娘にとっては呪われた反覆になってしまった」

「そうかい？」

まったく意外なことをきいた、というふうに蔡は目をぱちくりしてみせた。

「呪われた反覆？　だれにとって『呪われ』ている？　ジェニファーには、こいつは祝福だよ。ナクーンの生態にとってみれば、福音といったっていい。彼女の存在は、ここにとって欠くことのできない、聖なる象徴なんだ」

蔡はその一語をくっきりと発音した。象徴だ、と。この食事の時間、いまこの場所にその一語を刻みつけて残そうとしているみたいだった。

酒で舌をしめらせ、蔡は首をかしげた。

「なあ、ふしぎじゃないか。どうしてジェニファーの像は何度もリピートされるんだろう。なぜ〈サンギュリエール〉は彼女にこだわりつづけるんだろう。もしかしたらそれが地球化に、何か役だっているんだろうか」

蔡の射すくめるような視線を避けて、私は自分の酒に目をおとした。蔡は像と言った――。〝ジェニファー〟を、肉ある生きものというより、むしろその肉のうえに顕現したパターン、抽象的な存在として考えているふうだ。

私には抽象だのシンボルだのが生態系にどんなメリットをあたえうるのか、見当もつかない。光学シートをながめて、ジェニファーに蛙やら蟹やらと仲よくできる能力がありそうだとはわかっても、そこから「象徴」まではあまりに遠いへだたりがある。

それより私には、もう一枚のシートのほうが気にかかった。ブルドッグのようなこの機械は、なぜ、だれに破壊されたのだろう。

「ストレスの火種はだいたいのみこめたよ。それがどんなふうにして燃えひろがったのかを、今度は教えてくれないかな」

「三衛星は相互監視態勢を布《し》いていた。これは話したよな」切子の杯を灯りにかざし、蔡は目を細めた。「〝ジェニファー〟がこれにひっかかった。〈セリューズ〉がクレームをつけたのだ。

意味もなく人間をつくってはだめにしている。エネルギーのロスであり、倫理コードに明白に抵触する。即刻これを中止せよ。そう勧告した。だがこの勧告は無視され、〈サンギュリエール〉はジェニファーをつくりつづけたのだ。怒った〈セリューズ〉は暴挙に出る——」

蔡はすこしずつ身をのりだしてきた。声に力がくわわる。

「〈サンギュリエール〉のテリトリーを侵犯したんだ。土木ロボットをおくりこんで〈サンギュリエール〉のナクーン・ターミナルを破壊し、またいくつかの生化学的災害《バイオケミカルハザード》を発生させて生態系をひどく傷つけた。複合体のシステム設計上、こんなことはありえない。お互いが破壊しあう必要などありはしないのだ。

〈セリューズ〉と〈サンギュリエール〉はおのおの言いぶんを携えて、〈ベルヴァード〉の判断をあおいだ。結果、ジェニファーの実体化はそれまでどおり認められることになった。〈サンギュリエール《かわりもの》〉の頓狂な行動に〈ベルヴァード〉が興味を抱いたというなら、それはそれで納得がゆく。だが〈ベルヴァード〉は〈セリューズ《まじめ》〉にも鷹揚《おうよう》だった。破壊活動は咎められず、そればかりか将来にわたって許可をあたえられさえしたんだ。こんなばかな話があるかね？」

私は蔡のことばに警戒をいだかずにはいられない。弁が熱をおび、強力になってゆくのとひきかえに、妙な擬人化やひとり合点、露骨なあおりたてがめだってきた。だが、正直に言えば、警戒心をいだくのはそれにひかれているからにほかならない。私の心は傾いていた。

「矛盾撞着もはなはだしい。地球化は膨大で精密な作業だ。こんなでかい齟齬《そご》をかかえて、はたして成しとげられるものだろうか？……だが、この世界は、あっというまに地球になってしまった」

すばらしいハトがふた皿、卓子にはこばれてきた。蔡はしかし、料理に手を出さなくなり、手の中の杯も、ただゆらすだけである。

「〈ベルヴァード〉は狂ったわけではなかった。抗争はナクーン・デルタの、それもきわめて限定された区域でしか展開されなかった。とある沼と、そのまわりの湿地、密林。けっしてその外にはひろがらない。〈サンギュリエール〉が〈セリューズ〉の領分に逆襲をかける程度のことさえ、一切なかったんだ。

ここから先はおれの無責任な空想だよ。――なあ、複合体がナクーンで実験をやったとは考えられないものだろうか。あそこに強い負荷をかけたのは、ある成果をもとめてのことではなかったろうか。

こう思うのにはわけがある。〈カプリシューズ《きまぐれ》〉の、どうにも奇妙なふるまいだ。〈カプリシューズ〉の立場は中立でもなければ、かたほうに肩入れするのでもなかった。何をしたかといえば、つまり喧嘩をあおっただけなんだな。情報とエネルギーと資材を双方に提供し、自らもいくつかの機械集団をおくりこんで、あるときは〈セリューズ〉、あるときは〈サンギュリエール〉の側についてドンパチやらかす。ナクーン・デルタの緊張を一定レベル以上にたもち、しかもそれが破滅をもたらすことのないよう調整することが、どうやら〈カプリシューズ〉の役割だったらしい。そしてこれこそが、ナクーンの抗争がじつは仕組まれたものであることを示しているように、おれは思う。〈サンギュリエール〉は、半昆虫を湿地一帯にはりめぐらした。半昆虫の個体はそれぞれの本能とシーケンスに応じてそれぞれがじぶんにとって最適な行動を取っているだけだが、鳥瞰すれば、〈サンギュリエール〉の意志を忠実に、徹底して現実化する、いわば〈見えない手〉だ。ナクーンの動物たちは、例外なくこの半昆虫や、さらにその支援をする微細な分子機械たちによって制御されている。行動をつかさどる化学物質、熱、光刺激、電磁波、音。生きものをあやつるあらゆる手管を、この〈見えない手〉は熟知しているんだ。

しかしそれだけならさして珍しいものでもない。協会が開発したありふれた手法だ。だがナクーンでは、このノウハウがほかとは比較にならないほど、露骨に、集約的に、徹底して発揮された」

蔡は息を吸いこみ、吐いた。

「ジェニファー・ホールだ。

じつに、ナクーン生態系の特異性は、それがひとりの少女の残像にむかって求心的に、強固に織りあげられているということに、つきる。

年に一度、起こるジェニファーの再生劇、そこへ乱入する〈セリューズ〉の機械群、これを妨害する湿地の生命たち。ナクーンの生命は、その活動は、その行動は、ほかでもない、ジェニファー・ホールの〈像〉をまもり維持してゆくために機能強化され先鋭化され、最適化されてきたのだ。仕組まれた緊張状態がそれを——成功させた。その結果あそこに現出した小王国は、それは見事なものだよ。ジェニファーの再生劇は、ナクーンの生きものひとつひとつを、その生を、根底で規定している。

〝ジェニファー〟の反覆がいつまで続くものかは、わからん。それはたいそうあぶなっかしいプロセスを経ているから、分子機械たちがいずれ摩滅したら、二度と起こらないだろう。ライブラリから持ち出された彼女の遺伝情報は雲散霧消して復元できなくなる。……だがな、だが、……なあ、おかしければ笑ってくれてもかまわんのだが、おれは近ごろこんなことを夢想してばかりいる。

遠い遠い未来、複合体も半昆虫も分子機械もとうに死に絶えたあと、ナクーン・デルタの生態系がどうにかして生きのこり、変異と淘汰のはてに自意識をそなえた知性をうみだすことがもし万一あるとすれば、なあ、われわれは、その日のためにいま神話の種を蒔いているのではないか？　その時代の知性は夜ごとジェニファーの夢を見たりはしないだろうか……。われわれの見ることのない空にジェニファーの肖像をさがして仰いだりはしないだろうか」

ねんいりにつくられた古い家具のような蔡の体の、その目だけが夢想家の光で満たされている。それを見て、私はふしぎな安堵と奇妙な納得を同時に味わった。拡散し、希薄となってゆく人類をはがゆく思う蔡の、それはやむにやまれぬ夢想なのだ。

それにしてもドクター・ホールがこのことを知ったらどう思うだろう。自分の娘が遠未来の集合的無意識のなかで蘇生するかもしれないと知ったら。

「君は、彼女をもう見たんだね」

「至近距離からは、じつはまだだ」

「そのためのSEか」

「うむ」

てれくさげに笑って、蔡がうなずく。

私ははっと胸をつかれた。

その一瞬、かれが百歳も老けたように見えたのだ。うすぐらい中での一瞬だったし、すぐにその印象は払拭されたのだが、私は何か不意うちをくわせられたような気分のままだった。ハトにとりかかったが、いましがた見たものに心がむいて、味がよくわからなかった。

やがて頭の片すみにテーブルの市松模様が浮かんで、そのまま消えなくなった。

いやな予感がした。

私は——私たちは、またしても思いちがいをしているのではないか？

＊

〝蜘蛛〟は、もう見えなくなった。

さっきまで激烈なたたかいがあったことをしめすしるしは何ひとつなく、ただ虫がひくくビートを刻むだけである。

私は、ふかく息をついた。長い、よくできた物語をよんだあとのような熱っぽい疲労感があって、それが心地よい。蔡があの飯店で〝神話〟と言いたかったわけがわかる。ナクーンの闘争には、われわれの思考力をうばい感情をたかぶらさずにはおかない、劇に似たつよい力、血なまぐさい供犠のような力がある。

生贄《いけにえ》をささげられた当の本人、ジェニファー・ホールは、水銀色をたたえた沼の上にたたずんでいる。遠く、月の光をあびて青くにじんだその姿は、幻想的で、なるほど〝像〟ということばに似つかわしいところがあった。

あの足許には待機している機械たちがいる。この日のために一年をかけ、沼のあちこちで手分けして何体分ものジェニファーが、ばらばらの状態で作られる。小さな人間工場たちが浮き沈みしながらこの沼で一年を過ごす。この一週間で、それが最終的にあつめられ、えり抜きの一体となってあそこに立つ。

ナクーンの精髄。

コロコロと蛙が鳴きはじめる。

沼のほとりをうずめた生きものたちが、体をもぞもぞうごかした。

遠くで鐘が二つ、三つと鳴る。

供犠のほてりは潮がひくようにさめてゆき、かわって平和な幸福感がひろがる。

私はほとんど感動に近いおもいで、ナクーンが情感のトーンをうつらせてゆくのを感じとっていた。怒り、殺意、リズミカルなよろこび、そして幸福感へと、沼はさまざまな様相を見せたが、それらはすべて一糸みだれず実現されている。またたくまに沼のムードが一変してしまうのだ。沼のあらゆる生きものを支配する、強力な共感のフィールドがあるのではないかと思わせる。

それが〈見えない手〉か。

「——」

蔡が私の名を呼ぶ。低くおさえた声なのに、それは妙に力んだようにきこえた。

「なんだい」

「息がつまりそうじゃないか？　ここは」

そんなことはない。コクピットはじゅうぶん広かった。

いいいい、

「風をいれよう」

おどろくひまもなかった。シュッと音をたて、キャノピがはねあがり、硬い窓にさえぎられていたナクーンの夜がどっと流れこむ。小さな杯ではうけとめきれない酒のように、それがあふれ、こぼれた。

ぬるい風の一撃が私の鼻をうつ。

匂い。

両目の中間に、別の眼がひらいたような衝撃だった。

SEで拡大された嗅覚は、鼻孔がとらえた匂いの組成を細大もらさず精確無比に捌《さば》きわけた。

私は思わず目をとじていた。鼻だけでものが見えるのだ。匂いでえがかれたパノラマが目のまえにひろげられたようなものである。

泥の、甘い、よく熟れた匂いが宏大な背景となってひろがり、微熱をはなっている。その前景に沼じゅうのさまざまな臭気と芳香が立体的に配されていた。見事な色彩と精密な遠近法をそなえたパノラマだ。ふみしだかれた葉むらの青くささ。ブルドッグの上に咲きこぼれる花々。蛙たちの、潰れた内臓。ねっとりした水たまり。森から流れてくる、火災のあとのいがらっぽい煙。その香ばしさ。

蔡が立ちあがる。

その気配や空気の動きは、私の肌のうえで音楽のように鳴った。触覚もまた、鋭く研ぎすまされていた。湿気をふくんで重いはずの空気が、敏感にそよいで私の皮膚にさまざまな情報を伝えてくれる。

ふいに共感場の存在が実感された。ありありと、手にとることさえできそうなほどのたしかさで、それはこの沼いっぱいにみなぎっていた。ありとあらゆる生きものを深いところでゆすぶり、たばねていた。

私はSEのレベルをもうすこし上げたくなった。この感覚を知った者なら、だれだってそうせずにはおれまい。頭上たかく羽虫の層で拡散《ディフューズ》された光のように、自分の感情が体のりんかくの外へにじみだして、場とまじりあう。そのすばらしさ。

しかしSEのレベルを上げすぎるのはあまり賢明でない、とクリニックの技師が言っていた。誤差が大きくなるばかりでなく、感覚の変容をまねきよせるおそれがあるのだ。

〝意味ある〟情報にするための類推が過度に発揮されると、使用者の記憶のどこかから別なイメージがひっぱりだされ、それが強引に目のまえの光景とむすびつけられてしまう。鉢植えがウサギに見え、恋人のささやきが炭酸水の泡の音にかわる。

だが――と、私は考える――そうした唐突な結びつきは、他人はともかく当人には、なにがしかの意味を有しているはずだ。人はだれも頭の中にきわめて個人的なイメージの体系をもっていて、本人にも気づかない抜け穴や近道がある。それがSEであらわになるのだ。そのことを頭の片すみにおいておきさえすれば、感覚が変容することによって、かえってこの共感場を理解できるのではないか。頭でではなく、皮膚感覚で。生理で。

そうやって、だれもが、自分を騙して生きている。五官の中で。

私は、身体の中のみえないスライダを思いきり、押し上げた。

レベルを上げてとらえた世界では、月光が蛍光性微粒子のように音もなく降りしきっていた。海底の色した夜の中、それはしんしんと積もって、水のおもてや蛙の鼻づら、森の輪郭、小艇、するどくのびた草の葉さきなどをぼうっとひからせている。遠くで鳴る鐘も微妙に変容し、どこかなつかしい音色できこえた。ジングルベルの音だった。クリスマス・イヴの穏和なよろこびを、私は共感場から感じとったらしかった。夏至のクリスマス。あおじろい微光、泥の香り、しめった空気。共感場はそれらすべてをつつみこみ、ひっそりと、しかしたしかに息づいていた。その呼吸にあわせて、光景が伸縮している。遠近感がいろいろにかわるのだ。沼の水面は巨大なすりばち状にゆがみ、その底にジェニファー・ホールがいる。

私は立って、蔡とならんだ。

すると共感場ぜんたいがいっせいに身動きし、われわれを注視した。私は身体をすくめたが、その視線にまるで害意がないとわかって安堵した。どちらが声をかけるでもなく、私たちは、一緒にブーツをぬいで小艇からおりた。危険のことは考えもしなかった。どんな毒魚だって、私たちの足を刺したりはしない。場が、そう教えてくれるのだ。声ならぬその声をききたくて、私はもうすこし、レベルを上げる。

はだしの指のあいだに、むちむちした泥が心地よかった。膝のところでたぷたぷ鳴る水も、気持ちよかった。さしのべた腕の、指のすきまを風が撫で、水面すれすれを泳ぐ小さな魚影の群れはどうやら私たちを先導してくれているらしい。ナクーンは私たちをあたたかく迎えいれるために、とびきりの心地よさを提供している。そうわかって、胸があつくなる。それを十二分に味わうため、私はまた、ほんのちょっぴり、レベルを上げる。

ここまでくるとじぶんの体のなかで起こっていることと外で起こっていることが、わけへだてなく感じられるようになった。風に水草がなびくのも、足許をヘビが泳ぎぬけていくのも、自分の鼓動と同じ感覚でとらえられる。〝人は五官を通してしか、宇宙とかかわっていけない〟。私はおのれの言葉の意味を思い知らされていた。皮肉な警句を私はのべたはずだったのに、しかし、人間は五官があってこそ、こうして外界と対話できるのだ。うれしい敗北だった。

月光のふる空を、私は見あげた。月あかりの中を妙なものがふわふわ泳いでいた。

なんだろう？

半透明の糸くずかクモの巣のちぎれたもののようだが、奇妙なことに視線を動かすとそれにあわせてすべるように移動するのだ。やがて私は子供のころによくやった遊びに思いあたった。空や白壁をにらんでいると、ちょうどこんなふうなふわふわした影が見えだし、目を動かしてもついてくる。生理的飛蚊《ひぶん》症という。自分の硝子体にある濁りが網膜にうつす影を見ているのだ。めずらしいものではない。

だがSEによる誤差と変容のせいで、ふわふわたちは徐々に形をかえていった。すきとおったえび、くにゃくにゃする歯ブラシ、硝子のハンミョウ。たとえばそんな形たち。

私は楽しい気分になった。

自分の目の濁りと共感をかわせるわけはない。だのに、それができそうな気がした。ペットをからかうみたいにしてそれらと遊べそうに思えた。じじつ、そのうち濁りたちは私の視線から自由になって、すばしこく飛びまわるようになった。それを変とも思わず、私はすこぶる愉快な気分で、えびの編隊飛行に腋の下をくぐりぬけさせたり、ひょろひょろ逃げる歯ブラシをつかまえようとしたりした。

ふとした拍子にさしだした指の先にえびが一羽、舞いおりた。そいつはしばらく長いひげをふるわせていたが、やがて爪のはじっこをかじりはじめた。痛いようなくすぐったいような感触がして私はくすくすわらい、それから——我に返った。

私はなにをしているんだろう?

ふれるはずのないものに触れ、ありえない感覚を楽しんでいる。

「わあっ」

自分でもおどろくほどの大声をあげ、私は手をむちゃくちゃにふりまわした。えびはどこかへ行ったが、私は逆上していた。硝子体の濁りがいつのまにか実体を持った? 取り乱しても無理なかった。

その私の目のまえに、今度は牛乳色の靄《もや》があつまりはじめた。靄は何もない空中から綿菓子のように際限なくたぐりだされてくる。過飽和溶液がなにかの拍子に結晶を析出しだすのに、どことなく似ていた。沼の空気いっぱいに目に見えぬものが充満していて、それがこんな形をとってあふれてきたのだ。

靄はひとところに凝《こご》って、とろとろと渦まいた。やがてその中から、見おぼえのある形が浮かんだり消えたりするようになる。

みとめたくはなかったが、たしかに、それは人の顔であった。顔のパーツが、でたらめな大きさと配列で靄の渦からあらわれては沈む。むやみにリアルな――ただし巨大な――片目が浮かび、耳だか鼻だかわからないものが姿をのぞかせる。

ふいに、私はさとった。

なにかが私たちとコンタクトをとろうとしている。何かを告げたがっている。ＳＥで鋭敏になった私の末梢がそのことに気づき、それで脳のどこかから〝顔〟のイメージがひっぱりだされてきたのだ。私にとって〝顔〟は〝対話〟を意味するイメージだった。

さとった途端、顔の造形が完成された。ひどく不器用に織りあげられてはいるが、たしかに人のかおだ。それがほら穴のような口をぽっかりあけた。体じゅうの毛がさかだった。ききたくなかった。

なにを言うにせよ、それは私を発狂させるだろう。

ほとんど確信にちかいその予感に身ぶるいし、私はこぶしをにぎった右腕で靄をなぎはらった。ぼ**ろ**が裂けるような音をたてて顔がふたつに千切れた。夜気にとけてゆけ、と願った。

はっとしてふりむくと小艇はどこにも見あたらなかった。ただ見失っただけなのか、それとも〝蜘蛛〟のようにのみこまれてしまったのか。けんめいに目をこらしても、伸縮する遠近感と吹雪のような月光のために方位さえつかめないのだ。血が逆流しそうになるのをおさえ、SEを標準知覚までいっきにおとす。

事態は、だがいっこうに変わらなかった。月光は粉砂糖のように舞い、水面はすりばち状にゆがんだままで、遠近感はゴムのようにあやふやだった。ナクーンは共感場に制圧しつくされていた。

SEはきっかけにすぎなかったのだ。拡大された知覚で一度見えてしまったものは、SEをレベルダウンしたくらいでは帳消しにしてもらえない。水脈を掘りあててしまったようなものだ。地層ふかくから奇怪なイメージがこんこんと湧きあがってくる。目をとじ、耳をふさぎ、息をとめようと、いったんひらかれたチャンネルをせきとめることはできない。あけてしまった函から逃げ出していく災厄を呆然と見送る女の心境に、私はなった。

私は右手をひらいて見た。白い、ねばつく繊維がからみついていた。顔をなぎはらったときについたのだ。これはイメージだろうか、それとも実体か。

牛乳色の靄が性こりもなくまたよりそってきた。粥のような濃度で、脚にまとわりつき、耳や鼻にもぐりこもうとする……。

気が変になりそうだった。ショックのせいか、涙がぼろぼろ止まらない。泣きながら、私はへばりついてくるコロイドをはぎとり、むしりすてた。

「帰ろう、蔡！」

ゆがんで、奇妙に遠い背中に私はどなった。

「ここはわれわれが考えていたような場所じゃない。ここにいてはいけない！」

蔡は腰まで水につかりなおも進もうとしていた。肘を摑んでひきもどす。だが屈強な体を私におさえられるわけもない。あっけなくはねとばされ、したたか泥水を飲み、しかしそれで頭がすっきりした。いろいろのことが、やっとわかりはじめてきた。私は蔡の背中にむしゃぶりつき、耳に口をあててどなった。

「行くな、行くな、帰るんだ。私たちは騙された。〈ベルヴァード〉も、騙された。最初から、もうずっと、この星に騙されていた。わかるか？」

私たちのまわりに蛙や魚、蟹たちがあつまってきた。〝おなじみの密林〟？　〝落地生根〟？　またなんと呑気なことを私は考えていたのだろう。蝦蟇や蟹が、適応と称してこの星にゆがめられていった、そのぶざまななれのはての姿を見るがいい。ここにあるのは、異星によって嚙みくだかれ消化されていく〝地球〟ではないか。ナクーンは、地球の種と生態系を素材にして、それを巧妙にずらしてしまおうとしている。自分にとりこんでしまおうとしている。

「この共感場は〈ベルヴァード〉がつくったものなんかじゃない。もっと古い力、もっとむかしからの力がここにあって、それが複合体をそそのかしたんだ。〈ベルヴァード〉はその場に自前の素材を提供しただけだ。あれは、おまえの言うような神話の自然発生なんかではない。この星の神話が地球の言葉で上演されただけだ」

「だまれ」

蔡はようやくふりむいた。私は絶句した。飯店でかいま見た老いの影は、今やその顔いちめんをむごたらしく蝕んでいる。快活で豪胆な、私の知る蔡ではなかった。

「ジェニィ!」

わめきごえ。蔡は私をつきとばしすりばちの底へかけおりはじめた。虫の声がふいに高まり、鐘がからんがらん、と連打される。胸さわぎがする。蔡を追いかけるうち、不安がぐんぐんふくらんでくる。何かを、私は忘れていはしないか?

水と泥をばしゃばしゃけたて、あえぎあえぎ走り、ずいぶん長いこと駆けてようやく蔡に追いついた。はねとばされるのは覚悟で、はがいじめにする。だが蔡はあらがわない。

重い背中をぎゃくにあずけてくる。足元がふらつき、空を見あげる姿勢になった。ふりあおぐ頭上に夜空の一ッ目がある。気がつけば、ここがすりばちの底だ。

私は蔡の肩ごしにむこうをのぞいた。

ジェニファー・ホール。

そう呼ばなければならないのだろうか？

魚の目。まぶたのないまるい目が私たちを見つめていた。くちびるのない、切り傷のような口。筋肉のつきかたは不自然だった。上膊よりも肘から先が発達して、手指には関節がなかった——そのように見えた。くすんだねずみ色の肌のうえにたっぷりと泥をかぶり、それが半乾きになっている。

これは人ではない。

ましてやジェニファーでもない。

この星は二百年がかりでホールの娘をこんなふうにかえてしまったのだ。蔡の祖父がとらえた映像の中の、ばら色の頬した少女は、長い長い時間をかけて彼女じしんから放逐されてしまっていた。

に……ぎ……。

傷がひらいて、声をもらした。さかな目はその円錐形の指で蔡の肩をぎゅっとつかんだ。

あー。

赤い口は棘のような歯でぎっしりだった。蔡の肩から血がにじみだす。

ぎ……

ひずんだ、苦しげな声だった。水獣は自分の声をたのしんでいたのに、彼女はそうではなかった。その顔に苦しげな翳が射した。どこかが痛かっただけなのかもしれない。だが私にはそれがおそろしく深い痛苦と孤絶をあらわしたものに見えた。ほんの一瞬、ジェニファーがそこをかすめていったのだ。

に――っ！

さかな目の身体がねじれた。全身ががくがくと痙攣する。黒い舌を長く突きだす。背中がぐん、と反った。

あーあ、あーああ、あ……

長くのばされた声が途中でふるえ、にごった。頬骨の下にひとつまみの影がうきあがりみるみるひろがっていく。私は蔡の肩にくいこんだ指をむりやりひきはがした。いやな音と感触がしたが、かまったことではなかった。蔡が連れてゆかれそうに思えたのだ。私は自失状態の蔡をひきずり倒し、抱きしめた。首まで水につかってさかな目の最期を見とどけるために。

光学シートで見たとおりの光景を、私は見た。拡張された肉眼で。彼女は苦痛を感じているのだろうか。それはわからない。わずか十日で組み上げられた身体は、ほんとうにには統合されていないかもしれない。強力な酸化がさかな目を喰っていく。私はだれにともなく、怒りたくなった。どなってやりたかった。しかしそいつはジェニファー・ホールではない。だからだれにむかって怒ればよいのか、どうしてもわからなかった。私は蔡をかかえたまま、指一本うごかせず、さかな目が肉も骨もひとかたまりになって沼の中へ消えていくのを見送った。

　だが——そのあとも、動けない。

　彼女がさっきまで立っていた場所、そこにまだだれかいる。濃密な気配が佇《た》っている。目に見えぬ彫像がそこにいるとしか思えない。月夜の青い空気がそこだけ奥ゆきの深い闇をたたえていた。ナクーンを制圧する意志が底しれぬ圧力をかけられて、そこに半ば物質化したものと見えた。

　泣きも笑いもしない。

　憤りもない。

　あらゆる感情が摩滅するほどに古い。

　その気配はただじっと私たちを見つめている。さかな目の奥にいたのはこいつだったのか。肉と骨の中にひそんでいて、それが剝ぎとられてようやく姿をあらわしたのだ。こいつとジェニファーが長いあいだあの躰をあらそいあっているのだ。——勝者はどちらだろう？

やがて気配は緩んでいった。憑依していた体を失い、凝集をたもてなくなったのだろう。黒い氷のようだった質感がゼリーみたいになり、タールの動きで流れさった。砂をつめたように重い体を起こすころ、空が白みはじめた。朝だ。ずいぶん久しぶりの朝のように思えた。一年の後半の、最初の朝なのだ。ぐったりと力をなくした蔡をかかえ起こした。思いのほか、かるい。

朝の光の下では、土木機械がまるでちがって見えた。剽悍《ひょうかん》な犬にも、異教の神像にも見えない。

ただの、朽ちた機械だ。

*

碗の底で、花びらが息をふきかえした。

洪が別れ際にくれた極上の花茶だ。船が安定航行にはいったあと、さっそくスチュワードにたのんで淹《い》れてもらったのである。舷窓のない船は、たとえそれが恒星間宇宙船であっても退屈なものだ。花茶はうってつけの飲みものだろう。

「ナクーンは放置できない。なんらかの処置を講ずるべきだという合意が評議会でなされました。ぼくも同感です……蔡には伏せてありますが」

入院中の蔡にかわって見送りにきた洪は、空港のロビーで困ったような笑顔をみせた。

「これはこの星を買う前からの問題なのです。そもそもああいう事情がなければ協会も譲渡はしなかったでしょうね。──あれには妙に心をかき乱されるところがある、そう思いませんか？　そうして知らずしらず巻きこまれてしまう。

ナクーンについてほんとうのことを知る者は、この星でもほんのひとにぎりでしょう。ですが噂とはひろまるものですし、例の力は今後どのようになるか見当がつかないところもある。放置してとりかえしのつかない事態になるのは避けなければなりません。それが評議会の考えです」

力の解釈について、洪はいろいろ話してくれた。絶滅した先住民族が自らの墓碑銘──種族的記憶の刻印をナクーンの空間にのこしたのだという説、ナクーンの生態系が改造以前から化学物質言語などによるスローな意識をもっていたのを〈ベルヴァード〉の〈見えない手〉がピックアップしてしまったのだという見解。今のところどれもみな空想の域を出ない。

そう、ナクーンは潰したほうがいいのだろう。私が判断を迫られたなら、きっとそう判断するだろう。もっとも、その理由は、そう……ジェニファー・ホールを解放してやりたいからかもしれない。

だが……たとえばあの密林を拓き複合体の活動も止めさせたとして、それでけりがつくのだろうか。コードを外してスピーカーから音が止んでも、プレイヤにはキューブが挿さったままになっている——別のスピーカーがつながれば、また同じ曲がきこえてくるだろう。……そして、それだけでもない。こんな不安をあの月夜にも感じた。チェス盤の模様。私は、なにかを忘れているのだ。

花茶を口にふくむ。苦みや渋みが舌のうえにいろいろな角度からあらわれ、消えてゆく。茶はもちろんのこと、そう、水もよかった。蔡の星で水を補給したにちがいない。私はもうひと口、茶よりは水を味わうためにすすった。

だしぬけに、電撃が体を走りぬけた。

地球化複合体の〈見えない手〉がナクーンの生きものを統率するのに、半昆虫と分子機械を使った……蔡はそう言わなかったか？　分子機械とだけ言ったが、考えてみるまでもなく、その中にはウイルス機械がふくまれる。テラフォーミングで生態系をごっそりチューニングするのに、ウイルスは不可欠だ。例外はない。

ウイルス。この奇妙な準生物が生物間の遺伝子交易の役割をはたすことは古くからよく知られている。これをシステムとしてコントロールすることで、はじめて地球化がプログラム可能なプロジェクトになったといってもいい。

蔡や洪、そしてあの星の人びとにもこのウイルスが作用しないはずはない。むしろそれも見込んで、つまりそこに住まう住人の変容も視野に入れて、テラフォームはデザインされる。星と人とが歩みよることを前提に。

世代を重ねるにつれ定着がすすむだろう。蔡が私よりはるかに強く場に共鳴したのはそのためではなかったろうか。

私は碗をのぞきこんだ。濾過するもの《ウイルス》。この水にもきっとまじっていることだろう。毒性はあるまい。そんなものを複合体はゆるすまい。だからこそ今まで見過ごされてきたのだ。だが――

人類の希釈化……。

無数の原因があるだろう、原因の原因もあるだろう。そのなかにきっと、テラフォーム技術もあるのだろう。宇宙へ出ること、別の星に住まうこと。それは人類でなくなること、宇宙に咀嚼されていくことなのかもしれない。

蔡の老残が頭をよぎる。もう、あの星へは行くまい。ナクーンの水を私はずいぶん飲んでしまった。共感場に抗しきる自信はない。行けば、とりこにされてしまうだろう。

私はのこりの茶をあきらめた。そして、旅のあいだじゅう、ウイルスのことを考えた。

かつてナクーンに何がいたのか、知らない。だが、その存在の遠いエコーは、私たちが地球から持ちこんだウイルスのふるまいを微妙にゆがめた。

その小さなゆがみとして、宇宙はかれらをまだ記憶している。そうして今、私の中にいて、つめたい空間を旅している。

私たちはどうだろう？　希釈化のはてに、ついに人類が濃度ゼロパーセントになったあと、われわれはやはり自分の痕跡を残せるだろうか。もしそうなら、それはどんな形でだろうか。

ジェニファー・ホール。

夜のヴィーナス、泥のアフロディーテを、私は想う。

もしかすると今も宇宙のどこかで発芽しているかもしれないあの少女に、私はそのことを訊いてみたくなるのだ。

象《かたど》られた力

かつて、ある疫病が暴威をふるい近接した三つの星系をほろぼした。

はじめ〈百合洋《ユリウミ》〉が、一年後に〈ムザヒーブ〉と〈シジック〉が犠牲になった。百合洋は通信途絶からわずか二日で姿を消した。ムザヒーブは月を失った。シジックもまた百合洋と同じく忽然と姿を消した。

疫学的措置をとるべきであったのだろう。その本質は疫病であったのだから。ただし正確な意味での病原体はそこに関与していない。そもそもあの災害を疫病と見抜けた者はほとんど皆無だったのだ。被害が三つの星系にとどまったのはむしろ幸運と言わねばなるまい。それはリットン&スティンズビー協会の体制そのものが揺さぶられかねない事態だったのだ。三つの星系をふくむ広大な星区は封鎖され、事故から二百年を経た今もなおL&S協会の無人船以外は進入をゆるされていない。無人船が収集するデータも公表されていない。

だが、あなたもあの噂をお聞きになったろう。かつてシジックのあった場所、いまはなにもないはずのその場所から発信されるメーザー通信。発信者を特定できない、海賊的な通信を。

それは〝シジックの歌〟と呼ばれる。

1

＊

「クドウ圓《ヒトミ》さん。……でいらっしゃいますか？」

約束の時刻ちょうどにその男はあらわれた。ホテル・シジックの巨大なロビーを睥睨《へいげい》する大時計は正午十分前をさしている。

私は立とうとしたが、男はてのひらを下に向け、すわったままでと合図しながら向かいにまわった。霜降りグレイの詰め襟スーツが似あう、背の高い、すらりとした男は、長い手足をもてあますようすもなく、わりと小振りなソファに器用におさまった。身のこなしも服装も、発音も、顔立ちまでもが静かで、正確で、なめらかだった。男は砂色の髪をちょっとなでつけ、微笑を見せた。微笑ももちろん、きちんとしていた。

「お待ちになりましたか、申し訳ありませんでした。シラカワと申します」

私は少し緊張していた。シラカワはリットン&スティンズビー協会の文化事業部で主任学芸員をつとめている、と知っていたからだ。ハバシュがそう言っていた。

シラカワは大きな角封筒をテーブルに乗せ、私のほうにすべらせた。大理石模様の天板におかれたシームレス封筒は真っ白で、しわひとつない。

「まずはそちらをご覧ください――どう思われますか？」

封をやぶりとり、私は中身を改めた。数枚のデザイン画稿だった。シラカワは静かな表情でだまっている。なるほど、ハバシュの言うとおりこれは〝テスト〟なのだ、とかれの声を思いだした。

サイード・ウルド・ハバシュから像話があったのは、前日遅くのことだ。

協会の主任学芸員が腕の立つイコノグラファーを探している、とハバシュは言った。おまえを推薦しといたから、あしたシジック・シティで会ってくれ、と。

私は二重に驚いた。ひとつは、それが数光年はなれた異星の現場事務所からかけられたものであったこと――個人向けの帯域は狭く、とても高価なのだ。もうひとつは、協会との直接の仕事になる、ということだった。L&S協会の文化事業はひとつひとつが長期の国家プロジェクトに相当する規模だ。主任学芸員ひとりが在職中にまかせられる予算の総額は、中位の（たとえばこの〈シジック〉のような）星府の年間予算に匹敵すると言われていた。

「たまげたか」とハバシュは笑った。格闘家のような体格、くまなく銅色に日焼けされた膚、つるつるに剃った頭。しかしこの男は銀河腕で最も優美で繊細な建築家だった。ハバシュはいま〈ムザヒーブ〉に三年越しで滞在していた。その月である〈タブヒーブ〉をそっくり星庁に改造する巨大事業を取り仕切るために。

「悪い話じゃない」ハバシュは自分でうなずいた。「そいつとは〈アフラートゥス〉の舞台美術館の仕事をしたんだ。愛想はないが、いい仕事をしたいタイプの人間だ。あした正午十分前にホテル・シジックのロビーに行きな。なんでもずいぶん急いでいるふうだったからな」

私が感謝の言葉をひねりだそうとすると、通話料がもったいないという意味の卑猥なジョークをとばし、ひとりでおかしがったあと、こう言った。

「あのホテル・シジックはおいらの設計だからよ、ゲンがいい。きっとなにもかもうまくゆくぜ。むかしおいらが言ってやったこと、思いだせよな」

……シラカワの視線を気にしながら取りだした一枚めには、組紐文様がぎっしりと描かれていた。

竹籠の編み目のようだがもっと複雑で美しい。美しい円盤型の幾何学網目《レース》。始まりも終わりもない一定幅のリボンが幾重にもループを重ね、大小のカーブをえがき、畳まれてはひろがり、曲線とジグザグとがからみあう。私が手に取ったのは透明な三枚のシートを一枚に成型した多層紙だった。文様の線はその層を自由に上下することでさらに複雑精妙になっている。

「とても手が込んでいる」

「見事なものでしょう？　この文様がどの文明に属するか、おわかりでしょうか」

「いえ」私は微笑んだ。「これは折衷的だな――にせものですね」

シラカワは表情を変えない。

「組紐のパターンじたいはパラディム文《もん》のつよい影響下にあります。それから展開のリズム、とくにアクセントのふり方はヘレニズム再興主義の、それも音楽作品との応答をずいぶん意識したものですね。それで星系はほぼ限定されますが――」私はシラカワの視線をすくいあげた。「この三層構造は余計でしたね。当時の〈タランテラ〉は古拙風《アルカイズム》が大流行で、あえてそうした小細工を斥《しりぞ》けていた。タランテラの多層紙はむしろ外交文書に用いられていた」

「なるほど？」

「もうちょっと文句をつけていいですか。タランテラの古拙趣味は、あの星の尚武《しょうぶ》の気風が外圧で自制を余儀なくされていた時代の産物です。時代のストレスの表現者として熱狂的に愛された女優、フェド母娘と深いつながりがある。この文様はフェド一座の座章をパラフレーズしたもののようですが、当時の図案家の腕の見せどころは、この編み目で何を言うかにあった。図像的皮肉は見破られやすい。さっき言った音楽との応答は、この模様の読み手の脳裡にプロテストソングをひびかせる効果を狙っていたんですよ。多層化で原図のニュアンスが台なしになっている。労働歌を宮廷楽団が奏《や》るようなものです。悪趣味ですよ」

「デザイナーに伝えておきます」

シラカワは苦笑した。私は次のテストにかかろうとしたが、止められた。

「その必要はないでしょう」かれは両手を小さなばんざいの形に挙げた。シラカワなりのくだけたジェスチャーらしいのだが、あまりさまになっていない。ハバシュの言葉を思いだし、私は微笑んだ。「テストのようなことをして気分を害されたでしょう。おわびします。昼食をごいっしょしませんか。打ち合わせもそちらで」

私たちは立ちあがり、泡《ブース》の外に出た。

ホテル・シジックのロビーはハバシュの数ある作品の中でも〈カンピドリオ〉の大聖堂――あの網膜ステンドグラス！――とならぶ抜群の傑作だった。

細胞骨格を模しているのだ。

動物細胞は植物のような細胞壁をもたないかわり、内部に数種の繊維をはりめぐらして形を保つ。ホテルのロビーはパブリックな空間であって、人と物と情報が自由に行き来する場所であるべきなんだ、というのがハバシュの考えだ。であれば堅固な壁ではなくその内部構造によって空間を支えよう、そのような思想がこのロビーをデザインさせた。

ロビーは一辺百メートルの立方体だ。これを細胞に見たてると、核にあたるのが球型の八面大時計で、そこからワイアが放射状にのばされている。天井と床や、向かい合った壁どうしにわたされたワイアもある。床と壁。壁と天井。ワイアはさまざまな長さと角度をもつ線分となって、ロビーの広大な空間を巨細に截《き》りわけていた。ワイアの交叉点や分岐点には泡状のブースや蓮《はす》の葉のような小フロアが設けられ、人々はワイアの中空部分や外側を走るリフトに乗って大小六十あまりもあるブースやフロアのどこへでも行くことができる。ワイアの流れは人の動線をたくみにコントロールする。宿泊客も、面会者も、レストランやバーやライブラリの利用者も、思うがままに動け、迷わず、そして出会う。私たちはリフトでフロア方向へ降下する。自分の移動につれてワイア交叉のさまがダイナミックな見せ物《スペクタクル》となる。けっして見あきない、なんとも美しく強靭な光景だ。

澄んだ鐘の音が鳴った。

正午。

大時計のホログラフ文字盤が消え、球体が内側から静かな光をはなちはじめる。毎正時に、この時計は太古の寺院の薔薇窓のように二十齣《こま》の絵を浮かびあがらせる。ブリギッテ

・ティーデマン――ハバシュがただ一人頭の上がらない人、かれのパートナー――が〝テキストラクチャ〟の技法を駆使して制作した絵だ。

正午の絵はすべて藤色に近い明るい青を基調にしているが、その光の照射をうけてロビーの構材も同色の光をはなった。こうして三十秒間、この宏大な空間は微細な光の震えに充たされる。

地下四階の菜食レストランに席の用意があった。

冷やした果実酒を一本とり、私は苔《こけ》のステーキ、シラカワは菌類の温かいサラダをえらんだ。細いヌードルほどもある菌糸をフォークに巻きつけながら、シラカワが話しはじめた。

「まずこのことを心得ておいてください。これからお願いする仕事は、じつはイコノグラファーの守備範囲からは外れているのだと思います。かといって他にこれが可能な専門家もいない。まだだれもやったことのない仕事なのです」

「だれも?」

「そう」

シラカワは壜をとって、私のグラスに酒を注いだ。挙措《きよそ》にむだがなくなめらかで正確。ここのワイン係よりよほど手際がいい。

「あなたを前に講釈するのも妙ですが――」シラカワはつづけた。「――ものごとをわかった人なら、イコノグラファーは視覚芸術の解剖学者ではなく、むしろ文化間の媒介者であると心得ています。

リットン＆スティンズビー協会が築いたスキームは、こうして人類が数多くの星系に住む世界を実現した。しかしテラフォームした天体を長期リースするという手法ゆえ、ひとつの星はひとつの文化的グループが占めてしまいます。啀《いが》みあうふたつの部族が、わざわざ連名でひとつの星を借りるわけはないですからね。そうして世代を重ねることによってそれぞれの星は独自の文化をはぐくむ。星間の行き来や通信は依然として高価ですから、異文化のコミュニケーションはどんどん困難さを増していき、断絶の原因になります。人類が人類としての一体性を保持するためには――それが必要だというのが協会の立場です――コミュニケーションの最大公約数的な方式をうちたて、たえずメンテナンスしなければなりません。儀礼手順《プロトコル》がたちどころに形骸化してむしろ紛争の火種となるのが協会の世界です。それよりはやはり相互理解だ。星系がもつ文化の傾向と影響関係を一種の系図として把握し、それを積み重ねていくしかない。協会の文化事業部はまさにそのために活動しているのですが、文化間の関係をみるとき図像《イコン》の分析はとりわけ有意義だった。――絵画に描かれたリンゴはただの果物ではなくて、〝愛〟や〝豊饒〟のシンボルとしての役割を重ねあわされている。そうした寓意のパーツを構図の中にうまく配置してメッセージを編み上げること――これが絵画のひとつの本質です。――描かれたもの、、が実は何を語りかけているのか、文様に織りこまれたのはどんなメッセージなのか、イコノグラファーはそれを見徹《みとお》すことで、その文明の、その文化の本質に迫る」

「まあ、でも職業としてのイコノグラファーは別物ですよ」私は肩をすくめた。シラカワの言葉は正しいが、少し立派すぎる。「いいところ商業芸術家というところでしょう。ある星の、ある時代ある社会のエッセンスを視覚的に抽出し、それを作品に仕立て上げる。数年がかりで巨額の予算を投じたオブジェを建設したりすることもあれば、グリーティングカードを偏光パウチでくるむだけとか、ほんとうに手法もいろいろですが」

私はもちろん後者だ。つまり協会の仕事がほしい口だ。

「そう、あなたの『パックされた光』の連作。あれはよかった。〈オラッハ〉美術の流線型偏愛を一枚の絵葉書から暴いてみせて」

私は分厚い苔にナイフをいれた。加熱された苔は粘りのある肉汁をほとばしらせて溶けていき、舌の上に嚙みきれない繊維をのこした。床に置かれた繊維壺にぺっと吐き出す。

「ある文明ある時代を目で切りとってくる直観力、たしかにそれがイコノグラファーの身上です。しかしクドウさん、今回私たちは、するどい一瞥ではなく、持続する眼差しの持ち主を求めているのです。〝時代〟の色づけに目を曇らされず、ひとつの文明の生成から消滅までをつらぬく底流をさぐりあてていただきたいのです」

「いったい、それで」私はナイフをおいた。「なんのために私を呼んだのですか？」

　シラカワは表情を動かさず、ボイルされた茸《きのこ》に辛子ドレッシングをまわしかけた。

「では、お話ししましょう。あなたに見つけていただきたいものがある。――それはだれも知らない図形です」

「図形？」

「図形です。……ひとつの星系があると考えてください。住民は視覚デザインの才に恵まれ、すばらしい意匠をちりばめた遺産を数多くのこしました。その多彩な装飾文様は、厳密に分類すると数十の基本図形に分類でき、さらにその組みあわせで〝エンブレム〟なるものを構成します。かれらはそのひとつひとつに抽象的な意味や寓意、神秘的な役割をふりわけて、一種の図形言語として機能するようシステム化していたのです」

「それは――百合洋《ユリウミ》のことでしょう？」

　ここシジックは〈百合洋〉からさほど遠くない。百合洋の図形言語を知らないものはいない。とくに、最近は。

「そう……」シラカワはうなずいた。「たとえばある規則で二重円と三角形を組みあわせた文様は〝砕けた酒壜〟もしくは〝宿酔《ふつかよい》〟のエンブレムと呼ばれており、《胆汁の苦み↓後悔の念↓とりかえしのつかないものを慕う↓欠落の充足↓過去の讃美↓……》といった際限なくつづく長い意味の連鎖をたぐりだします。複数の図形を組みあわせれば情報量はさらに増大する。しかしそれだけではない。情動も――感情の動きもまた呼びさまされる。

図形は〝後悔〟や〝思慕〟を抽象的に記述しているだけでなく、それらの感情そのものを私たちの内部から吊り出してくるのです」

シラカワは画素マーカーとメモボードをテーブルに広げ、その図形を描いてみせた。私たちはボードをみつめた。後悔、思慕の感情が――ごく弱いものだったが――甘やかな感傷をかきたてる。

百合洋のエンブレムが感情を抽《ひ》き出す具体的なメカニズムは解明されていない。しかし大ざっぱに言えば、情動は人間が進化の過程で環境に最適化するために作り上げたツール、機械的な仕組みだといえる。人間の内部にセットされたそのツールを、外部から呼び出したり制御したりするコマンド、それを言語の組みあわせで開発しようというのが詩や演劇や小説といった文学システムだったわけだが、感情じたいがそもそも機械的なものなら、もっと別なコマンドを――たとえば図形の形で――開発することも可能なのではないか。図形化したコマンドを光学読み取りさせて、人間というシステムに指令を出す……どこにもふしぎはない。

「図形とはじつにおもしろいものです。たとえば子供にさ、や形紋様を描かせてみる。きちんと描けばボードいちめんに余白なくその図形を敷き詰めることができるのですが、こちらがびっくりするくらいその作業に夢中になってしまう。なぜなのでしょう？　その答えを私たちは皆知っているのではないでしょうか。悪戯《いたずら》書きをぐいぐいやっていると、むしょうに楽しくなったりする。粘土あそびもそうですね。手でひもをひねりだしたりするのが、おもしろくてしかたがない。なにを描いているか、なにを造形しているかとは関係ない、描くこと、つくること、そのために身体を動かすことじたいがおもしろいのです」

「マーカーの手ごたえ、粘土の肌ざわり」

「私も、百合洋の図形をいくつもいくつもつづけざまに書いたことがあります。そのときの気分は、そう――」シラカワは言葉を選んだ。「ラケット球技でラリーがつづいたりすると、何ともいえず楽しくなって笑いがこみあげてきますね。あれに似た、なにか活力のようなものでした。その力が指を通してメモボードに定着されていくような、そんな快感がありました。まあ考えてみれば、この宇宙にある形はすべて何らかの力の相互作用でできあがっているのですが、この星の図形にはそれを改めて考えさせるようなところがある」

「それは逆でしょう。自分のまわりにどのような力が作用しているか、計測も数量化もできなかった時代の人間は、かたちとして外部世界を把握し、認識したんです」

これは、じつはハバシュの受け売りだった。

「なるほど。そうかもしれません。――話がわき道にそれましたね。さて、ようやく本題にはいりましょうか。この複雑な図形体系を一望できる文献は、ごくわずかしかありません。その中でもっとも重要なものといえば、これでしょう。百合洋コミュニティのかぎられた階層で門外不出とされていたものです。それは——」

「〝エンブレム・ブック〟ですね？」私は余裕をもって答えた。エンブレム・ブックはもはや秘宝ではない。

「そう、そのとおり」

シラカワは革の袋から透明度の高い材質でできた円柱を取りだし、テーブルに立てた。表面には細かな切子面が刻まれ、内部にも屈折率の違う不連続面が錯綜していて、円柱に入った光は枉《ま》げられ、集められ、また散開させられるのだった。高さ三十センチのダイアモンド。

「これは記憶立体です。かぎられた職工が手づくりで制作したもので、もっとも新しい時代のものでもいまから二百年前に作られたと考えられています。この中には、数千のエンブレムとその意味が多重らせんになって収納されています。個々のエンブレムの意味、組みあわせがうむ意味、組みあわせ同士がとなりあったときの干渉作用など、おどろくほど多様な情報をアクセスの角度を変えることによって汲み出せるのです」

私はシラカワの説明を聞いていなかった。思わず手が伸び、ブックに触れようとしていた。指先が震えていたと思う。なぜなら——

「しかし、その中に空白の一点、なにも記されていない一角がある——」

私は手を止め、シラカワの顔を見た。

「――はじめ私たちは、それをブックの内部を細工するときに使った亜空間通路、ボトルシップの瓶の口にあたるものではないかと考えました。ところがブックはもっと原始的手法で作られていて、通路をつかう必要はないことがわかったのです。私たちはいくつも仮説を立て検証しました。そのあげく、ただひとつ残った仮説が〝見えない図形〟というものです」

「見えない図形？」

「百合洋にとってブックが重要であったことは疑いない。しかしブックを解題し、説明する資料はあまり残っていません。その内容もじつにそっけない。とても奇妙なことだ。私たちは、逆にそのことに意味があると考えた。空白の一点には積極的な意味があると。私のスタッフが出した仮説はこうです。

――かつて〝見えない図形〟というものがあった。それは百合洋のあらゆる図形に先立つ原初のエンブレムであり、他のあらゆる図形はここからうまれた。この図形は最高の意味生産力をもつが、今では忘れられ、見失われている。見えない図形がふたたび見いだされたとき、他の図形はようやくその正しい由来、出自が理解される。あらゆる図形文章は別の文脈に読み替えられ、その結果として世界の認識は更新される……」

「それを探せ……というのですか？」

「イコノグラファー以外にはできない相談でしょう。形に対する鋭い感覚。視覚芸術を社会と文化の文脈からとらえなおす思考力。その裏づけとなる知識、ノウハウ。どれひとつとっても不可欠なのです」

「よりどころはあなたたちの仮説だけ、言い方は悪いが、ただの思いつきでしょう」

「思いつきで協会が動くことはありません。ボリュームのある論文なので詳細はあとで読んでいただきましょう」シラカワはポケットから一枚のコインを取りだした。鋳造されたばかりのように輝く銀貨。シラカワはそれを私の目の前でくるくると踊らせ、ぴたりと止めた。「この面に描かれているのは〝トレダウェイの目〟です。エンブレムではないが、百合洋の文化でとても重要なイコンです。何を意味するか、あなたはもちろんご存じですね」

「世界の真実を見抜く目。世界を貫徹する視線」

「そう——あなたはそんな目をもっているはずだ、クドウさん。お信じなさい。それは存在するのだ。だれひとり見たものはいないが、ひとめ見ればそれなのだとわかる図形。かれらの文明はそれをひたかくしにしていたけれど、まさにそうすることで、その存在とありようをひそかに予告しているはずです。クドウさん、あなたの目ならばきっと百合洋文明の中からそれを探しだせるはずなのです。いまはもう、このブックの中しかそれを探す場所はない。なぜなら——」

私はうなずいた。

「言うまでもありませんね？」

シラカワは静かに微笑んでいる。

私はさっきから気になっていたことをたずねた。

「このエンブレム・ブックは、本物なのですか？」

「はい。協会がこれを確保していたのは幸いでした」

「これは貸してもらえますね？」

「そのためにお持ちしました」

シラカワは相変わらず涼しい顔をしている。私は黙った。

現存するエンブレム・ブックは、すべてレプリカだ。真正のブックはすべてのバージョンが文化財として厳重に管理され、百合洋から持ち出されることはなかった。協会の文化事業部だからこそ、例外が認められたのだろう。私は透明な円柱を手に取った。ずっしりと重たかった。

「大切に扱ってください」シラカワが言った。

百合洋は一年前、突如として崩壊、消滅した。これはおそらくこの宇宙に残された、ただひとつのオリジナルなエンブレム・ブックだ。

「わかりました」

これだけの仕事を受けたというのに、私が考えたのは、ブックのことを知ったら錦《ニシキ》がきっと大騒ぎするだろう、ということだった。

2

§

あたしは姿見に顔を近づけ、右目を閉じた。

まぶたに差したパールオレンジのシャドウには細かなラメの粒が散っている。鏡に命じてそこを拡大すると、粒のひとつひとつが微小な百合洋のエンブレムだとわかる。つぎに目を開き、窓から差しこむ朝の光で、右の虹彩の具合をたしかめる。虹彩の紋に〈車輪〉エンブレムのパターンを重ねてみたのだ。うまい角度で光を当てると虹彩に何枚ものレイヤが浮かび上がり、車輪がそれぞれ別の向きと速度で回転する。朝の光からエネルギーを得て動くのだ。

あたしは満足し、ぐるりと展開していた姿見を屏風のように畳ませ、家具のすき間に返した。

百合洋のメイクはとてもだいじ。道端にすわって売り物（指輪とかペンダントヘッドとかの細工物）を広げるとき、これがあるとないとでは通行人の反応がぜんぜんちがう。とくにここ二、三か月はそう。やっぱり一周年が近づいているからかな。あたしは小柄で細いから、遠くからはちゃんと目立ち、近くに寄られてもアラが出ないように、百合洋の意匠をしっかり使わせてもらうことにしている。メイクだけじゃない。歩くとじゃらじゃら音がする、何重ものネックレスやブレス、大きなイアリング、指輪。所狭しと身につけた、重いアクセサリたちにもたっぷりと百合洋の意匠が盛りこまれている。もう全身百合洋といってもいい。

ま、それをいうならトランクに詰めた売り物が、いちばん百合洋なんだけどね。いままでは金属の細工物を売りにしていたんだけど、正直、自分でもこれは自信作。

あたしはふりかえり、自分の小さな部屋を見わたす。あたしはこの部屋が大好き。ハバシュの傑作〈ミュロ〉の独立記念アリーナとそっくりなのだ。平たい二枚貝の中にいるみたいに天井は波うっている。アリーナの部分にあたしのベッドがあって、その周りの客席に相当する傾斜した部分に家具や作業台が置いてある。この複合ロフトに住みつくことができたのは、ほんとに幸運だったし、なんていうか——そう、誇らしい。もう何年も経つのに、ハバシュの工房のかたすみに居場所があるなんて、まだ夢みたい。

道端でごみみたいなアクセサリを売っていたあたしに、声をかけてくれたのはハバシュ本人だった。あたしの細工を、ブリギッテが気に入ったんだ、と言って。そうして「うちでもう少し勉強してみないか」とまで言ってくれたのだ。

香味水のボトルを腰に差すと準備は終わった。きょうの出口はどっちかな。まあ、どっちでもいいや。クローゼットのとなりにあるドアを、頭をぶつけないようにかがんでくぐる。途中でいったん共通規格の——配水管みたいにあじけない——接合部になり、その先のドアを抜けるとそこはタカシナ兄妹の房室《セル》、しかも天井だった。おやまあ。

十

僕たちが〈トレダウェイ・ビュー〉のバックナンバーから使えそうな画像をばんばん抜いてキューブにストレージしていると、天井の丸窓から「おやまあ」と声がして、そこからアオムラ錦さんの顔があらわれた。

「きょうはこっち向きにくっついてるの？」

「こんなへんな道を通らなくても、もっと楽なルートがありますよ」

「だってさ、いちいち気にしていられないじゃない。毎日セルの配置が変わるんだもん」

「降りるの、大丈夫ですか」

「平気平気」

錦さんは窓枠にとりつけたグリップをつかみ、左腕で身体を引っ張り出して、天井からすとんと飛び降りた。右には大きなトランクを下げている。

「おしごとですか？」環《タマキ》がぼそっと訊く。

「そうよお。きょうもしっかり稼いでこなくちゃね」

「錦さんの金工、とってもいいよ」環は愛想のない顔でぼそぼそっと言う。だからお世辞に聞こえない。「ねえ、お兄ちゃん」

「まったくそうですよ」

「あんたたち二人にそう言ってもらうと励みになるな」

「それ、重そうですね」

「重いよ。新商品なんだ」

「アクセサリですか？」

「いいや、ちょっと違うんだな。あ、そうじゃなくてね」錦さんはにっこりと訂正した。「ちょっとじゃなくて――ぜんぜん違う」

「へえ。どんなものですか」

「試作だから、まだ内緒」

「圓さんは知ってるの」と、環。

「ううん、まだ」錦さんはうれしそうだ。「自信がついたら教えようかと思って」

「じゃあ僕らはその後でいいですよ」

「まだ自信ないの？」環が訊ねた。

「お客の目を引いてる自信はあるよ。でもまだ試供品ってことで、ただで配ってるんだよね」

「百合洋のものですか」

「それはね。いちばん売れるのはそれだもの。斎《イッキ》くんだって、そうでしょう」錦さんは僕たちの作業台を指さした。「あたしも大好き。百合洋の図案の中なら一日中でもひたっていたいくらい。あたしは百合洋の図案にずうっと惚れこんでるのよ。まだまだ知られていないエンブレムだってたくさんある。そういうのをどんどん知ってほしいな、みんなに。この（そう言って錦さんはトランクをぽんぽんと叩いた）新作だって、そういう気持ちでつくったんだよ！」

「そうですか」

「クールねえ。あたしは斎くんが羨ましいよ。百合洋人《びと》の血を引いてるなんてさ」

「そうかなあ」

「お父さんたち元気にしてる？」

僕たちの両親は、ハバシュさんたちといっしょにムザヒーブへ行っている。月の中に都市を造る仕事だ。僕たちが十歳になった次の次の日、ふたりは出発した。もうじき僕らは十二歳になる。

「この一週間は、連絡ないです。なんかすごく忙しいみたい」

「二人っきりでたいへんね」

「平気」環がぼそっと言った。両親はすくなくともあと半年は帰ってこない。でも環の言うとおり、僕たちはあんまり不都合を感じていない。だってこの複合ロフトの二十以上もあるセルの住人は、それでもまだ半分は残っていてみんな家族どうぜんだから。僕たちはこの複合ロフト〈マガザン・ド・デーユ〉のひとびとに育てられたようなものだ。両親もそれがあったから、人生を賭けるほどの仕事に行くことができた。ムザヒーブの月には、ハバシュさんのこれまでの仕事が万華鏡のように取りこまれた、すばらしい街ができるのだとお母さんが言っていた。つまりこの複合ロフトを百万倍も大きな規模にしたものだということだ。

「きょうは、ここはどのあたり？」

錦さんがトランクのストラップを肩に掛けながら訊いた。環が壁に掛けた都市儀をゆびさす。この複合ロフトがいまシジック・シティのどこを移動しているかが表示されている。

「はあん、西区か。なるほどね。もうすぐメトロムーバの駅に着くじゃない」

錦さんは僕らの作業台に近づいた。

「うわ〈トレダウェイ・ビュー〉、えらく貴重な雑誌があったもんね」

「うちの書庫にむかしからあったんです」

「あんたたちのお母さんは百合洋生まれだもんね」

「あたしたちも——百合洋生まれだったらよかったな」環が言った。

僕たちはけっきょくいちども百合洋には行けなかった。お母さんはムザヒーブへ行く前に約束してくれた。――この仕事が終わったら百合洋に小さなお家《うち》を買おうね、そしてみんなで夏の休暇に行こう、と。だけど百合洋は、もうない。消えてしまった。だれがそんなことが起こると思うだろう。でも本当にそうなったのだ。

「ああ、そろそろ行かなきゃ。ねえ環ちゃん、あたしのきょうのメイク、おかしくない？」

「ううん。いいよ」環はいつでもぽつっと返事をする。

「あ、そう。良かった。ほんとはこの目、環ちゃんみたいに素敵ならいいんだけどね」

僕は環の目をうかがい見る。環の瞳孔は、左右でほんのすこし大きさが違う。右がわずかに大きい。こんなことに気づいてるのは僕くらいかと思っていた。両親だってたぶん知らない。錦さんってとぼけた感じだけど、目は凄くいいや。ハバシュさんがスカウトしてきただけのことはあるな、と思った。

環の目は僕らの作品づくりに欠かせない。左右の目が均等な人間なんていないけど、環の場合、左右の違いが物の見え方に影響しているのではないかと思う。それほど、百合洋の図案を見るときの環のセンスはすごい。

「とにかくその雑誌は、大事にしとくといいよ。すごく高く売れるかもしれないけど、売らないでね。あとであたしの新作の参考にするから」

片目をつむると、錦さんはあっという間に僕らのセルからいなくなった。背中が弾んでいた。意気揚々としていた。

「錦さんて、ほんとうに百合洋の図案が好きなんだなあ……」僕がそうつぶやくと、

「お兄ちゃん。つづきしようか」

　環が手袋をはめた手で、僕をうながした。こんどののみの市であたらしい百合洋の図像集を出すことにしていた。僕らはふるい雑誌をひらき、型の古い手袋《ピッカー》で誌面の画像を摑《つか》み出しては、ストレージ・キューブに放りこんだ。

‡

お兄ちゃんは（といってもわたしたちはふたごで、すう分しか年がはなれていないよ）、一年前のあのときの話をしません。内しょにするだけじゃなくて、環とお話するときも、あのことを知らないふりをするの。なかったふりをするの。それが環には不思議です。

　お兄ちゃんはすごくわたしにほごしゃっぽくする。わたしを見はっている。とくに一年前からそうです。お兄ちゃんはいつも、環はぼくよりちょっと遅れている、っていいます。環のからだにはまだ赤ちゃんのせいぶんがのこっているのかな。

　お兄ちゃんはときどきわたしの寝がおをみつめていることがあります。わたしは目をつぶっているけれど、いきがかかるので、わかります。ねるときはへやはまっ暗にしていま

すが、そのなかでお兄ちゃんの目だけがひかってるかも、とおもうとおかしくなりますが、でもねたふりをつづけます。たぶん環のことをみはっているんだとおもいます。

「環、これをわり付けて」とお兄ちゃんが言っています。

のみの市にしゅっぴんする自ひしゅっぱんの図ぞうしゅうをつくっているのです。

じゅんびはお兄ちゃんも手伝いますが、こうせいを考えレイアウトをつくるのは、ぜんぶ環です。

百合洋の図けいをきれいに並べるのが、環は大好きです。お兄ちゃんも、環には才能があるっていいます。

ざっしからぬきだされた図けいたちを見ていると、図けいたちがどういうふうにならびたがっているかがきこえてきます。

わたしたちの図ぞうしゅうは、それをみているだけで、あたまや心の中がぐるぐるしてくるように作られています。とてもひょうばんがいいです。おさけをのんだときみたいになるの、と毎ごうたくさん買ってくれるおねえさんもいます。なきだしたり、思いきり笑ったりするんだそうです。でもわたしたちのファンジンも、ほんとうはまだまだなの。図けいが本当はなにをいいたいのかが、環にもまだわかっていない。図けいたちが環にお話ししてくれるのは、うわべだけのきれいごとです。でも、図けいには、かくしごとがあって、ほんとうはそれを話したいらしいの。あとすこしなんだけどな。それと、エンブレム

・ブックでは図けいたちがすごくおしゃべり。眺めていると、ざわざわとうごいて、わたしをある方角へさそっていることがわかるの。
きっと、その先に図けいたちがかくしていることがしまってあるんだ。
そういうわけで、環はさいきんお兄ちゃんにりっぷくしています。
だって、お兄ちゃんは環に、ブックをさわらせないんだよ！
ブックをかくしてしまったんです。環の目のとどくところにはどこにもありません。
内しょにすること。
かくすこと。
そんなの、ぜったいむりがあると環はおもいます。ながつづきしないと、おもいます。
なにがどうなってもしらないから！

＊＊＊

都市の概念設計をし、その建設を指揮する――その業務にふさわしい報酬はどんなものだろうか――複合ロフトの出口をふり返りながら、アオムラ錦は考えた。この複合ロフトは、その、なかなか気の利いた回答だと思える。ハバシュがこの星府の首都シジック・シティの建設を引き受けるかわりに要求したのは、都市構造のすき間《ニッチ》に占用権を持ちたい、というものだった。いま錦が後にした複合ロフトは、都市の中を縦横に走る、蟻の巣穴のようなニッチの中をつねに移動している。この「ニッチ」は、ライフラインを束ねた基幹網に並走する管理道であったり、ビジネス街の裏側に拡がる公園帯の余白であったり、商業区の空中に架けられたメトロムーバの空《あ》き軌道だったりする。ハバシュはそれらのうえに占用権を設定し、そこを複合ロフトが自由に通行できるようにした。いくつもの居住モジュールが桑の実のように連結し、強靭な外装にくるまれて回転しながら移動する建築である。

複合ロフトはサイード・ウルド・ハバシュの建築を支える工房《スタジオ》であり、またかれをとりまくスタッフたちの住居を兼ねたアトリエ群だった。シジック星府にとっても、高名な建築家の工房を置くことはさまざまなメリットがあったのだ。また方々の星系をとびまわるハバシュにとって、ここは心安らぐ根城にもなっていた。この工房に、ハバシュは〈マガザン・ド・デーユ〉という名をつけた。

アオムラ錦は高架の先へ回転していく巨大な球塊を見送ると、踵《きびす》を返し、メトロムーバの駅からエレベータで地表レベルに降りた。小さい商店や食堂が雑然と建てこむ区域の裏道を、錦はずんずん歩いていく。歩きながら錦があらためて気がつくのは、百合洋ふうの食べ物、飲み物がさいきん本当に増えてきたな、ということだ。

店を広げる場所はだいたいきまっている。大通りすぎてはいけないし、路地では人通りがない。錦はいつも自分が腰をおろしている程よい場所にシートをひろげ、あぐらをかいた。まわりには幾人かが、同じように店を広げている。

トランクをひろげ、試供品のキューブをならべる。

そうして街と、行きかう人々をながめる。

あらためて眺めると、街と雑踏は百合洋エンブレムの大きな花園のようだった。ショウウィンドウのディスプレイにも、街灯の支柱の装飾にも、人々の服装にも百合洋のエンブレムが影を落としている。錦の奇抜ないでたちも、半年前までは奇異の目で見られていた。いまではそれほどでもない。悔しいようなうれしいような気持ちだ。

五歳くらいの女の子が親につれられて錦のすぐ前を通る。錦は自分の左手がその少女に弱く反応するのを感じた。見ると、ワンピースの胸のリボンのレースにクローバー型の三つ葉模様《レフォイル》があしらわれている。それが少女に、両親と三人揃ってお出かけすることの幸福感を増強している。ほんとにうれしそうだ。そして、トレフォイルは蛇の毒除けのエンブレムでもある。錦の革の手甲《ガントレット》に浮き出した蛇《サーパント》のエンブレムが反応したのだ。少女の後ろ姿に向かって錦は小さく手をふった。少女が立ち止まり自分の胸を見下ろすのを見て、微笑んだ。

百合洋の文様がこれほどまで浸透したのは、やっぱりこの相互作用のせいだ、と錦は考える。文様は感情や感覚に働きかける作用がある。そうして文様同士でも反応を起こす。錦は着飾った状態で街を歩くと、自分のアクセサリと街のデコレーションが干渉しあい、めまいのような効果をおこすことに気づいていた。そのことにはっきり気がついていなくても、なんとなく気持ちがいいからみんな百合洋をまとうのだ。それなら、もっと楽しんだらいい。そう思って、錦は新しい作品をつくったのだ。

「ねえ?」

声のほうを向く。若者――というかまだ少年だ――が何人か、錦の前に立っていた。

「いらっしゃい」錦はにっこりわらう。心もち目を開けて。回転する車輪のエンブレム――運命の加速――の効果を期待しながら。

「あら、いいシャツね」若者は黒にちかい藍色のシャツを着ていた。その胸に、渋い銀色のY字が浮遊して見える。「それ、テキストラクチャでしょう?」

「あ、ええ」言い当てられた若者は、うなずく。

「あのさ、これなんだけど」若者のひとりが言う。「ほんとに無料《ただ》?」

「先着百名はね。きのうからなんだけど、たぶんきょうでぜんぶ捌《さば》けちゃうよ」

錦は若者に考える時間をあげるため、ちょっとだけ目をそらすことにした。見上げたきょうの空は薄曇りだ。その空に何本もかかるムーバの高架が、逆光で交錯する線の中に、一瞬、錦は百合洋のエンブレム――繁殖と拡大の文様を視たような気がした。

クドウ圓は五歳のときに扁桃腺を切った。

あっけなく手術がすんだあと、圓はじぶんの扁桃腺を見せられた。腎臓型の真っ白なトレイに横たえられた赤い肉片は、少年の目に焼きついた。少年にとっては、白と赤の鮮烈な対比ではなく、ぶよぶよとした形もさだかでない肉片が、ほかならぬ自分の身体からとりだされたことのほうが衝撃だった。

圓は人体解剖図を見たことがあった。そのとき感じたのは頼もしさだ。人体のなかみはみなはっきりした輪郭をもち、それぞれの持ち場で役割を正確にはたしている、という素朴な安心感。ところが現物の臓器は指でおさえるだけでいくらでも形を変える、むしろ流動的なものに見えた。この身体の中には、形さえさだかでないものが詰まっていると思うと、その夜のベッドで胸がどきどきした。――ひとの器官とは、いったいなんだろう。それはそもそも機械のような部品といえるのか。人体とはあの肉片のようにどこまでもあいまいにつながり、区分線など引けないのではないか。そこへ便宜的にあれこれと名前をあたえ、その名前を聞くことでしっかりした形があるように得心《とくしん》しているだけではないのか。術後の不快な微熱と微痛のなかで、圓はひらたい腹のうえに手を置いた。腹部の皮膚がひんやりとして柔らかだった。不安と嫌悪と、なぜか甘美な思いとが渾然《こんぜん》となった、不思議な感覚だった。いまでも鮮明に思いだせる。

その感覚が、ずっと自分の人生につきまとってきたと圓は思っている。明瞭な形と、それ以前の渾然とした状態のもの――その中間。名前と形があたえられるきわどい一瞬に、手を触れよう、見きわめようとしてきた延長に、この仕事があった。あるいは、この仕事が自分をたぐり寄せてきた、と。

目をあける。

圓を乗せたメトロムーバの軌道は高架を昇っていくところだった。

シジック・シティはゆるやかなすり鉢状をなしている。中央に大きな公園が、その周りを星府の官庁街の背の低い建物が取り囲み、それが金融街に遷《うつ》るあたりからしだいに高くなっていく。中央公園から十六方位にのびたムーバの幹線はこの先何段階にも分岐していく。いま四十輛編成のムーバはまるでロープウェイのように高みにいるが、街は周縁に向かうにつれてさらに高さをまし、この先ムーバ軌道は、それこそ組紐文様のように——あるいは血管のように縦横に交錯しながら重層的にそそり立つ都市の中へと編みこまれていく。車輛編成もそれにあわせて短く分かれていくことになる。

預かったエンブレム・ブックは膝の上のブリーフケースにあった。オリジナルの〝ブック〟。その価値ははかりしれない。これまで百合洋の外へオリジナルのブックが持ち出されたことはなかったはずだ。わずか数十しか作られなかったオリジナルは百合洋の壊滅ですべて失われたとされている。ブックはひとつひとつがすべて手作りで、レプリカはその全容を伝えていないと言われている。いま流通しているレプリカは機械的に製造されたものので、百合洋図像を研究する者からは、オリジナルが切望されていた。レプリカとは段違いの情報を格納していることが確実だからだ。その全貌をひとわたり閲覧するだけでも大変な作業だろうが、いまはそれを手にしている幸運に舞い上がっている。

窓の外が暗くなる。軌道は屹立《きつりつ》する都市のなかにのみこまれていった。その刹那、巨大な広告サインが真横をかすめる。香油の広告。一瞬のことだったが、その広告につかわれた、ひろげた翼のエンブレムがいつまでも目の上に後味を残した。それは性交のあと身をよこたえる仰臥《ぎょうが》の女性を暗示する図形で、また同時に、鞭打たれ、死を迎えるときの姿勢をあらわすエンブレムでもあった。身体に塗り広げる香油の広告であることとあいまって、それが見る者にエロティックな感覚をよびさますのだ。錦がよく使っている香油だった。

別のエンブレムが、はなれたビルの壁一面をおおうバナーにプリントされていた。

夜明け前のような、いちめんの藍色。ほとんど黒と見まがう一色のバナーの中央に、燻《いぶ》しをかけた銀の色で小さなエンブレムが描かれている。Y字を象《かたど》った三つ組み《トライアド》のエンブレム。それ以外、なにひとつないバナーだ。ビルの五十階分の壁面をそれがおおっていた。

これは弔旗なのだ。

忽然と消失してから一年を迎えようとしている百合洋を悼《いた》むバナーだ。

とつぜんの通信途絶からわずか二日で、百合洋はその軌道から消えうせた。協会の調査で百合洋と同等の質量が正しい位置を公転していることが判明したが、それ以外にいかなる方法によっても百合洋を捉えることはできなかった。前代未聞の事象であり、いまだ原因がまったく不明である。

シジックには百合洋と関係の深い人が多い。故郷を喪失した者、派遣されていた家族を奪われた者、津波のような経済崩壊で事業と財産を失った者。致命傷とはならなかったがシジックの傷はまだ深い。悲しみもまた深い。

その悲しみと表裏をなす恐怖が、じわじわと協会の世界に拡がりつつある。

だれが百合洋を滅ぼしたのか——そんな恐怖だ。多くの人がこの事象を人為的な破壊活動だと考えている。百合洋文化によって土着の文化を冒されたという抗議活動が、数年前起こった。それが関係あるとはだれも言わない。しかしシラカワの言うように文化の伝播と交流が起こるとき、かならず軋轢《あつれき》が伴う。百合洋によってなにかを決定的にそこなわれたと感じた者がいてもおかしくない。

協会の調査団報告が一向にまとまる気配がないことも、この恐怖に拍車をかけていた。

百合洋崩壊一周年を間近に控えて、リットン&スティンズビー協会は「半旗」と名づけたキャンペーンをおこなっていた。数百名の有名なアーティストに百合洋の消失を追悼する作品をつくらせ、それを公共空間に展示するというものだ。

さっきのバナーはその一環で、バナーの作者は、ほかでもないブリギッテ・ティーデマンだった。圓は制作中の彼女から、作品の意図をきいたことがある。彼女によれば燻し銀のY字は、百合洋の頭文字であると同時に、「自由意思が通過してゆく通路、回路」を意味しているし、太古の地球におけるカバラでの意味（Yの字が元となってほかのあらゆる文字がうまれたとされる）も含めている。そうしてなにより百合洋では多くの墓石がY字形なのだった。文字の根源であり、意思が通過していく場所、死の表象、そうしてもはや二度と訪れることのできないその場所を、作者はYの一《ひと》文字としてしずかに刻印した。バナーがどんな強風にあおられてもそのY字は微動だにしない仕掛けだ。

文字の根源――圓はシラカワの依頼を思いだした。それは見えない図形を見いだすこと。言葉にしてみるとまったくの不可能事に思える。

自分ごときの直感でそれが探せるだろうか。そもそも可能なことなのだろうか。

圓はブリーフケースのひんやりと柔らかな革ごしにブックの輪郭をおさえた。そうしてきっと大丈夫だ、と言いきかせた。

　ブリギッテの装備を借りよう――と圓は考えていた。さっきの巨大なバナーを見たときその考えが固まった。あの柔軟性に富んだシステムなら、きっと、いま自分が考えている方法をためしてみることができるだろう。

　街並みは雑然とこみあってきた。

　百合洋のエンブレムは街の光景を覆いつくさんばかりだ。美味な若葉を食《は》む虫たちのように、ハバシュが腕を振るった街並みにエンブレムがぎっしりとたかっている。ムーバの窓が切り取る枠の向こうを高速で過ぎ去る無数の図形たち。無作為にならびあって、意味と感情がちらつく。その奥に深遠な意味があるようにも見え、またそれはただのまぼろしかとも思える。そのけしきの中に、ブリギッテの藍色のバナーが大小何千枚と複製されて、はためいているのも見えた。ほんの一瞬、圓は、まるで自分がブックの中に投げこまれたかのような錯覚を覚えた。

＊＊＊

3

天井とふたつの壁がそっくり窓になっているので、ブリギッテ・ティーデマンのアトリエは光に乏しいということがない。ふんだんにふるまわれる朝の光のした、カーテン商の展示場のようにさまざまな厚みの布が垂れさがるあいだを、クドウ圓はいらいらと歩きまわっている。

このセルはたぶんこの複合ロフトでいちばん大きいが、天井から床へ、壁から壁へとさまざまな角度と強さで吊るされ、架けられ、張りわたされた大きなファブリック類で空間のほとんどが占められている。どの一枚もブリギッテが直接メーカーに細かくオーダーしてつくらせた最新の高機能繊維だ。

その布をスクリーンにして、図形たちがさまざまな色の線画となって乱舞していた。図形たちは、砂あらしに巻き上げられた無数の硬貨のように、ファブリックディスプレイの上を無秩序に踊り、布から布へ宙を横切って飛びかう。精神集中のためだろう、圓の額は険しく、こぶしは固くにぎられている。踵を突き立てるような歩き方が、まるで独り舞台の稽古にはげむ俳優だった。そう見えるのも当然で――この空間を占める布は、そもそも舞台装置なのだった。

ブリギッテ・ティーデマンは舞台美術家としてキャリアをスタートさせ、インテリジェントなファブリックを活用したあたらしい舞台装置〝テキストラクチャ〟――テキスタイル・ストラクチャ――を開発して名声を得た。このロフトはハバシュが設計した〈テアトロ・コロンバ〉と、そのこけら落としで上演された楽劇〈クルヴェナールとブランゲーネ〉初演の第一幕をそっくり模している。この第一幕は巨大な帆船の甲板で展開されるが、この布は帆を象徴的にかたどるとともに、劇場装置として機能した。たとえば合唱隊《コロス》はこの布に投映された無数の唇として登場したが、この布じたいが振動膜として合唱隊のうたう音を舞台上のあらゆる角度から発した。布はまた、織りこまれた膜状筋肉によって意思ある生物のようにはためき、そこに投映された黒雲の映像と相まって、舞台上には嵐の空が異様なリアリティをもって現出した。主要登場人物のひとりである亡霊の王を演じた生身の役者は、この布に映じた過去の情景と実際の舞台上をシームレスに移動した。主役の十五分に及ぶ長ぜりふのあいだ、布は俳優の心象を映像化して背景に展開した。これらの効果が相乗的に発揮されると観客はその舞台効果に完全にのみこまれ、陶酔させられた。

初演はセンセーショナルな成功を収めた。これがハバシュとブリギッテの最初の共同作業だが、ふたりはその後、公私共にパートナーとして生活していた。ハバシュが不在なこの数年は、ブリギッテがこのロフトの実質的な主人として、住人の精神的な支柱となっていた。

圓も、その包容力に甘えた。圓のアトリエのスペックは貧弱すぎた。ブリギッテのロフトは外見こそ古い舞台装置の復元だが、ファブリックの素材や制御装置はつねに最新の状態となっている。ブリギッテは「半旗」のシリーズの続きも委嘱《いしょく》されていて多忙なはずなのに、こころよく使用をみとめてくれていた。

圓は熱に浮かされたような目で、乱舞する図形たちを追っている。

いまここに乱舞しているのは、実在の百合洋図形ではない。

布地をすべる流砂のようなノイズ。そこから浮かび上がってくるのは、ありえたかもしれない別な図形たちだ。エンブレムの発達史をある時点まで巻き戻してやり、そこから図形進化を再開させてやる。そのシミュレートの過程が、いま、こうしてテキストラクチャの上で展開されている。実際には存在しないが、百合洋の図形言語の規則から考えればありうる別の図形セットが、いま刻々と生まれつつあるのだ。パラメータをさまざまにいじることで進化の方向はさまざまに変化する。もし見えない図形というものがあるのだとすれば、複数の進化の結果地点からふり返ることでその位置をあぶり出せないだろうか――遠近法で描かれた絵に何本も線を引いて、消失点の位置を特定できるように――それが圓の勝算だった。

ぴたり、とあらゆる乱舞が静止した。いきいきと生動していた図形たちは成育を止め、死んだプランクトンのように空中や布の表面をゆったりとただよった。

圓はどさっと腰を落とした。ハバシュが残していったディレクターズチェアがきしんだ。額に汗が浮いている。息が浅く、速かった。

「どうしたの？」

ブリギッテの声に、目をあける力もない。この数十分、圓は自らの精神力で膨大な計算とその修正を制御装置に命じつづけていたのだ。そのまぶたの上に冷たいグラスの底が押し当てられた。圓はほっと息を吐いた。グラスで目を塞いだまま、ブリギッテの手が圓の頬をなでた。小さな手。しっとりとやわらかだった。圓はその感触にいっとき心奪われた。

グラスを取って、目を開けた。

ブリギッテ・ティーデマンのいつもどおりの笑顔が上からのぞきこんでいた。ほっそりとした身体、細く長い髪、落ちついて上品な物腰。ハバシュより五歳も年上なのだが、どこかに少女のような気配が残っている。ブリギッテの手が圓の両肩におかれる。

「お茶を召し上がれ」

そばに小さなテーブルが置かれ、そこに百合洋流のお茶の用意がされていた。カップはかたちも大きさもちがうものが十客はあった。茶はすくなくとも数種類を揃え、菓子や軽食もふんだんに用意する。百合洋の晩餐は遅い。早い夕刻のティータイムが第三食目であり、正餐にあたった。多様さと遊戯性と組みあわせの術《アルス・コンビナトーリア》を尊《たっと》ぶ百合洋にふさわしい流儀だ。

ブリギッテは圓のむかい側にすわった。

「まだ朝だからお茶はおかしいのだけれど、圓、あなた徹夜でしょう？　それにあわせて調製したの。これで身体をやすめなさい」

過度の熱中をやんわりと諫《いさ》められたのだと圓は気づき、申し訳ない気持ちになった。ブリギッテはこの複合ロフトではハバシュにつぐ稼ぎ頭で、そのアトリエを五日もひとりじめするのはマナー違反だ。謝ると、ブリギッテはこう返した。

「そうね、ほんとうは言いたいことだってあるの」

「ええ……」

「あなたが何をしているのか、このロフトの全員がそれはそれは知りたがっているのよ」

「ああ……、なるほど。ぜんぜん気が回っていませんでした」

ブリギッテは、ぷっとふきだした。

「そうでしょうね。きっとそうでしょう。たった五日でここまで百合洋の図形世界を追いつめたんだもの。他のことは目にはいらないわよね」

　ブリギッテはテキストラクチャに貼り付いた図形の星座を見上げた。

「ふしぎね……こんな図形たち見たこともないし、とても奇妙なのに。でもやっぱり百合洋の図形にしか見えない」

「あなたにそう言ってもらえると、うれしいな」

　ブリギッテの祖母は、まだ若い頃、百合洋からシジックへ移住した。そういえばハバシュも父方の曾祖父が百合洋出身だった。ブリギッテの幼少期は純然たる百合洋ふうの生活様式だった。その彼女に違和感なく受け取られたというのは、この別の進化がそんなにでたらめではないと保証された気がした。

「それにしても、どうやったらそんなふうに頬がこけるの？」ブリギッテが微苦笑し、さっき圓の頬をなでた自分のてのひらをかざした。

　圓はシラカワからどっさり預かった図像資料を厳選した。できるだけフィジカルな――制作にひとの手が直接かかわっていたものを。絵画、貨幣、家具や調度のかざり、祭具、特産である毛織の生地、宝石・貴金属細工、印章、建築、切手、蔵書票――。さらに伝統的な芸能や工芸の制作記録をかき集め、そこから動作、身ぶりの基本のパターンをできるかぎり抽出した。演劇、舞踊、歌謡、農耕や労働、手仕事にかかわる身ぶり。圓は一晩でそれらを独自に連結させたデータベースを概成させた。

フィジカルな資料を求めたのには理由があった。

ひとつはシラカワが言っていたとおり、文様を描くことと身体とは切り離せないということだ。手でかたちを描くとき、それはヒトの脳や上肢の機構にかならず制約される。描き手がどう身体を動かしたいかという欲望に支配されている。圓は「かたち」とは数学的で、抽象的なものである一方、それと同じくらい身体的で肉体的なものだと考えた。〝見えない図形〟がシラカワの言うように周到に隠されているのだとしたら、それは〝ブック〟の中にいくら目を凝らしても論理的にはけっして導けまい。しかし、百合洋の文化の背後にある素地、どのように身体を動かしたいかという感覚の中にかくされているはずだと考えたのだ。

「たとえばこの銀貨」圓はポケットから、シラカワが貸してくれた百合洋の貨幣をつまみだした。鋳造したばかりのようにぴかぴかだ。刻印された、トレダウェイの目。「この図案を彫った職人は腕を、指を、目をどのように使ったか……。工芸記録のデータベースにおさめられたそのデータを、ぼくは自分にロードしました。ほかのものも、できるだけたくさん。このにせの進化はぼくの身体を使ってシミュレートしてるんです」

それにはテキストラクチャがこれまで公演で開発してきたライブラリが役に立った。かつて高名な舞踊家が〝ひとり群舞〟を上演したことがある。舞踊家は舞台中央で技巧の極限をきわめた舞踏を演じると同時に、自分の身体の中でさらに複数の（現実の踊りと対位法を成立させるような）振り付けを踊り、それを後景で群舞として展開させた。舞踏家のあまりの消耗に、再演はかなわなかったとされる。

「ほんとうに身を削るようにして、これをつくったのね。それでこれは――」ブリギッテは自分の肩のあたりをただようひいらぎの葉のような図形を見て言った。「何番目の進化バージョンなの？」

「二十七」

「あらまあ！」ブリギッテは手を口に当てた。そして小さく吹きだした。「ごめんなさい」

圓もにが笑いせずにはいられなかった。

「それでも消失点はみえないのね？」

「混乱するばっかりで」

不思議なほどだった。圓がねがう消失点はどうやっても浮かびあがらない。あらたな進化バージョンができるたびに、透視図の精度は悪化した。ブリギッテがこれらの図形に違和感を持たないのであれば、母型《マトリクス》と進化はおおむね正しいのだろう。――それはつまり、そもそもの前提、複数の進化の結果から見えない図形をあぶり出そうとするアイディアじたいがどこかでまちがっていることを意味する。

「しかしこれ以外のアイディアが見つかるとは思えません」

「心機一転することね。さあ、お茶を召し上がれ」

圓は、それでも小卓の上を飾るさまざまな食器や軽食のなかに、なにか使える材料がないかと探していた。――そう、料理もフィジカルな作品だ。

圓はまず花とスパイスの香りのする一杯を啜《すす》り、つぎに別の茶碗から黒く濃く、にがい液体を含んだ。珈琲のように強い苦味の上を、前の茶の、花とスパイスの香りがあざやかにたなびいた。味は黒のほうが強いのに、淡い香りのほうが鮮やかだ。夕闇の中、ひとすじ残った金色の雲のように。

ブリギッテがにっこりした。

「そのまま何ものまず、お待ちなさい」

そのとおりにした。するとどうだ。絵の図と地が反転するように印象が逆転した。一様に見えた夕闇に目が馴れ、黒い苦さのなかにうま味や酸味が複雑にからみあっているのがわかった。花とスパイスはそれを見るための補助光だった。組みあわせがさらなる意味を産生する。まるでエンブレムだ。

「圓、あなた本当に少しやすむといいわ。そういう調合にしたの」

苦みは薬効があるのか、身体じゅうの疲労が声を上げはじめていた。しかし不快ではない。湿布をあてて凝りがほぐれるときのなんとも言えない心地よさだ。ブリギッテが立ち上がり、また圓の背後に回った。両肩におかれた手が凝りをもみほぐすように動く。圓は快い痛みに、小さく声を上げた。首をわずかに反らすと、頭のうしろがブリギッテの鳩尾《みぞおち》にそっと当たった。ブリギッテは身体を引かなかった。

「一眠りするのよ。錦ちゃんが待っているわよ?」

「ええ」

「だいじょうぶ。あなたならきっとできるわ」

「ええ」

「でも、ほんとうにふしぎ。ねえ圓、わたし、あなたが作った別進化のエンブレムがね、とてもしっくりするの。本物のエンブレム以上に、ほっとする」

ブリギッテは圓の耳にささやくため、心もち身体を屈《かが》めた。圓は背後にブリギッテの乳房の小さな量感を感じた。

「ええ」返事を返しながら、圓の一部はそれでも考えることをやめない。

なぜ見つからないのか。

なにがまちがっているのか、を。

「こわいわ……」ブリギッテはその姿勢のまま、ふとつぶやいた。

「え?」ブリギッテにうしろから抱きすくめられた状態がつづいている。圓はさすがに赤面しながら応えた。

「もう一年なのね」

百合洋消失のときブリギッテが受けた精神的な痛手を、圓は間近で見ている。立ち直れるだろうか、と思ったほどだった。

「こわいのは、あなたが百合洋人の血を引いているからですか？」噂はともかく、百合洋人に対して具体的な暴行や迫害が行なわれたことはない。それでも破壊者に襲われるのではないか、と怯える百合洋出身者がいるのはたしかだ。圓の手が、肩におかれたブリギッテの手をなだめるように撫でたが、すぐにハバシュがこしらえた指輪をさぐりあてた。

「ああ――それともハバシュが心配？」

ブリギッテは首を振る。身体を離す。

「そうではないの。襲われる恐怖はもうあまりないの」背すじを伸ばして、彼女は窓のほうを見た。「だれが、あんなことをしたのかしら」

「ブリギッテ？」

「圓、わたしね、こんなに百合洋の図形があふれていることが、最近、とても変に思えて、こわいの」

「そうなんですか？　むしろ誇らしいのかと思った」

「そうね……。そう思えるのでしょうね。どう言ったらいいかな、たとえばわたしの知っていたはずの――かわいい子犬が、怪物みたいに大きくなってすごい力でどんどん先へ進んでしまうような、それをながめているような気持ちがするのよ。うーん、わかるかしら？」

「だとすると、こうやって図形の仕事をしているぼくも、こわいですか」

「さあ」ブリギッテはようやくいつもの、見るものをほっとさせる笑顔を見せた。「どうかしらね。あなたは怪物なの？」

「ひどい」圓も笑った。「そんなことを言うと、嚙みついちゃうかもしれませんよ」

§

きょうはどうして香油を塗っていないのと訊かれて、ちょっとした心境の変化だよと圓に答えた。汗と、シーツにこぼれた体液の匂いが、真っ暗にしたベッドルームにただよっている。圓のうえにおおいかぶさりもういちどキスをする。舌先で唇をかきわけ前歯にたどりつき「口をあけて」そこをこじあけた。あたしの舌の裏には腺がつくってある。それをゆるめ、唾液の香りをつよくして圓の口に注いだ。圓のてのひらがあたしの背中に回る。「なでて」すると、そこに生やしたたてがみをなで上げてくれる。あまりの気持ち良さに、ねこみたいにのどを鳴らしてしまう。圓のもう片方の手を取り、あたしの髪を梳《す》かせた。髪にまとわせていた〝エンゼル・ヘア〟が圓の胸に落ち、そこであたためられて揮発する。圓の、別な香りが立ち上がる。鼻先でその香りをつつき、わきの下や臍《へそ》の中に押し広げる。圓の、意外と逞《たくま》しい筋肉の輪郭をあじわいながら黙々と鼻先を動かす。そして訊く。

「つかれてる?」

するとは圓は「いいや、……それほどでもない」と答える。

「ろくに寝ていないくせに」鼻の頭をかるく齧《かじ》る。そのまま鼻先をすっぽり口に含んであたためてあげた。

「まあ、そうだ」

「これで七日めよ。はかどってる?」こんどは目じりをなめた。「だめだ」

「いいや……」圓は観念したようなうめき声をあげた。

「あれだけブリギッテのセルに入りびたっても?」

この五日間は完全に泊まり込みだった。たぶん寝ていないはず。

「どれくらい進んだのか、ちゃんと教えて。オリジナルのブックも、まだ、ちらっとしか見せてくれないし」

「ああ、いいよ——のどがかわいたな」

圓はフラスコをとろうとしたのか、仰向いたまま腕をのばして、枕元のあかりを灯した。

「!」

圓は目を見開いたまま、口がきけない。

「おどろいたでしょ?」あたしは上体を起こして両腕を頭のうしろに回した。よく見てもらえるように。「悪趣味? クリスマス・ツリーみたいで」

圓の目に、あかりを受けたあたしの上体が映っているのが、かすかにわかった。それをもう少し拡大すれば、あたしの身体に点ったたくさんの百合洋のエンブレムも見えるだろう。

「ぜんぜん気がつかなかった」

「角度がだいじなのよ。光の向きが」そのままの姿勢で身体を左右にひねった。光によっても、また筋肉の負荷や感情によってもエンブレムの状態は変わる。「ほらね」

エンブレムたちは、浮かびあがり、色を変え、また沈む。またたいて、圓を誘惑する——そのようにレイアウトしたのだ。

圓が、ぴんとつきだしたあたしの胸にさわろうと、腕だけをもちあげた。そんなもの、さはだめです。あたしは図形で威嚇した。胸の真ん中に刃花のエンブレムをうかべたのだ。放射状に尖った八枚の花びら、その線画。圓は鼻先にポケットナイフを突きつけられたような顔をし、びくっと手をひっこめた。あたしはひっくりかえって大笑いした。

「あはは、へんな顔！」

圓ははね起き、あたしに乗った。両手であたしの肩をおさえ、刃花に歯を当てる。

「痛！」

「あいかわらず、飾り立てることに目がないんだな」

「そうよ」もちろんそうだ。舌の腺も、たてがみも、エンゼル・ヘアも。圓はあたしの肩にキスした。そこには性器のミニチュアが造設してある。それも同類。だって、身体はいろんな欲望をセットしていくためにあるんだもん。いつまでもベースキットじゃあつまんない。

「いままでのタトゥーは、ぜんぶやめた?」耳のよこで声がする。そして舐める音。それを聴くのが好きだから、肩にしたの。

「ええ、一掃。畑の苗をぜんぶ引っこ抜くみたいに。気持ちよかった」

圓はちょっと言葉に困ってる。そうだよね。きまじめだもん。

「ぜんぶで、いくつ?」

「あなたが、かぞえなさい――そのために彫ったんだから」

＊

――そして私は、火照《ほて》った膚にあおく映える線画の群れに没頭した。図形は、ホログラフィックな効果で皮膚からわずかに浮遊し、移動し、変形し、明滅した。錦がどのように愛撫されたがっているかを私の眼にささやき、いざないつづけた。私は指、つめ、てのひら、脚、腕、舌と歯を動員してそれに応えた。肩の小さなアクセサリを吸うと、錦はけざやかに笑った。白く反らされたのどに巻きつく、絞殺のエンブレムに目をやりながら、私はたずねた。

「すごく上手に彫ってある」

錦の声が弾んだ。

「これはどうも。実はね、あたしがやったの。自作のタトゥー・キット。自動よ」

「それはすごい」私はすなおに驚いた。これがもし自動的に書き込まれた刺青なのだとしたら、たいへんなヒット作になるだろう。「どのタトゥー・ビルダーでも動くんだろう？」

「そう。でも実はすごくないの。タトゥー描画は公開されたプログラムがたくさんあるからちょっと改造しただけ。種を明かすと、タカシナ兄妹がレプリカの展開マップを作っていたからそれも流用したし」

「おめでとう」とてもそれだけで完成できるわけはない。「ハバシュやブリギッテは、見る目があった」

「気持ち良かったわよ。身体にエンブレムを貼りつけるのって……」

錦は私をねかせ、這いのぼってきた。胸と腹を密着させながら腕を伸ばして私ののどにかけた。ごく軽く、絞めてくる。錦の肩から手首にかけて蛇《サーペント》の紋様がながながと浮かび上がり、それが身をくねらせた。

「タトゥーを彫るときにはね、こうやって気分と動作をいっしょにするの。するとキットがその感情や動作にあった紋様をえらんでくれるの。踊り手がウォームアップするみたいに、身体の声を聴きながらたんねんに施術するのよ」

私は、錦が長い時間をかけて、自分の感情と快楽を掘り起こしながらエンブレムを身体にくまなく敷き詰めていったその情景を想像した。彩色の棘を先端に着けた無数の機械の指をからだに這わせながら、さまざまな形象《ポーズ》をとる錦のすがたを。――ここにあるのは百合洋の言葉で表現され、象られた錦の欲望だ。錦の膚は、自分を読めと無言で強要する。私はこのキットが爆発的に受け入れられていく予感がした。メイクをし、服を選ぶように、だれもが自分をエンブレムで象ろうとする世界。

「きっとこれは大ヒットするよ」

「そうよ」錦は自慢げにうなずいた。「もう、テストしたもの。機能を落としたお試しキットをサンプル配付したの。二日でぜんぶ捌《は》けたわ。一日目のお客がつぎの日に連れを呼んできて。開店から三時間で在庫がなくなっちゃった」

「なにをくすくす笑っているの」

「一日目のお客さんたちが連れてきたのは、みんな自分の恋人だったから」

「なるほどね」

「たとえベッドで使わなくっても、ふたりでそばにいるだけで楽しいと思うよ。タトゥー同士が反応しあうから」

錦はベッドの上に脱ぎ捨てられていたブレスレットをひろい上げ、じゃらじゃら鳴らしながら私の腕に巻きつけた。私はその腕で錦を愛撫した。ブレスレットに刻まれたこまかい文様のひとつひとつが錦の図形と反応して、私は、皮膚の内側から愛撫されているような快感を覚えた。錦の肌の上では、腕のとおったところの図形がくっきり浮かび上がり、それが波紋となって全身に拡がる。錦は声をかみ殺しながら身体を大きく波うたせた。

「あなたも入れて」荒い息で錦が言った。

「タトゥーを？」

「うん」錦は子犬のように私のあちこちを嗅いだ。鼻先がくすぐったい。「だって圓をもっと感じられるもの。この中がどうなっているか」

「それは――止《よ》しとくよ」私は反射的に拒否していた。

「――え？」まだ膜のかかったような眸《め》で錦が私を見た。やがてその目に不快な感情が見えてくる。「え、どうして？」

「どうしてって、それは仕事に差し支えるから」嘘だった。私は反射的に拒んだのだ。嫌悪を感じたから。「いま、この（と言って自分の胸を指した）中にはオリジナルのブックや、百合洋の身体感覚が詰まってるんだ。あんまり夾雑物は入れたくないな」

「きょうざつぶつ」錦は音節を区切ってくりかえした。「じゃあ、協会の仕事が終わったら？」

「どうかな。イコノグラファーの仕事に差し支えなければいいけど……」

「そんなこと、なりっこないよ」錦は巻きつけた鎖を手綱のようににぎって、私の上に乗った。私の腕は吊り上げられた。錦はその腕を、胸と脚で抱えた。そのまわりの図形があかるく点《とも》る。「ぜったい大丈夫。ね？」

この嫌悪をどう説明すればいいだろう。私は口ごもった。

いや、嫌悪ではないのかもしれない。そのとき脳裡にはブリギッテの言葉が浮かんでいた。うしろから抱きすくめられて聞いた彼女の声は、こわいわ……とつぶやいた。嫌悪ではなく、恐怖。怪物化するものへの恐怖。錦に腕をとられて、私はブリギッテの恐怖がなんだか少しわかったような気がした。

そのときだ。

枕元でとつぜんみどりの光りがまたたき、同時に部屋の空気が無音でシェイクされた。平衡感覚をゆさぶるアラーム。像話機の着信音だ。

「無視むし――内線よ？」

〈マガザン・ド・デーュ〉の中では、ひんぱんに像話をかけていっしょに仕事をしたり、飲食したりする。錦がコールをとめようと手をのばしたが、私は像話をつなげた。

「圓《ヒトミ》……いるかしら」

女性の声。錦は像話カメラのフレームから身体をかわした。私の腰に回された腕に、ぎゅっと力がこもった。ベッドの対面の壁に浮かんだのは、ブリギッテ・ティーデマンだった。

　意外だった。ブリギッテはひきこもって集中することを好む。拒むことはないが、彼女のほうからコールすることはめったにない。顔があおざめていた。

「どうかしたんですか」

「しばらくセルを空《あ》けるわ。――シジックからも出ます。それを言おうと思って」

「シティから……ですか？」そう口にして、気づいた。ブリギッテはこの星から離れる、と言っているのだ。こめかみのあたりが冷たくなったような気がした。

「なにか、……ありましたか」そのあとの言葉をのみこんだ。――なにかありましたか、ハ、ハ、ハバシュに。

「ムザヒーブの月でひどい事故があったようなの。さっき開発事業体の本部からわたしに連絡がありました。詳しいことはわからないけれど、死傷者がたくさん出ているそうです」

「――ハバシュは、タカシナさんたちは……」私の声はふるえていただろう。〈マガザン・ド・デーユ〉からは――この複合ロフトからは、主力級が何人もムザヒーブへ赴任していた。

「わからない」目を瞑り、ブリギッテは首をふった。「事業体も、まだつかんでいない。どんな事故が起こったかもおしえてもらえない。現地はたいへんな混乱のようよ。――でも、今夜、発ちます。圓、てつだってくださる？」

＊

お兄ちゃんが環をぶった。

なぜぶたれたのかよくわからなかった。ばしっというしょうげきではっと気がついたら、ほっぺたがじんじんしていた。すごく痛かったよ。お兄ちゃんのかおはとてもこわかった。目が吊り上がってて、なんか変な人みたいだった。こんなのはじめてみる。だから環はすぐに泣きだしました。

「しっかりしろ、目を覚ませ！」って、すごい声でどなっていた。けど、それは環に言ったの？　なんでだろう。ただ夕ごはんをたべていただけなのに。お兄ちゃんがよういしてくれた、ミートボール・シチューの夕ごはんだよ。でも……そう、シチューにおさじを入れてくるりと回してから、ぶたれるまでのことは覚えていないや。でも、テーブルの上がいい、こんなことになってたからって、それは環となんのかんけいもないのにどうしてぶったりするの。

テーブルの上は、さっきまではふだんどおり。いつものお皿、ボウル、水さし、フォーク、スプーン、ナプキン、こっちに環、むかいがわにお兄ちゃん。赤いシチューにはふんわりした大きな肉だんごと、ダイスにカットしたビーツがういていて、サワークリームがうずをかいていたよ。

そうだ、うずだ。おもいだした。

環はクリームのうずにさわろうとしたんだ。スプーンのさきで、それをぎゃくむきに回してやろうっておもったんだよ。お母さんがつかっていたスプーンを、クリームのうずのまんなかにさしこんだ。それからさきは——それからさきは、ああ、だんだんおもいだしてきた。

そっか、だからお兄ちゃんは環をたたいたんだね。テーブルがこうい、ういうふうになったのは環がしたからだってこと——これは環がしたことなの？

でもどうして環をたたくの。もしかして、お兄ちゃんにはこんなことがぜったいにできないからじゃないの？

環はふだん、あんまり泣かない。お父さんとお母さんがしゅっぱつするとき、環はなきむしだからねえ、って言ってたから、ぜったいしんぱいかけないようにしようって決めてるもん。でも、たたかれたりしたらこらえてもなみだがでてしまう。お兄ちゃんは、泣きだした環をながめて、やりきれないようなみじめなかおをしていた。

——そのときだったんだ、ぞうわがはいったのは。

十

「環ちゃん」

ブリギッテさんは、膝を折って目の高さを僕たちに合わせた。

「ごめんなさい。わたしだけが先に行くことになったわ。許してね？」

環が顔をべとべとにして泣いている。環はお父さんたちに会いにいけないのが悲しいのではないだろう。ブリギッテさんに会えなくなるので動顚《どうてん》しているんだ。僕だってそう。ブリギッテさんはお母さんの親友で、だからずっと僕たちのめんどうを親身にみてくれた。環はブリギッテさんにハグしてもらい、よごれた鼻先をコートの胸のところにおしつけていた。白いコートが汚れるのを見て、僕は自分でもびっくりするほどの嫌悪を感じた。僕は手を握りしめた。ついさっき環の頰をつよく打った自分の手を。

「斎くん」

ブリギッテさんは、小首をかしげるようにして僕を見た。ブリギッテさんの作品は神がかった凄みがあるのに、とてもふつうの人だ。僕はそんなところが好きだった。

「斎くん、だいじょうぶ？」

「ええ」あやうく僕も泣きそうになった。不安でしょうがないのだ。あのテーブルが。僕たちのセルで起こっていることが。どんなにそれを叫びたいと思っただろう。でも僕は環を守らなきゃいけない。だから何も言うわけにはいかないのだ。するとブリギッテさんは僕をふわっと抱きしめてくれた。

「圓、錦ちゃん、この子たちをよろしくね」そう言ったあと、僕に向かって言った。「斉くん、話したいことがあるんだったら、向こうに着いてからでもいいわ。わたしにこっそり教えて。像話は高いけど手紙なら無料よ」

僕は自分の不安を言い当てられたかと思って、ほんとうに驚いたが、なんとか顔には出なかったと思う。

「わかりました。ありがとう」

ブリギッテさんは立ち上がり、見送る人たちにできるだけはやく連絡をするから、と約束した。ビジネス服を着た出迎えの人たちに伴われて、大きなトランクとともに、カートで軌道港へのゲートの向こうへ消えていった。

ずいぶんしてから、僕はふと気がついた。

話したいことがあるのは、もしかしたらブリギッテさんのほうだったかもしれない。

⁂

その深夜、タカシナ環は兄妹のセルを抜け出した。小さなライトと鍵を持って。

「わたしのセルには、お父さんやお母さんの記録がたくさん残っているわ。さびしくなったら見てちょうだい」そう言ってブリギッテが兄に貸した鍵だ。

このところ、環はブックを見せてもらえなくていらいらしていた。夕食の時に意識が飛んだのも、ブックが見られないから調子が悪くなってきたのだ、と考えている。斎は鍵のかかる保管庫にレプリカのブックをおさめていて、それは斎しか知らないコードで解錠するようになっていた。環は図形に飢えていた。いま彼女の頭の中にあるのは、ブリギッテのセルにだったらきっとブックがあるだろうという期待だったし、もっとすてきな噂――ブリギッテの部屋にはオリジナルのブックの内容が保存されているという情報だった。もしそうだったら、これはたいへんなことだ！　環は興奮していた。いままで見たこともない図形、考えもつかない組みあわせがあるかもしれない。それを見たくて環はずっと気が変になりそうだった。

ところがいま環の手にある鍵は、そのセルに自由に入ることができるものなのだ。ブリギッテのドアに鍵を差しこむとドアハンドルの奥でピン、とかすかな音がした。

入室すると内部がほの明るくなった。昧爽《よあけ》をおもわせるひんやりした空気が供給されている。広々とした空間だった。環はふっとクドウ圓のにおいに気がついた。そう――見送りのあいだブリギッテさんは圓お兄ちゃんのほうを見なかったな。なぜかしら、と首をひねりながら環は兄の小さなスティックライトで、テキストラクチャの制御盤をさがす。うっかりすると迷ってしまう。布でこしらえた森の中に足をふみいれたようだ。夜そのものみたいにも見えるし、ふかい夜の海のようでもあった。百合洋の「海の星」のことを環は母から聞かされたことがある。

　百合洋の視覚言語の起源には諸説ある。そのもっとも有力なひとつが「海の星」説である。他の多くの説と同じくいまや検証のすべは失われたが、この説によればエンブレム言語の起源は、この星の淡紅色の海洋に生息する浮遊性の生物にあるといわれる。おおむね扁平な形状をなし、もっとも大きなものでは直径一メートルに達する。半透明のからだから骨格が透けて見える。その骨格は高価な腕時計の内部のように精妙な機能美を誇り、体内バクテリアの活動によって夜間はその骨格が蛍光をはなって見える。百合洋の島嶼《とうしょ》大陸の沿岸に多く生息し、繁殖期には夜の海面をおおいつくす。このときの〝海の星〟は数体から十数体が接合して群体をなし、平時にはゼンマイのように巻き上げられている骨格がほどけて、互いに交換される。そのように、集まってはまた分かれる、発光する線画。それがエンブレムの起源だというのだ。

　すこし探すとすぐに制御盤は見つかった。操作にもてこずらなかった。作業が中断された状態で一眠りしていただけだったのだ。すぐに無数の図形が星のようにいちめん広がって、瞬きを再開した。

　百合洋の夜の海に漕ぎ出したらこんな感じだったのかしら――環は、ほっとして、泣きたいようなうっとりしたような気分になった。やっとこれで、たっぷり図形たちのおしゃべりを見ることができる……。パジャマのままでゆかに身体をよこたえ、エンブレムのなかにとけていきそうな気分に身体をまかせようとした。

想像を絶するほど多様な図形たちが、淡い光の線画となって何重にも、何層にもからみあう星座となって展開した。

環は、はじめ陶然となってセルの中にひらけた星空を見上げた。

つぎにその目が、不安な戸惑いにまばたきをくりかえした。

こんなことはいままでなかった。視覚的な毒を盛られたようだと思った。これほど豊麗な星図からなにごとも読み取れない。意味のない光学的な囀《さえず》りがただきらきらときらめくだけなのだ。

戸惑いは黒い恐怖になった。その恐怖が、環の超絶的な図形読解力をうばいさった。

おおきさの違う左右の瞳孔がこまかく震えた。小さな両手が頰に当てられた。その指がくの字に曲がり、爪がこめかみの肉をけずりとった。

震顫《しんせん》が全身を金縛りにした。目と口がありえないほどひらかれ、舌が突き出された。舌には血の気がなかった。

大きくひらかれた口の奥から、さいごに、さけびがあがった。

ながいながいながい、のどをやぶり体力をすべてつかいつくすさけび。

さけびおえてしまうと、もう環には何もすることがなかった。

その恐怖と、素手で相対するしかなかった。

図形の星座は虚《うつ》ろだった。

なにひとつ、ほんとうにひとことも環に語らなかったのだ。

4

§

見送りを終えたあとは、ベッドに戻ろうという感じにならなくって、あたしたちは小さなテーブルで向かいあっていた。二人分のお湯が沸かせる百合洋ふうの小さなサモワールが湯気をたてはじめたので、スイッチを切った。そのままポットに湯を移し、お茶を淹《い》れる。

あたしとしてはベッドに戻って話を続けたい気持ちがあったけど。

カップには牡鹿《スタッグ》の文様。あたしがそれを指でなぞると、圓には見えない下着の奥で蛇の文様が懣《もだ》え苦しむ。鹿は蛇の天敵——文様言語ではそういう役割を担っている。ええ、もう百合洋の図像大鑑《イメジャリィ》（それは古い地球にまでさかのぼる意味体系を持っている）なら諳《そら》んじてしまった。知っていたほうがこの刺青を楽しめるから。微かな苦痛を味わいながら、あたしは牡鹿をいろいろになぞることで、蛇を棒の先でつつくみたいにしてひそかに遊んだ。

「ねえ、さっきの話なんだけど……」お茶はベリーの香りがする。舌をひたしその香りを吸いこむ。「小さいのから始めてもいいかもね」

「ごめん、その話をする気にはならないな」いらいらしなくてもいいのに。そんなにブリギッテが心配なのかな？

「あなたって牡鹿《これ》みたい。孤立と純粋、聖杯を探す孤独な魂」

「へえ、勉強したんだな」たしかに圓からすれば児戯みたいな知識だろうけど。あたしはすこし傷つく。

「——そのくせさかりがはげしいの」

「そうだね」圓は笑うけど、心からじゃない。あなたは自分の内部状態が大切なのよね。何か考えてるときに話しかけられるのが嫌なタイプ。外の変化に影響を受けるのがきらい。でもあたしはちがうんだ。おもいもかけないやり方でかきまわされるのが好き。だから刺青をえらぶ。けど、これ以上持ちかけても嫌われるだけだろう。

でも牡鹿もかわいそう。ディアナの沐浴《もくよく》を目撃したアクタイオンは鹿に変えられ、猟犬に貪《むさぼ》り殺されてしまう。無慈悲な女の裸身を見たために。

ベリーの香りが酸化で変質し、ジャムのようにあまく変わるのをあじわっていた。

すると——

すぐとなりにだれかが座っているような気がした。肘もふれるほどの近さ。

思わずはっとなって横を見る。だれもいない。気配もない。圓が怪訝《けげん》そうにあたしを見た。

とつぜんまた、空気がシェイクされた。膝にお茶がこぼれて熱い。

「あちっ、もっとましな鳴動《ベル》にすればいいのに」

「もう真夜中だろう」圓もうんざりした調子で、画面をひらく。壁には見たことのない人の顔が映っていた。霜降りグレイの詰め襟スーツ――ええと、そう、圓から聞いた覚えがある。あれはたしか――

「シラカワさん……」そうだ。協会の主任学芸員！

「夜分、恐れ入ります。緊急だったので――」

圓の言ったとおり、ほんとうにそつのない顔をしていておかしかった。緊急だというけど顔はまったく平静だった。

「さっそく用件から申し上げます。すぐに作業を中断してください」

「なに？」

「お願いした仕事を凍結します。繰り返します、凍結です。作業を一切進めないでいただきたい。またこれまで制作したものには手をつけないでください。あなたがティーデマン氏のシステムで作業をしているのは存じています。システムごと、お部屋をそっくり保全します。なにも持ちだしてはなりません」

圓は硬い表情でしばらくだまっていた。それからゆっくりと言葉を選ぶようにして、こう言った。

「ムザヒーブと、なにか関係があるんですか」

あたしはびっくりした。なぜ急にそんなことを言い出すんだろう。圓を見て、今度こそほんとうに驚いた。

圓の顔は紙のように真っ白だった。いきなり怪物とでも出くわしたみたいな顔だった。

シラカワは首をひねった。

「それはどうでしょう。なぜそう思われます?」

「ムザヒーブで事故が――事故なんでしょうね――あった直後にこうして連絡がきたので」圓の声はたしかに震えている。「それで、とっさに」

まるで圓らしくない、いい加減な言い訳だった。

「シラカワさん、あなたはぼくになにかを隠していませんか」

「どうして?」

「〝見えない図形〟をなぜ協会が求めているか、それをまだ聞いていません。同じ文化事業部が、百合洋絡みで〈半旗〉のキャンペーンをしてるのに、それとも没交渉だ。なんだかあなたは内証の仕事をしているみたいに見えるんです」

「こちらは純粋に学術上のものなので。〈半旗〉は別の者が担当です」

円の顔は、まだ白い。食いつきそうな顔でシラカワを見ている。

「いったい、タブヒーブで何が起こっているんですか？」

シラカワは苦笑した。

「勘弁してください。私になにがわかるというんです？　私は文化事業部の仕事をこつこつやっているだけです。困っているのはこちらですよ。せっかくのプロジェクトが上部の意向で凍結されたのですから」

「その意向というのを説明してくれてもいいでしょう。ぼくには損害がないとでも？」

シラカワは肩をすくめた。

「契約上、あなたにそれを訊く権利はないし、私にもお話しする権限がない。ええ、個人的には心苦しく思っています」

「器材は他人のものです。協会にはそれまで保全する権利はないでしょう」

「いいえ。契約書をお読み返しください。それからクドウさん、あなたには応分の違約金が支払われます」

シラカワが契約でしくじることはないだろうな。隙がないもの、と思った。

「ごちゃごちゃよくわからないけど、じかに話してきたら？」思わずあたしはそう口走ってしまった。「納得いかないんでしょ」

男ふたりの視線があたしに向けられた。ひとときの沈黙。

「結構」シラカワは微笑した。「お会いしたほうがいいのかもしれませんね」

あたしは圓の顔を見た。圓はなにかべつのことを考えようとしているようだった。

「昼飯のおごり返しをしたいな」圓の口調が変わった。

「はい？」

シラカワの声がちょっと裏返った。予想外の言葉だったのかな。あたしは笑った。シラカワも照れたように歯を見せた。

「あそこがいい。ホテル・シジックのメイン・ダイニング。そこで話ができるんじゃないかな。このあいだみたいに昼食を」

「いいですね」シラカワも同意した。「あさって——いや、もう日付が変わっていますから明日になりますか——なら。こんどは遅刻しないようにしましょう」

像話が切れたとたん、圓はすばやく（盗聴をおそれるように）あたしに耳打ちした。

〝ブリギッテのセルにいって、データを保存しコピーをとっておいてほしい〟と。

「圓はどうするの？」あたしは唇の動きで訊いた。

「会いに行ってくる」

「だれと？」

「ドメニコ・プラーガ」

そう言うと圓は、立ち上がった。桑の実のようなこの複合ロフトのコアに住む老人に会うために。

＊

〈メールシュトレーム〉の大図書館。ハバシュの代表作を十本えらぶときは必ず、三本といわれても多くの人がこれを残すだろう。それを模した空間は複合ロフトの、つまり〈マガザン・ド・デーユ〉の中心にふさわしい。

「おーい、プラーガ」

私は声を上げた。縦に長い円筒形の空間、このロフトの他のどのセルよりも大きい。プラーガは頭上の空間のどこかにいるはずだが、暗く、見とおせない。返事もなかった。仕方なく私はもういちど大きな声で呼んだ。

ここは吹きぬけの円《まる》い書斎だ。見あげると眩暈《めまい》がする。円筒の内壁、すなわち壁全体がひとつながりの書棚だ。棚板が水平でなくわずかに傾いているため、この厖大な蔵書を目で追っていくと、螺旋をえがいて円筒の内側をぐるぐるとのぼっていくのだ。床に近い部分は古地球文明のレプリカだろう、素焼きの副葬品からはじまり、文字を刻んだ粘土や革、巻物古文書がずうっとつづき、見あげて首が痛くなるあたりから宝石・貴金属で装丁された写本がならぶ。そのはるか先は革背表紙が光を吸ってしまい、ときおり金文字がちらつくだけの暗い渦だ。この一棹《さお》の棚（巨木をくりぬいた一枚板だ）にならべてあるのは

「芸術品」「工芸品」としての書物であり、情報装備はここからは見えない部分にある。アンダーグラウンドを含む各通信社・情報屋・データベースと契約があるのは当然としても、どこでつてを得るのか各星府や軍の機密、はては協会の内部通信までここで受信しているようなのだ。なにより貴重なのは、その数十年分がまったく欠落なく保存されていることだった。ここの同時多面情報処理装置《プリズム・プロセッサ》が保有する暗号鍵の数は天文学的。かつて星府の情報管理をおこなう職にあったとも、協会をスーパーバイズしていた学者の不肖の息子であるともいわれる——というか本人が吹聴している——が、ここの主人の正体はハバシュさえ見当をつけかねていた。だれかに見せびらかしたがっているとしか思えないこの隠遁生活もふくめて、まったくつかみどころのない老人。

ドメニコ・プラーガ、車椅子探偵《ウィールチェア・ディテクティブ》、不眠家——セルの入り口には、そう銘じた真鍮のプレートが掲げてある。

「イヨー！」

十歳のとき事故で両脚を失い、後遺症で不治の不眠症にかかったと自称する、複合ロフトの主《ぬし》、その声が、書物渦の彼方から降ってきた。ひらたい壺のようなゴンドラが渦の奥から姿をあらわす。

「悪かったねえ。本を賞《め》でていると時を忘れてしまうんだ。きょうはどうした風の吹きまわしかね。とんとごぶさただったが」

ゴンドラはふわりと舞い降りる。対地効果ジェネレータで浮き、すべるように動く。これがかれの車椅子だ。事故でいかれた代謝機能を支援するシステムがかさばってのうと、本人は言う。しかしこの乗り物に、プリズム・プロセッサとかれの体内デバイスとのインタフェイス、香味水調合器、宝石研磨機、コルク抜きや爪の甘皮押し、目ざましからトースターまで、およそ考えつくかぎりのものをおさめてあることを知れば、すなおには聞けない。こうした生活自体がプラーガの酔狂かもしれないのだ。

「いやいや、よくきてくれたのう」

小柄なプラーガはそこに入ると即身仏みたいにちんまりしていたが、石炭の小さなカケラを嵌《は》めこんだような目のキラキラした黒い輝きは、ハバシュに引きあわせてもらった頃よりなお凄みを増している。身体は枯れたが、そのぶんの精気が両眼にチャージされているのだ。その精気の九割が好奇心、残りは俳味と諧謔味というところか。

「また痩せたね」

「な、わかるだろう!?　そうなんだ、じっさい」

剃った頭をちょこちょことうなずかせ、最近の胃の具合をくどくどとこぼしはじめた。プラーガは死なない程度に医療をブレーキしながら、じわじわと老いていくのを楽しんでいる。自称百二十二歳だった。

「用件はタブヒーブのことじゃろう?」

「ああ」

きっと錦は訝しんだにちがいない。作業の中止を命じられて、なぜタブヒーブの話を持ち出すのだろうかと。ブリギッテが私につぶやいた「恐怖」のせいだろう。私の中では、百合洋の消失と図形のことがひとつながりになっていた。シラカワの像話はそれを刺激した。私はブリギッテが言った「怪物」を思った。百合洋をかき消した「怪物」がまたうごき出した──そう思ったのだ。それで、プラーガのところへきたのだ。

「あす、協会の人間と会うんだ。それまでに、どうしても知っておきたいことがある」

「タブヒーブはな、えらいことになっとるよ」

「……ああ」

あらためて顔から血の気の引いていくのがわかった。プラーガの顔がすこし引き締まった。

「最初に言うておこうか──ハバシュたちはな、まあ助かるまいよ」

私はどんな顔でそれを聞いただろうか。プラーガはちらりと私を見、かるくうなずいた。

「ムザヒーブ軍筋がついさっき、こいつをくれたよ」

プラーガが指を鳴らすと(かれの右手には指輪が十一個も嵌まっている)、軍の軌道港から撮ったものなのだろう、粒子の粗い立体がかれと私のあいだに出現した。ゆるやかにカーブを描く球面。ムザヒーブの月の地表だ。

「これが、タブヒーブだ」

星庁都市は景観保護のためすべて地下におさめられる。ハバシュはそう言っていた。

その地表にひと筋の渓谷が刻まれていた。見馴れぬ地形だった。スケール感がうまくとれないが、その幅が数十キロメートル単位であることは間違いない。すると長さは、百キロメートルにも及ぶと思われた。深さもキロメートルのオーダーで、それは星庁都市の建設深度よりはるかに深いものだろう。

プラーガは新しい画面をひらいた。渓谷のクローズアップ。崖のようにきりたつ岩肌に人工物がみとめられた。そこがまさに星庁都市の断面だった。建造中の新都市だったものが、岩盤もろとも引き裂かれていた。別の画面。もうすこし引いたもの。事態がのみこめてくる。巨大な力が星庁都市を底から持ち上げ、地盤ごと外に裏返した——そうとしか見えない。

「これはさらに二時間後。較べてみるんだな」

プラーガの声に痰がからんだ。

渓谷の数が増えている。最初の震源を中心に、さまざまな方向に渓谷が成長していた。

「腰を抜かすなよ」

さらにもう一画面。渓谷の延長は五百キロメートルにも及ぶかと思われた。

「事故発生からここまで、たった五時間しか経っとらん」

「事故……」

いったいどんな種類の事故が起こればこんなことになるだろう。プラーガは渓谷の成長をさいしょから高速再生で見せてくれた。渓谷は思いもかけない方向に成長し、分岐していく。月という容器に強大な力が充満していて、それが次つぎと予測もつかない角度から噴きだしてくる——そんな印象だった。

私は吐き気とめまいでうずくまった。あの場所で起こっているはずの惨事を想像したわけではない。そこにかいま見えた力のあまりの凄まじさを身体が受け付けなかったのだと思う。

「……事故の原因は」

「まだ公式発表をしぶっている。あすには政府スポークスマンの会見があるな。たぶん重力制御網の暴走というあたりでケリをつけるんじゃないか」

「だれがそれで納得する？」

「みんなさ。保険会社はもう気絶してるからなんにも言わないよ。しかし発表できるんだかどうだか」

「なぜ？」

「だって、本土が壊滅したら会見もひらけんだろう。この災害はこんなもんでおさまりゃあせんぞ。まず間違いなく百合洋級の大災害になるからのう」

私は息をととのえた。そして、訊いた。

「……プラーガ、百合洋のことを教えてくれないか」

「百合洋の、何を」気のなさそうな声をしているが、教えたくてうずうずしているのはわかった。なにが好きといって、人に物を教えるほど好きなことはないのだ。

「百合洋人《びと》と、図形の起源を」

§

あたしがブリギッテの部屋に行こうと用意をしていたら、像話がまた着信した。ロフトの内線。タカシナのセルからだった。

「環を知りませんか？」

「ここへは来ていないけど。どうかしたの？」

「いないんです」

「だってこんな時間よ」

「ええ。さっき目がさめたら寝床からいなくなっちゃってて。どこかへ行ったんだと思うんですけど……あっ、そうか。あいつブリギッテさんの鍵を持ちだしてる！」

「それならいまあたしも行くの。ブリギッテのセルに。いっしょに行こうよ」

いそいで服を着替え、あたしは出口のノブを回そうとした。そのときだ――

すぐとなりにだれかがいる気配を感じ、あたしは飛び上がった。

シラカワの像話がかかるまえの感覚を百倍もリアルにしたようだった。たしかにあたしはドアの前に立っているのに、その感覚と二重写しになったもうひとりのあたしがいて、そのあたしを包んでいるのは香味たばこの煙にかすんだどこかのパーティー会場だった。あんまり上品な格好をしていない人込みをかきわけて、あたしの視線は動いていた。おもわず声を上げると、その現実さながらの感覚はさっと拭うように消えた。あたしは震える自分の手を見た。さっきまでそこに脚の高いグラスを持っていた。グラスに彫られたチョウのエンブレムと、あたしの刺青とが共振した感覚さえありありと残っている。

自分でも何が起きたかわからない。ここにはいないどこかの他人の身体の感覚——非合法の匂いがするパーティー会場にいるだれかの感覚が、とつぜんこっちに漏れてきたようだった。あたしは自分の手のにおいをかいだ。幻覚のあいだ、特徴のある匂いが自分の身体からしたのだ。コリアンダーみたいなスパイシーな体臭。どこだったろう、こんな匂いをさせていた男か女とたしかに会話した記憶がある。そいつがあたしになにかをしようとしたのだろうか。

ちょっと考えても思いだせなかったので、あたしはあきらめて頭を切り替えた。

ブリギッテのセルの入り口で斎くんといっしょになった。セルに入ってすぐ、床に倒れている環ちゃんを発見した。テキストラクチャのカーテンの下で意識を失っていた。かがみこんで、口を嗅ぐ。なにも吐いてない。よかった。頬をかるく叩くと薄目をひらいた。命に別状はなさそうだった。

「連れて帰ります」斎くんが言った。

「動かさないほうがいいと思うけど。ブリギッテのベッドをかりればいいわ。うちから香味水をもってきてあげる」あたしはそう言って環ちゃんに訊ねた。「ね、まだ動けないでしょう？　ここで休もうね」

「（いや！）」とつぜん声にならない声を上げ、環ちゃんは自分の身体をはね飛ばすほど大きく背中を反らした。いったいどうしたというのだろう。環ちゃんはこの場所にすごい恐怖を感じている。

「おうちに帰れる？」

訊ねたあたしに環ちゃんは泣きながらしがみつき、何度もうなずいた。あたしは環ちゃんをかかえあげた。

「僕ひとりでだいじょうぶです」

「それはむりよ。大人がだれかいないと」

「いえ、だいじょうぶです！」

妙だ、と思った。

「あたしを信じなさい」はったりをかますことにした。「なにを見ても、騒いだりはしない」

斎くんは、押し黙り、それから先に立ってセルを出た。あたしはその後につづいた。

＊

〈百合洋〉が協会に編入されたのはわずか百五十年前だ。

それまで、そこには協会と契約をかわしていない入植者のコミュニティが存在していた。ながい――およそ三百年に及ぶ、不正規だが事実上の居住状態がつづいていたのだ。その経過をくわしく追った史料は見当たらなかった。だれが最初にそこに住みついたのか。私がまず知りたいのはそこだった。

「ふむ」プラーガは鼻をほじった。「まず最初に、そういう事実上の占用はさして珍しくないってことは知っといたほうがいいかな。先行投資でテラフォーミングした星系を、しばらく寝かせとくことは今でもやってるし、いくらプロテクトをかけてもそこへ不法に居住するものは跡を絶たん。協会の体制も最初から完成してたわけじゃあないし、いまの目で見りゃルーズかもしれんが、当時このあたりはシジックやムザヒーブの開発が優先されとって、百合洋はしばらく塩漬けにされとったわけだ。

さて、そのころべつの星区で、とある宗教が勢力を増しつつあった。宗教というよりは霊感開発道場というほうが近いかな。ジュディス・トレダウェイちゅう女がリーダーでのう」

「トレダウェイ教会の開祖か」

私は、コインに鋳《い》られた紋章〝トレダウェイの目〟を思いうかべた。百合洋という星系をだれかひとりの人間で象徴させようとするなら、トレダウェイ以外にはいない。しかし、彼女が何をしたかはそんなに知られていない。私もよくは知らなかった。

「ジュディス本人は、百合洋にゃあ足をおろしとらん。入植はジュディスの死後だった。彼女が死んだあと、教会は四分五裂した。トレダウェイに一番近く、彼女の息子を擁しとった大本命の主流派が、他派から狂信的原理派あつかいされちまってのう。トレダウェイの書きつけの中でもおよそ現実味の乏しい部分にこだわったのが原因らしいが、この原理派は迫害されたあげく、ついに新天地を求めようとした。むろん目の玉の飛び出るような協会のリース料金は払えない。そこで百合洋だ。〝トレダウェイの子ら〟一万四百名は、こうして百合洋に上陸した」

迫害された狂信者が一万人も集まって建国したりしたら、どんな社会になるだろうか。

「何を考えたかだいたい見当がつくが」プラーガは笑った。「狂信的だったのはむしろ追いやったほうだ。当人たちはちんまりとのどかなコミューンをつくったらしい。まあひととおりのことはあったみたいだがのう。お定まりの紛争、それから疫病」

「疫病？　どんな」伝染病の恐怖が、図像に影響をあたえた例は多い。

「そこまではわからん。内戦が四十年くらい続いたことがあるんだが、その時に何度も大流行してひどい被害が出たみたいだな。ま、とにかく、苦労すりゃ人間もできてくる。内戦期に一段落ついたころから、教条臭がうすれてきたそうだ。

さて、いまから百七十年前になって、ようやく協会が不法占用の解消にうごきだした。百合洋に関するあらゆる権利は協会にあるが、事実上の占用は法的な立場としてけっこう強い。協会は、まずトレダウェイ教会に、地域を限って一定の実効支配を認め、実のところは文化的マイノリティとして囲い込み、やがてはコミュニティを溶解さすという気の長い手段に出た。口で言うと乱暴にきこえるかもしれんが、協会もな、じつにうまいもんだぞ。そういうところがな」

「それでも抵抗はあったろう」

「ないわけがあるかい。まあしかし協会にゃあかなわんよ。けっきょく百五十年前に標準外交手順書の取り交わしがされたが、まあ無理やりだな。強引にインタフェイスを造設されたようなもんさ」

「原理主義が復活したろう?」

「いやあ、それは聞かないな」

すこし意外だった。

「協会の狡猾さをあまくみちゃいかんよ。不満を持つやつらはいくらでもいるとは思うが、組織だった活動にはなっちゃおらん。しかしトレダウェイ教会と百合洋コミュニティが培《つちか》った文化はじつに魅力的だからのう。こういうのはよっぽど気をつけたほうがいい。じつにいやな感じがする」

　プラーガは手を組みあわせ胸の上に置いた。

「主流派を追い払ったほうはどうなった」

「なに、あっという間に散り散りになったよ。ものの五十年ももたんかったろう。どうしてそんなことを訊く。ははあ、さては——」プラーガは顎をなでた。「お前さんは、今度の事件の犯人を探そうってわけかい？」

　私は軽く顎を引いた。うなずいたように見えただろうか。

「だれかがいる——そう思わないか」

「そりゃどうかのう。生半《なまなか》なことで、でけることと違うぞ。動機があって、しかも百合洋を消滅させることができるもの。そもそも人間ごときに可能なしわざかのう」

「怪物なら、できるんだろう」

「なにか心当たりがあるのか？」

「いや……」自分の疑惑が磁場のように、みずからの思考をねじ曲げることがある。「並外れた力のある指導者がいて、そのもとに団結した卓越した技術者集団があって、そいつらが特別な力を手に入れたとしたら、それは怪物だろうな。

百合洋という故郷を滅ぼされたからといって、被害者と決めてかかる必要はないかもしれない」

ぽん、とプラーガが私の目の前で手を鳴らした。

「なにを考えとるのか知らんが、根拠のないところでいくら妄想を膨らませていても、何の意味もないぞい」

たしかに、ただすわって疑惑をつのらせていても仕方がない。私はプラーガに別の質問をなげてみた。

「〝見えない図形〟について何か知っているか」

「初耳だな」プラーガの目がぎょろっとした。「そりゃ何だ」

シラカワの話をかいつまんで伝えると、プラーガはミイラのように細くなった首をほとんど真横にかしげた。プラーガがそんなに考えこむのを見たのははじめてだった。

「シラカワとやらがなぜそんな話をしたんだか。わしはトレダウェイについちゃあそうとう調べたつもりだが、そんなのは聞いたことがないのう」

車椅子をすべらせて、プラーガは棚に近よった。椅子が繰り出したアームが棚からつかみとったのは、エンブレム・ブックだった。レプリカではあったが。

「たしかにこいつの中心は空《から》だがな、しかしトレダウェイの教義書ではこう説明しとるぞ――ことばの意味は固定できない。世界に存在するありとあらゆるものの意味もまた同じ。

〟意味〟とはすべて隣り合うものとの関係の上に生ずるもの。つまりは〝欲望〟と同じ。意味を管理する中心や根源などというものはないし、それをもとめてはならん。そんな管理なぞ思いたったが最後、ジューシーな世界はたちどころに乾《から》び、錆び毀《こぼ》れてしまうだろう……とな。つまりな、〝ブック〟の空白はその教えを形にしたもんなんだ。百合洋の図形表意体系には特権的中心なんかない、この空白は未来永劫空席だという言明だ――というのが標準的で正統的な解釈だ」そうして（実に珍しいことに）プラーガはため息をついた。「正統的解釈は、な」

「なにか、他にあるのか」

「いやあ、ないよ。ない。まったくない……」しばらく黙り、また口をひらいた。「のう圓、わしはひところ百合洋の歴史をむちゅうで読みふけった。どの文献もとにかくむやみとボリュームがある。しかもその細部がどれをとってもめっぽう面白いのだ。来る日も来る日も文献を読み、無尽蔵なエピソードをただもう――水をごくごく飲むように読みふけった。数日経ってふとわれに返ったとき、わしは茫然としたよ。なぜって、百合洋の歴史とはいったい何なのか、それがちっとも見えてこないことに気がついたのだ。ジャングルのようなエピソードに幻惑され、自分がいま何を読んでいるのか、それをすぐ忘れちまうんだ」

「……」プラーガが何を言いたがっているのかわかった。「エンブレムも同じということか」

「なるほど。そうか」プラーガは目を見開き、うなずいた。「自分でも何でこのことが気になるのかわからんかったんだが、なるほどたしかにそうにちがいない」

百年以上を生きのびた男の勘はとりあえず信じておく価値があるだろう。百合洋の文化は過剰な装飾や目くらましのような記述をまとわずにはいられない——百合洋人はどうしてもそのような作品を造ってしまうのだ。おそらくは、好むと好まざるとにかかわらず。かくしごとのあるとき、人はどうしても饒舌になる。

私はある仮説を思いつき、まばたきをひとつした。頭の中で図と地がなんどか反転した。なにもかもが腑に落ちたように思えた。

⁂

アオムラ錦は斎たちを送り届けて自分のセルに戻った。夜明けの時間帯はもはや過ぎ、朝になっていた。二枚貝の内側。このセルには衣装戸棚がない。お気に入りの服や装身具がすべて見える形で室内にぶらさげてある。錦は椅子に腰をおろし、ぼうっとしながら、いましがた見たものをあたまのなかで反芻していた。

タカシナ兄妹のセルにはかぞえきれないくらい行ったことがある。自兄妹のベッドルームがリビングの奥にあることも、思いだすまでもないほどだった。自然に錦の足はうごいた。環をだきかかえてリビングを横切った。その部屋もすっかりおなじみだ。壁にはタカシナ夫妻が関わった建築や公共設備のパース画の額が何枚もかけてある。サイドボードの上には夫妻が旅先であつめた玩具の動物がカラフルに並べてある。それらの配置まで錦は覚えていた。目をつぶって歩いても——たとえば、リビング中央の楕円テーブルに脛《すね》をぶつけることはない。それは、床にすわって飲食ができるほど低いテーブルだ。タカシナ夫妻は〈マガザン・ド・デーユ〉のメンバーをしばしば集めてはここで飲み食いを楽しんでいた。

錦はリビングを抜けて、ベッドルームに入り、環を寝かせた。額に手を当て、顔色や舌の乾きぐあいを見たかぎり、やはり特別な手当ては必要なさそうだった。

ほっと安堵の息をつき——

環のそばから離れようとして、そのままの姿勢で錦はうごけなくなった。ついいましがたリビングで見たものが何だったかに気がついたのだ。夢中で通りすぎたとき、視界のすみでたしかに何かを見ていた。きっと脳がいまになってその処理結果を返してきたにちがいない。

「ゆっくり寝《やす》みなさい」

平静をよそおって、そう環に声をかけた。斎にも。帰りにもういちどリビングを通り、さりげなくちらりと横目で見て、そこにあるのが間違いなくあのテーブルだとたしかめた。

たとえどんなに変わり果てていようと。

いま錦は自室の椅子で自分が見たものを反芻している。たしかにそれはテーブルだった。テーブルが、まるで融けたガラスのようにくにゃりと変形していた。卓上の陶器の皿、金属のカトラリー、グラスまでもが、一様に木製の天板と融けあい輪郭をあいまいにしていた。硬化前の樹脂か、ねっとりした蜂蜜のように半透明になりかけていた。テーブルの脚も溶けて曲がっていたので、全体が床と同じ高さになっていた。テーブルは周囲の床の一部までもとかしこもうとしていた。

柔らかな食卓。

一輪挿しにさされた花の、すっと伸びた葉のさきがとろりととけていた。

錦がいるあいだ、斎はつねにそばにいて離れようとしなかった。あのテーブルを見られたくないと思っていたのだ。

錦は小さくうめき声をあげた。テーブルの映像が頭から離れない。自分の身体に腕を回し、胸を抱きかかえた。

その異様さにおそれを感じているのでは、ない。もっと別な衝動。

あれにふれたい――そう錦は思っている。ねっとりと温かいのだろうか。意外と石のように堅く冷たいかもしれない。どうしてテーブルが変形したのかという疑問は不思議とわいてこない。なんだかわかるような気がする。

錦は部屋中にぶら下がった色とりどりの服やアクセサリをながめた。色、もよう、材質、シルエット……。

セルのドアががちゃりと音をたててあいた。クドウ圓が立っていた。

「こっちにいたのか」

「データはうまくやっといたわよ。それより、環ちゃんが倒れていたの」錦はかいつまんで伝えた。テーブルのことは省いた。「いったいどうしちゃったんだろう」

「ぼくが散らかしてたものを見たのかもしれない。別進化の図形を大量に見たら、あの子には刺激が強すぎるだろう」

「敏感だものね、あたしたちのだれよりも才能があるかも。それでプラーガは？」

「あいかわらず元気だよ。知りたいことはひととおり聴いた」圓は錦のとなりにすわった。

「あのお兄ちゃんを――」シラカワのことだ。「へこませられそう？」

「どうかな」圓は返事をあいまいにし、顔の横にぶら下がったアクセサリにふれた。銀色のベルトだ。百合洋のスポーツ大会やら文化祭典で授与された大きなメダル（のレプリカ）をいくつも一列につなげたものだ。指でふれるとモビールみたいにメダルが別々に回る。文様は両面にあった。「ヒントはもらったかもしれない」

「そう」

「文様文化の根底には、なにがあるんだろう。どうして迷路みたいなエンブレム体系をつくらなくちゃいけなかったのか。百合洋の文化はいったいなにをめざしていたんだろう」

「文化に〝めざすもの〟なんてないでしょ。いきあたりばったりよ。あとで遠くから眺めたときに、なんか道筋があったみたいに思うだけ」

「いや。もしかしたら、そうではないかもしれない。百合洋の文様はもっと作為的に設計されたのかもしれない」

圓は難しげな話を続けている。錦はなんだかどうでもよくなってきた。言葉はあんまり耳に入ってこない。一晩中いろんなことがあってくたびれている。それより圓の顔にさわりたいな、と思った。錦は圓がとても好きだ。人としても好きだけど、なんていうか作品としてすきだ。端正な顔とはいえないけれど、くっきりと筋肉の浮いた象牙の柱のような腕、黒いもつれた髪にふれたいなと思う。

「……同じような傾向は、文様以外の、たとえば文学にも見てとれる。百合洋の詩文の特徴は〝蔦状文飾〟なんだそうだ。形容が形容を呼び、もつれあうように繁殖して、もとの文を生い茂った蔦のようにおおいかくしてしまう。そんな人工的な、細工もののようなものを好む。いや、ほんとうに好んでいたのか……」

錦は圓の声をたのしんだ。一言ひとことを、耳という指でなぞるように味わった。そうして、圓の向こう、いろいろな装身具をまとめてあるあたりに、ひとつ、中古のゴーグルがぶら下がっているのが、ふと目に入った。古着の帽子と組みあわせてなにか作ろうと思い、ごみ捨て場から拾ってきたものだった。建設工事の作業員を支援するディスポーザブルのゴーグル。

このゴーグルを圓にかけさせたら似合う……ゴーグルってヒトの顔に合わせるようにできているよね……とりとめのない錦の思考の一角が、とつぜん点火した。そこから思考が雪崩を打つように走り出した。

雪崩はいくつかに分かれ、それぞれが競うように流れた。

ゴーグルっていったいなんのためにそんな形をしているのか。

その形が決まるまでにいったいどれほどのエネルギーが蕩尽《とうじん》されたかを、思考の群れは追究した。

思考のひとつはゴーグルの形状について考えていた。鼻梁、眼窩、ほお骨や頭蓋の形、さらには眼の光学系、神経系、認知の機構がヒトという生物の中で完成を見るまでになにが必要だったか追っていた。

また別の思考は、建設作業支援デバイスを必要とし、またその流通を可能とする社会が形成されるまでに、どれだけのトライアルが重ねられたかを考えた。

さらに別の思考はそのゴーグルの生産に消費されたエネルギーのことを考えた。型枠に素材を流しこみ圧力をかけて成型したときのエネルギーの大半は、すでにどこかへ雲散していているだろう。しかしわずかな一部はこのゴーグルのかたちとして保存されている。

このささやかなかたちが成るまでにどれだけのちからが関与したのか、数え上げることさえできない。こんな使い捨てのゴーグルひとつでさえそうなのだ。錦はこの部屋に吊るされたあらゆる物体に同じことがいえるのだと思った。このセル、複合ロフト、シジック・シティ、協会のすべての地域にも。

錦は、部屋を見わたした。

人間はすべてをまずかたちとして認識する。かたちとはなんだろう——輪郭だ。輪郭とはなんだろう——境界だ。境界とは——事物が接し、せめぎ合う界面。そこには必ずちからが介在する。いままで見すごしていた平凡な部屋の、あらゆる輪郭、明暗、色彩にちからが宿っているのだと錦は思った。世界ってこういうふうになっていたんだと思った。世界はあふれんばかりの力に満ちている。そのせめぎ合い（やその痕跡）の境界を、たまたまヒトはかたちとして認識しているだけなのだ。ちからは、いつもすぐそこにある。手の届く場所にみなぎっている。

「錦？」

声で錦ははっとわれに返った。

「え、ああ、ごめんなさい。ぼうっとしちゃって」

「落ちついて聞いてほしい。そんなわけでつまり——ムザヒーブの月は壊滅状態だ。ハバシュたちの生存はかなり難しいと思う」

ようやく頭が会話に追いついた。気分がふっと収斂し、しゃんとした。しかしサイド・ウルド・ハバシュが死ぬと言われても、まだ実感がともなわなかった。

「じゃあブリギッテは？」錦はそう訊いてみた。

「連絡を待つしかない」

圓は頭をふった。

「大丈夫よ、きっと」

立ちあがって圓の頬に接吻《くちづけ》した。圓の耳をながめ、膝に手を置く。この身体のどこかにひとつでもいい、タトゥーを穿《うが》ちたいなと錦は思った。切ないことだけど、それを受け入れてくれないのはわかっていた。

「いいものあげる、牡鹿さん」腿をなでながら、錦は圓の耳に言った。

「なに」

「お守り。あしたシラカワさんとの話がうまくいくように」

錦は圓の首に歯を当てた。犬歯でするどく、短く嚙んだ。かすかに血が滲むその跡へ、甘えるように顔をこすりつけた。

「つ、痛いな。なんで？」

「いいの。あたしの気持ちの問題」

こんなことで、どうにかなると思っているわけではないけれど。ささやかなタトゥーのかわりに。

アイシャドウのラメ、微小な図形たちが少しは剝がれてそこに付着しただろう――そう思って錦は気休めにした。

十

「だめだ」僕はきっぱりとはねつけた。「もうおまえは〝ブック〟を見ちゃいけないんだよ」

ベッドに寝たまま、環は僕に烈しいののしりをあびせた。手にあったカフェオレ・ボウルを僕になげつけた。足許でボウルは砕けた。

環の目は黒い隈にふちどられている。ブリギッテさんの部屋でなにを見たのだろう。環は上体を深く折り、哀願した。

「お兄ちゃん、環ね、図形とお話ができなくなっちゃったの。ブリギッテさんの部屋で気持ちが悪くなってから。目が覚めてもぜんぜんよくならない。このボウルだって……」

カフェオレ・ボウルには七宝の文様が巻きついていた。百合洋の文様が組みあわされ、あまい滋養、ゆったりとした休息、病からの緩解《かんかい》、秩序の回復を象っている。身体の弱い環は小さい時から風邪をひいたり吐き下しをしたりすると、このボウルで薬草茶を飲んでは体調をととのえた。その文様は環のよい友人、話し相手だったのだろう。それがいまは

――環にひとことも語りかけない。だとしたら、環が焦燥に駆られるのもよくわかる。

「このままだとおかしくなりそう。ねえ、お兄ちゃん、ブックを見せて。そうしたらきっとまたお話ができると思う」

僕は足許を見た。陶片のするどい割れ口。しかしそれはむしろほっとするながめだ。陶器は陶器のように毀れてほしい。僕は背後のリビングにあるテーブルを思った。

これで二度目。

もう三度目を起こすわけにはいかないのだ。

「環……」僕は語りかけた。「テーブルのこと、覚えているね。ゆうべ何が起こったか、わかるかい？」

「わかんないよ」環は涙でべとべとになった顔をあげた。「いじわるしないで、お兄ちゃん」

「テーブルがとけたのは、ブリギッテさんから像話のある少し前だった。お父さんやお母さんが働いている月で、大災害が起こったのと、ほとんど同時刻にテーブルがとけたことになる」

環は小首をかしげていた。僕の言ったことがうまく伝わっていないようだ。

「お兄ちゃん、おかしいよ。そんなの環にはぜんぜん関係ないじゃない」

環のほうが常識にかなっている。おかしいのは僕のほうだろうか。いいや。昨夜、環と向かいあって夕食をとろうとしていた僕はそうでないことを知っている。肉だんごのシチューだった。ダイスにカットしたビーツの赤、たらしたクリームの白い渦。そのクリームを流したとき、僕はうなじにぴりぴりするものを感じた。クリームの輪郭がなんだかふらふらしていた。匙をのばせばその模様だけをすくい上げられそうな気がした。そうしたくてたまらなくなった。

危険だ――僕は環を遠ざけようとした。これと同じようなことが一年前にも、百合洋との通信が途絶した最初の夜にも起こっていたからだ。しかし環の匙はもう、クリームの輪にふれていた。そして――。

「お兄ちゃんは」環の声に、僕は現在に引き戻される。環は手を前にのばしシーツをつかんだ。そのまま両腕で上体を前に引きずり出した。環の脚はまだぜんぜん力が戻っていない。はいつくばった姿勢で僕を睨んだ。「お兄ちゃんは、妬《ねた》ましいんでしょう。あたしだけが図形とお話できるから。だけどほんとうにあたしは何もしてないよ。ただささわっただけだもん」

「いや、残念だけれどそれはちがう」

「お願いだから。お兄ちゃん、あたしブックが見たい」

シーツをつかみ損ね、環はベッドの下に転げ落ちた。駆け寄ると、また意識を失っていた。僕は妹をベッドに抱えもどし、枕に頭を載せてやると、その顔にささやいた。

「ごめんね。残念だけれど——僕にはおまえを救けられない」

5

§

あたしたちは夕方まで、泥のように眠った。圓があたしの台所で夕食をつくり、たっぷり食べてまた朝まで眠った。

あたしは無数の夢を見た。

はじめ、コリアンダーの香りのする人物のパーティーの情景のつづきを見た。部屋の窓から立ち木ごしに遠く星庁の建物が見えたから、シジック・シティだろう。人物は、シャワーブースに背の高い男性といて、たっぷりの泡で身体を洗わせていた。泡は潮のミネラル香がする。それをつけてくれる手は肉厚で指が太い。男の手となめらかな泡によって自分の輪郭がわかる、その感触が鮮明だった。夢の中で、その手はいつの間にか自分の手にすり替わり、気がつくと情景はひんやりした空気の手術室に遷っていた。夢の主人公はその手を薄い被膜でおおって執刀している。システムには任せられない芸術的な手術。美容術。夢の主は（そしてあたしは）すべての皮膚を取り除いた顔にかがみこみ、手に握った細い針の尖端から微小筋肉を整形する単素群を送りだす。クライアントの理想を、現実の骨や肉を素材に象っていく精妙な作業――その情景はじょじょに変容し、刃物をふるう女が夢の主となった。新鮮で大きな瓜に包丁を入れる。水気がしたたるうす緑の断面。きれいな種の配列。皮をむき、さくさくと薄切りにしていく、すがすがしい香り。ていねいに心を入れて料《りょう》ることの快感。

自分でも気がついていた。あたしのタトゥーたちが騒ぎ蠢《うごめ》きまわっていることに、そしてこの夢の主たちに見覚えがあることに。コリアンダーは、いちばん最初にむりやりキットを押しつけたまだ十二歳くらいの、肌の浅黒い少年の体臭にまちがいなかった。医師はたぶん、あのちゃらちゃらした格好の中年。料理する女は子供連れだった。

あたしは何度も目覚め、そのたびにまた寝た。イメージたちはしだいに種類が多くなり、挽き肉のような細い断片のかたまりになってどろどろとあたしの夢の中に流れこみ、滞留していった。寝汗を拭おうとして肩に触れたとき、小さな器官はたっぷり濡れていた。

また朝がきて、起き上がったときには、もうイメージの鮮度はなくなっていた。

でもあたしは思いだした。あの日、蛇とトレフォイルが反応したことを。これはそれと同じことなのだろう。

となりではまだ圓が眠っていた。あたしはしばらくそのまま天井をながめながら、ゆうべ見たすべての夢を数え上げてみた。

なにひとつ忘れず、思いだすことができた。

圓が起きたのはかなり遅かったので、カフェオレだけで食事をすませ、出かけていった。シラカワと会うために。

あたしはいまブリギッテの部屋にいる。作業の続きをするために。

制御装置に残っているデータを整理していると、差し出し人が無記名の受信データがあった。受信日はけさの早い時間。表題はない。だれだろう。像話ログと同じデータ形式だ。テキストラクチャで再生可能だろう。あたしはそれを再生することにした。

帆船の甲板を象ったセルの一角に、画面がひらいた。

『——圓。わたしよ』

ブリギッテの声だった。画面をななめにノイズが走る。それが安定すると、まずこちらを見ているブリギッテが目に入り、ついで彼女がベッドのふちに腰をかけているのがわかった。ベッド、ライティングデスク、ありふれたホテルの個室。ただし灯りはついていない。窓の外にうかがえる空は夕暮れかけているというのに。

「元気だったの！」おもわず声を上げ、それからこれが像話ではない、録画だと思いだした。ブリギッテから圓への。

『圓、お仕事はうまくいってる？　あなたにお話しできたらよかったわ。でももう、今度はいつ連絡できるかわからないので記録しておきます。こちらは、だいぶひどいことになっているのよ。月《タブヒーブ》がどんなだか、もうそちらもご存じ？　重力制御網が暴走したというご説明をいただきました。月地下都市に本土と同じ重力環境をゆきわたらせるために張りめぐらしてあったのが暴走したというのよ——ほんとうかしら。現場はひどい具合のようです。状態が安定しないので救援もまだおこなわれていない。たぶん……』ふかく息をついて『ハバシュは絶望です』

ふいにある情景を思いだした。

ハバシュとブリギッテ、それに圓とあたし。四人がこのセルで丸テーブルを囲んでいる。ホテル・シジックの大時計の図案をああだこうだと相談していたのだ。ハバシュはこの時計のテーマを「記憶と感情」ときめていた。ブリギッテが用意した初稿は、牧歌的な田園風景画で、しっとりとうるおいのある十分に美しいものだったが、ハバシュがけちをつけた。あたしたちがびっくりするくらい手きびしい調子だった。するとブリギッテも顔を赤くして食ってかかった。あたしたちはふたりの共同作業を見たのははじめてだったから、いつものあつあつのふたりとあんまりちがうんで、ぽかんと呆れていた。やがてだんだんブリギッテの分が悪くなり、さいごには口をつぐみきっ、と奥歯を嚙んだ。その顔のけわしさにあたしは見とれた。

原図は電子的な刺繍で描かれていた。テキストラクチャの布素材の上に、高品位な刺繍糸の仮想オブジェクトで図柄を縫い取る。どこからどう見ても本物の刺繍だが、とても現実にはつくれないほど大規模で精密な作品を容易に制作できる。ブリギッテは初稿の上にレイヤを一枚重ねて、一から描き直した。数万本の微細な仮想の針がめまぐるしく動き回り、数億色の糸で描画し直していく。画面にいる人物のポーズが変わっていく。

あたしは息もできなかった。

ほんのわずかな顔の向き。肩から腕の線のながれ。ささいな指の反らしかた。それまでの写実的な表現が、むしろ演劇的、様式的なものに変わった。それだのに、画題となった人物たちの表情は、みちがえるほどみずみずしく濃《こま》やかになって画面からあふれてくるのだった。自分でも驚いたけど、ぽろぽろ涙が出て困った。

「いかが？」

ブリギッテは落ちついた調子でハバシュに言った。ハバシュはごま塩のみじかく刈った髭をにんまりとなでた。

「腰が抜けたよ。上等上等」

「この原画をそこなわずに大時計を造ってちょうだいね。あなたが責任をもって」

ほうっと圓がついたため息が耳の横で聞こえたっけ。

そうして、あたしはそれを聞きとがめたんだっけ。

——像話の声がふっと遠のいた。すぐ回復したが、ノイズで像が汚れはじめた。

『わたしの声が届いていますか。不安です。電力が心もとないの。いまこの街がどんなことになっているか、たぶんあなたには想像もつかないでしょうね。この像話がつながったこと自体、ほとんど奇跡のようなことなのよ』

ブリギッテは平静に話している。あんまり淡々としているのでかえってぞっとした。

『ムザヒーブの街を、見せてあげましょう』

ブリギッテの手がこちらにのびてきた。画面がぶれ、ふいに自由になる。カメラを取りはずしたらしかった。カメラは窓ぎわまで持ち出された。高層ホテルの上階だ。街が展望できる。

やけにひらけた景観だな、とあたしは思った。ムザヒーブの街はよく知らないけど、だだっぴろい更地《さらち》がたくさんある。ちょうど画面の正面に夕陽が沈むところで、街はまるごと逆光だった。なぜこんなに建築が少ないんだろう。建っているのはほとんどがオベリスクのようにひょろ高いものばかり。それが、どれもこれも非常識なほど高い。ブリギッテのいる階より低いものはなかった。逆光だから建築の細部は見えない。窓あかりが灯っているようすはなかった。空気は砂塵のせいで見通しが効かなくなっていた。びゅうびゅうと風の音がきこえる。

ずん、ずん。

画面の外で音がした。音にカメラが向いた。ひどい砂ぼこりの中を、直径五十メートルもある岩がころがってくる。ひらべったい土地なのに、坂道をころげおちるようないきおいで、やたらとバウンドする。それが窓の真下をとおったとき、ブリギッテがズームした。

岩ではなかった。

数百輛のメトロムーバをぐしゃぐしゃにまるめた、巨大なスクラップだった。

自分の目が信じられなかった。だがカメラがもういちど街をなめたとき、あたしはおたしないことにきめた。そんな大岩が——球塊が七つも八つも、ごろごろと街を往来していたのだ。地面がズームされる。ただの更地ではない。建築やインフラの跡があった。爆撃かなにかで破壊されたように見えた。

もういちどオベリスク。こんどはズームして。

それは、建物なんかじゃなかった。オベリスクの外壁は浸食された崖のようにギザギザしていた。カメラはその凹凸をきれいに解像した。意味のないように見えた影模様の中に見慣れたものがあった。Y字。黒と見まがうほどの藍を背景に。どこかの建物の壁面に掲げてあったバナーのはしきれ。それほどくしゃくしゃにされても、燻しをかけた銀のY字はまだ崩れもせず、しゃんとしていた。〈半旗〉。ムザヒーブにもブリギッテの作品は掲げられていたのだ。

瓦礫だ。

オベリスクは瓦礫の塔だ。

首都の建築からなにからをばらばらに粉砕し、破片をかきあつめて蟻塚のように積みあげたものなのだ。ギザギザした外壁は、無数の建築の断片のコラージュだった。荘重な柱廊、高精度のガラス壁、生きもののようにうねる陶製のひさし。さまざまな様式がざくざくと切り刻まれ、野菜サラダのようにあつめられて馬鹿馬鹿しいほど巨大な記念塔になっている。この塔は幹だけの樹木みたいだった。廃墟に根を張り、養分がわりにムザヒーブの建築史を吸いあげて、ごつごつした幹にディスプレイしてゆく……。

大岩は都市の残り滓《かす》をとりこみ成長しながら移動する。そのひとつが塔の基部にがしんとぶつかった。岩はしばらくじっとし、それからオベリスクの側壁をごろごろのぼりはじめた。てっぺんにたどりつくと岩はオベリスクの尖端になっていた。同化していた。首都をくまなく擂《す》りつぶし、かきまぜたものが建材なのだ。記念塔にうってつけの素材だった。

市民はどうなったろう。

やっぱり都市の一部として——挽き肉のように——オベリスクに練りこまれたのだろうか。

カメラが動き、右手遠くをズームした。そこにあらたなオベリスクが建ちかけている。岩どうしがぶつかりあい、まず堅固な土台を、そしてその上に高く瓦礫がのびていく。

あたしは吐き気がした。——月なんかくらべものにならない事態がとっくに本土で進行していたのだ。

『生き残った人たちは、郊外へ逃げだしたようよ。人の密集しているところでこの現象はより激しいから。でも、郊外も似たようなものらしいし、どうせわたしは不案内なのでここに居すわっています。いまのところは、こうして生き残っているわ。

それよりも、聞いてほしいことがあるの。こんなことを言って信じてもらえるかどうかわからないけれど、ねえ圓、わたしはこの街に似た〝光景〟を見たことがあるの。それをどうしてもあなたに伝えておかなければならないと思っていました。

ハバシュと同居していた頃、もう十年も前になるかしら。

その日かれは昂揚剤をすこし服《の》み、一仕事した後でした。ソファでぐったりしていたので、気分がすっきりすればと思って香草たばこをあげたの。かれはしばらくパッケージをひねくっていたけれど、そのうち封を切って——何したと思う？　火もつけずに、テーブルにたばこを立てはじめたのよ。

まだ酔っていたのね、と内心おもいながら見ていました。でもそのうちそれだけではないとわかってきたの。ハバシュはひどく真剣な目つきをしていて、それは仕事中でもめったに見せないほどの目で——そしてかれが一本一本位置をきめるたびにテーブルの上でなにかが変わっていくのです。圓、あなたは船で沖へ出たことがあって？　もしそうなら潮の境い目をまたぐと海の色がおどろくほど変わるってことは知っているわね。あのときのテーブルもそんなふうでした。ハバシュが新しい一本を立てるたびに、テーブルの空気が色を変えていくように見えたの。透明度が高くなり、ものの輪郭が異様にくっきりして……高品位の光学機器を通すとものや空気感が実物より美しく見える、あんな具合なのよ。そしてそこに強大な力がそれこそ潮の満ちるようにたくわえられていくのもわかったわ。まるでたばこの配置が魔法陣かなにかで、そこに世界のあちこちから力を寄せ集めているようだった。

あとでハバシュは言ったわ。〝たばこを立てているとき、おれがどんな気分を味わったと思う？　最初は、感情だ。なんともいえずうきうきするような愉しさや、心臓がしめつけられるような甘悲しい気持ちがでたらめに湧きおこってくる。そのあとは力だ。身体の中に活力とか精気とかがぎっしり詰まって、細胞がぎゅうぎゅうに充満してる感じ。そしてその力が徐々にうごきはじめ、やがて向きを揃えて流れだす。指だ。指を通してその力がたばこのあいだの空間に移されていくようなんだ〟。

わたしもすこし酔っていたけれど、でもあのとき見えた力は幻ではなかったわ。ハバシュが立てたたばこは十本きりだったけど、そこにチャージされた力はすさまじいものだった。あと一本置いたらいったいどうなるだろうと心臓がどきどきしたわ。ハバシュもそう思ったようで、そのあとはたばこを足さなかった。

もうわかったと思います。この街は——これは街なのかしら？——そのたばこ魔法陣と気味が悪いくらいそっくりなの。規模も柱の本数も違うけれど。ねえ、圓、どこまで伝わるかしら。わたしの目には見えます。あのときとそっくり。こうしていても毛先がぴりぴり痺れるよう』

圓、圓、圓、圓。そう何度も繰り返さないでとあたしは思った。

『そこにいるのよね、圓』ブリギッテはまるでこちらが見えているかのように、あたしに微笑みかけた。『ごめんなさいね。残念だけれど——わたしにはあなたを救けられないみたいよ』

いままでそれほど哀しそうな顔を、見たことがない。

＊＊＊

クドウ圓がホテル・シジックに着いたのは、正午をやや回っていた。シラカワはウェイティング・バーで待っていた。

「きょうはご馳走になりますよ。おことばに甘えて」

ダイニングにとおされる。真っ白なテーブルクロス、白金のナプキンリング、銀や金のカトラリー。飾られた花。クリスタルのグラス類が林のように立ち並ぶ。背の高いフルートグラスは、塔のようだ。それらが帯びる光は互いに煌《きら》めきかわして、テーブルの上に心浮き立つ輝きがみちている。その中心に、圓はバッグからとり出したオリジナルのエンブレム・ブックを立てた。ブックは卓上にさざめく光を吸い、また吐いた。

シラカワの顔を圓は正面から見つめた。完全な笑顔はすこしだけ元気がなかった。卓上の光りもその顔を明るくすることはできないようだった。圓は、自分が意外なほど落ちついていると感じた。それはきっと、この身体感覚の中に、エンブレムが移し替えられているという自覚のせいだろう。

メニュが渡された。ふたりは食前酒を楽しみながら、かなりの分量の料理を注文した。最初の皿が運ばれるとふたりは健胃性の微生物に満ちた発泡酒のグラスをかざし、このダイニングのしきたりにのっとって天井をふりあおいだ。透明の天井ごしにロビーの大時計とワイアがのぞめた。

「月《タブヒーブ》はひどいことになったね」

「ええ。まだ発表はされていませんが」

シラカワはすなおにみとめた。そうして次のように続けた。

「本土のほうもほぼ絶望です」

圓は愕然とした。

「ああ、まだご存じではなかったのですか――協会の救援部隊もムザヒーブ本土に大規模なキャンプを張っていたのですが……こちらも希望は薄い。残念でたまりません」

マットホワイトの皿の中央に褐色の球塊がひとつ乗っていた。数種類の細く切った肉を竹籠のように編み、それを焙《あぶ》ったもの。圓はふとトレイに載った扁桃腺を思いだした。ソースはない。が、ナイフを入れると鮮やかな緑色の核が見える。青菜のピュレとピスタチオのペーストを練ったものだ。

「核と装飾――」圓は料理を味わった。この料理では、核がむしろ肉のソースとして機能する設計になっている。「そのどっちが本質なんだろうか」

「クドウさんはどちらだと思われますか」

圓はまわりくどいやりとりをやめ、直接訊いた。

「百合洋とムザヒーブの災害、あれはトレダウェィ原理派のしわざだな」

「クドウさんがおっしゃりたいことはわかります。しかしその表現は適切ではない。クドウさん――あなたはこのふたつの大災害に百合洋の文化が関係していると言いたいのでしょう。あなたは百合洋の文化を利用した一種のテロリズムが行われていると考えておられる。そうしてその活動をおこなっているのがトレダウェィの原理派だと――。

この一文にはたくさんの前提が含まれています。前提の上に前提を重ねているから、結論としてはまちがっている。しかし推測があたっている箇所もありますよ。お聞きになりたいですか？」

言いながらシラカワは前菜の残り半分を食べた。

「ああ」

「そう——それではまず、クドウさん、あなたの最大の懸念を解いて差し上げましょう。サイード・ウルド・ハバシュとブリギッテ・ティーデマン。あるいは〈マガザン・ド・デーユ〉で百合洋の血を引く方たちは、テロリストではありません。かれらが大規模災害の発生に関与していた事実はありません」

はりつめていた肩の力がふっと抜けた。それとともに、なぜそんな懸念までわかったのだろうと不思議だった。

「そう。質問には三通りあります。ひとつめは純粋な好奇心。もうひとつは攻撃として相手の反応を楽しむためのもの。さいごは不安の解消。質問は否定されることを期待して発せられます。

さっきのは明らかに三番目でしたし、あなたが原理派テロ説を否定してほしい理由は、あれくらいしか思いつきませんでした。

あなたの前提は、この事象に百合洋文化が関わっているというものです。そのあたりに、なにか否定してほしいことがあった。つまりあなたはただ心配だったんですよ。この事象に自分の大切な人たちが関わっているのでないかとね。トレダウェイ原理派なんてものは、ありはしません。そもそもトレダウェイの教会は集団としての危険性はぜんぜんなかったのです」

「あなたは、ほんとうに文化事業部なのか？」

「え？」シラカワはびっくりしたような顔をした。「ああなるほど、主任学芸員がエスピオナージュめいた仕事をするわけはないと思っておられるのですね。しかし、私はまちがいなく文化事業部の学芸員ですよ。いいですか、この——百合洋の図形テロは文化事業部がかたをつけることになっているんです。他の部署の手に余るので」

「文化事業部はこの事件に、——いや百合洋にどう関わってきたんだ？」

「不法占用を解消するための外交プロセスを発動する二年前からでしょうか。じつはそれまでジュディス・トレダウェイのプロフィルさえ知らなかったんですよ。お恥ずかしい話だ。

　トレダウェイの教会は、百合洋に不法居住をはじめたあとで新しい超能力開発カリキュラムを作成したようです。その能力は、ジュディスが生前その可能性を予言していたものでした。およそ言語に絶する力というべきでしょう。その力は内乱の遠因になったし、その力が百合洋を破滅寸前に追いやったのです。

　クドウさん、あなたもこれを言いたいのでしょう」

「その強大な能力は——」

　圓は冷静さを取り戻していた。シラカワの意外な（といっては失礼だろうか）率直さや真摯さを見直したためもある。かけひきではなく、この男と会話したいと思った。圓は切り札を出した。

「その能力は、特定の図形を見ることで、発現する」

圓は、ハバシュからいつか聞かされたたばこ魔法陣のエピソードと、そしてプラーガから聞いた歴史の話からこの仮説にたどりついていた。

「百合洋の文化は過剰な装飾を特徴とする。ぼくたちはいままでその豊かさに目を奪われていた。だが……それが、もし内乱期の悲惨な〝疫病〟を忘れようとするものだとしたら……そう思ったんだ。あの膨大な図形言語はまったく本質じゃあない。何かから目をそらせようとするものなんだ。――たとえば、ハバシュとブリギッテが余酔の助けをかりて偶然に発見した、たばこの配置のようなものから」

「いや、実にすばらしい」シラカワは感嘆したようにため息をついた。「百合洋人は内戦の時期にその超能力を行使した。そのためにきわどく破滅しかかるところでした。人口の五分の一を一気にうしなうのは民族や国家にとってクリティカルな事態です。のちに〝疫病〟と呼ばれ史的に粉飾されたこの経験で、百合洋人はたいへんな精神的傷を負うこととなりました。

さぞ恐ろしかったことでしょう。内戦の地獄絵を招いた能力はかれらの中に内部化されており、意思の力だけではそれを封じることができないのです。正しいきっかけ――その形を見ることで力は必ず発現する」

圓はタブヒーブの表面を枝のように走る渓谷を思った。その力を知ったあとの苦悩はたいへんなものだろう。たとえば指をふれるだけで愛する子どもを死なせてしまう病にかかったとしたら？　呼吸をするだけで故郷の街を破壊するような力を持ってしまったら？　しかもその能力を扁桃腺のように切除することは、けっしてできないのだ。

「内戦の後、百合洋人は必死で自分たちからその能力を剝ぎ取ろうとしました。その切迫した思いが、百合洋の文化を根底から変えてしまうこととなりました。舵を大きく切ったのです。

ひとたび破れれば命にもかかわる深刻な傷を体内にかかえ、そしてそんな傷のあることなど忘れてしまわなければならない。あるいは忘れたふりをしなくてはならない」

シラカワは酒を一口飲み、そして言った。

「忘れたいことがあるならまず酔うことだ。百合洋人も同じように視覚的酩酊、光学的爛《らん》酔《すい》の道をえらびとったのです」

呪われた図形から目をそらし、蔽《おお》いかくしてしまうための目くらまし。

「そうです。それこそが、発現のエンブレムへの道をたどらないよう、おのれの眼差しを散乱させるための機構だったのです。虚ろな、ほんとうにはなにも語っていないうつろな図形で身の回りをおおいつくせば、眼差しは鏡の迷路《カレイドスケープ》にまよいこみ、いつまでも安心な堂々めぐりをしていられる。

最初の日私は言いましたね。かれらの文明はその図形をひたかくしにしてきたと。かくかくすとはこういう意味だったのです。外部の者から守るのではない。自分の目では見えない状態にすることが大事だった」

　蟹のビスクが運ばれてきた。甲殻類のだしをふんだんに含んだスープは、百合洋の海のような淡紅色だ。圓はスープの湯気を嗅ぎながら、酒を一口飲んだ。まだ大きな疑問が残っている。

「ではあなたが言った〝見えない図形〟とは何なんだ？　本当は、それは存在しないのか。それならなんで依頼したりしたんだ」

「では、最初の会話に戻りましょう。あなたはこの災害がトレダウェイ原理派のテロではないかと言われました。しかしこれはほんとうにテロなのでしょうか？　星をひとつ壊滅させるというのはたいへんな事業です。かつての内戦でもせいぜい人口の五分の一を失い、大陸の形状をかえる程度のことしか起こらなかった。百合洋消滅やムザヒーブ壊滅なんて、いったいどうプロデュースすればいいのでしょうね。必要な人員と機材はどう見積もればいいでしょうか。百合洋壊滅のとき、リットン＆スティンズビー協会は実行犯と背後組織を特定するのに手間を惜しみませんでしたよ」

　シラカワは片方の眉をあげた。徹底した捜査がおこなわれたのだ。

「でも、なんてことでしょう。だれも、なにもしていなかったのです」

圓は意味を測りかねた。

「アリバイだとか、そういうことなのか。容疑者はいたが行動が証拠づけられなかったと？」

「いいえ、そうではなかった。テロ組織なんかなかったのです。単独犯でもない。百合洋を蒸発させようと画策した者も、組織も、計画もなにもない。だれもなにもしていないのに、百合洋はこの宇宙から消されてしまったんです」

キ

もういちど目が覚めたら、だいぶぐあいがよくなっていました。足もうごくようです。ベッドからおりることができました。斎お兄ちゃんはとなりのへやにいるみたい。

環はお兄ちゃんがほんとうに嫌いになりました。お兄ちゃんは百合洋のまにあです。とてもくわしいし、しりょうもたくさん持っている。だけどほんとうに図けいたちとお話ができるのは、環のほうです。すくなくともおとといの晩までは。

ブリギッテさんのへやで見たのはとても異じょうな図けいでした。あれがほんとうにオリジナルの図けいなのでしょうか。まるで何おく年も未来の星座みたいで、環にはなじめませんでした。でも、異じょうなのはそのことではありません。それだけじゃなくて、あの図けいたちは、なにもお話ししてくれなかった。自分たちだけにわかる気まぐれなダンスをおどってるだけでした。まるでひとをばかにして、大事なことをはぐらかそうとするためだけにおどっているようでした。でも環にはまだそれがよくわからなかったから、つい、がんばってじっと図けいたちをにらみました。そうしたら、まるでこわれた床をふみぬいたみたいに、いきなりまっ暗ならくにおちてきをうしなったの。

あのならくのこわさ！

そこにはなんにもなかった。気がついたときには、もう図けいの声はきこえなくなっていました。お茶のうつわも、ひとことも話さなくなりました。

でもだいじょうぶだとおもいます。こうしてからだも元気になってきたし、だんだんまた図けいともお話ができると思っています。レプリカのブックはお兄ちゃんがどこかにしまっています。でも、かくしばしょのけんとうはついているよ。足はふらふらするけれど、こうしてすこしずつでも歩ける。

そっとおへやをでればだいじょうぶなはず。

ドアをそっとひらこうと引いたら、お兄ちゃんがそこに腰を下ろしていました。環をみはっていたのです。

「環。まだ歩かないほうがいい」

「そこをとおして。環にいいつけばっかりしないで」

「あぶないから……」お兄ちゃんは泣きそうなかおをしていました。「たのむから寝ていて」

環はお兄ちゃんの肩ごしにリビングを見ました。テーブルはもうすっかりとけてしまい、床もまきこまれてゆっくりととけていました。それは、ほんとうは環がやったことなのです。環がクリームの渦もようだけをおさじですくったのがきっかけだったのです。そのときにかたちとちからが……。ええ、環はすごいのう力をもっているのです。もうお兄ちゃんの言うとおりになるのはいや。

「そこをどいて」

「だめだ」お兄ちゃんはきっぱりはねつけました。「ベッドにもどって」

「それなら、かってにとおるもん」

するとお兄ちゃんは、どうしたことでしょう。ほんとうに泣きだしてしまったのです。

「たすけて、たすけて、ぼくはもうどうしたらいいかわからない」

「？」

環にはお兄ちゃんがなぜ泣くのか、よくわかりませんでした。環がこわいせいではないようです。ではいったい何のために？

「ああ、もうだめだ。環、あれが聞こえない？　たくさんのひとの声が」

なにもきこえませんでした。

お兄ちゃんは環のかおを手ではさみました。

「ああ、おまえの目」

お兄ちゃんの目に環が映っています。左右の目の黒いところの大きさがちがうのまではわからないけど。

「環の目がどうかしたの」

「もうおまえを救けてやれないよ、ごめん」

あぶないから――そうお兄ちゃんは言った。

あぶないのはいったいだれだったのでしょう。

かちん、となにかキカイの部品がかみあうような感しょくがありました。

ぺけん、と薄いものがわれるような音がしました。

「あれ?」

お兄ちゃんの目にうつる、環のかおが――

「ごめん。もう止めようがないんだ」

――人形のようにこわれていました。たまごのカラにかいたかおを、ぐっとにぎったときのように、ゆがんでいました。

いたくもなんともないのに。

「お兄ちゃんだったの?」

　こくっとお兄ちゃんはうなずきました。

　環なんかの力じゃなかった。

「テーブルをとかしたのは、ぼくだよ。環じゃない。環はその力をあやつったような気がしていたかもしれないけれど。たぶんぼくの力がおまえの中をとおっただけ」

「がまんしていたの？　からだの中にとじこめようとしていたの？」

「うん」

　お兄ちゃんのかおはなみだでぐしょぐしょでした。環も、かおの割れ目から滴り落ちるものでずぶぬれになってしまいました。

「もうだめなんだ」

　ああ——

「お兄ちゃん。こわかった？」

「うん」

　ようやくお兄ちゃんは手をはなしてくれました。

　なんてかわいそうなんでしょう。環はお兄ちゃんをだきしめようとしました。

　でももう、うではありません。

　どこへいったのかな
　そして耳がきこえなくなりました

目も

＊＊＊

蟹のビスクをかるがると片づけ、シラカワは魚料理にかかっていた。詰め物をたっぷりした蒸し焼きの魚は、美しい皿の上で外科手術でもうけているような手際のよさで分解されていった。整列した骨はぬぐったようにきれいで、脂ひとつこびりついていない。

「それにしても百合洋文化のもてはやされ方をどう思われますか。文様、料理、朗謡。異常といいたいほどの加熱ぶりです。だれもかれもエンブレムをもとめ身を飾る。協会はたいへん憂慮しています。百合洋は他星の文化をひどく汚染してしまうのです。百合洋文化に本格的に接触した文化は元のままではいられなくなってしまう。文化とはお互いに影響をあたえる――それは仕方のないことなのですが、しかし百合洋に限ってはその影響が激烈でしかも一方的すぎるのです。百合洋の文化は自らをいささかも変えず、ひたすら他方を蹂躙《じゅうりん》し、貪婪《どんらん》に食い散らしてしまう。百合洋文化は協会が尊重する文化の多様性をひどく損ねるでしょう。今後百年のあいだにどれだけの文化が破壊されるかのシミュレーションをお見せしたいくらいです。私たち文化事業部がこの件にかかわることとなったのは、つまりは、そういうわけでしてね。さて、いよいよ〝見えない図形〟の話をする前に、もうひとつ片付けておきましょう。ブックのバージョンについてです」

「オリジナルと、レプリカ」

「いま市場に出ているエンブレムは、すべてレプリカのブックを参照元《リファレンス》にしている。しかしクドウさん、あなたも気づかれたでしょう。オリジナルとレプリカではエンブレムの振るまいがまるでちがうことに」

圓はうなずいた。

「オリジナルにはいくつもの版がある。しかしレプリカは一種類だけです。このレプリカは、トレダウェイの教会が正式に認知したものではない。アンダーグラウンドでだれかがひそかに製作したものです。製作時期も作者も不詳。トレダウェイ教会の高位者の何人かは、あの災害のとき百合洋の外におられた。私は生存している方に訊いてみたのです。かれは言っていましたよ。噂にはきいていたが、実在するとはな、と。クドウさん、これはね、裏のブックなのだそうですよ」

「裏？」

「結論をいうと、レプリカのエンブレムは忘れるためには機能しない。いいですか、これは呪われた図形、発現のエンブレムを思いだすためのブックなのです。発現のエンブレムは、見た者に何か特別なものを付与するのではない。そうではなくて、ロックを外すだけなのです。人間というシステムが本来持っている機能の抑制を解除する、その図形コマンドです。

百合洋の文化を知っていようがいまいが関係なく、図形を見た者はその能力を引きだされてしまう。

特別な修行、鍛練、才能は必要ない。裏のブックをリファレンスにしてうみだされた創作物はすべて汚染されています。それを見ているうちに、読み手は知らずしらず誘導され、思いだしてしまうのです。すべての人が生まれながらに知っている発現の図形を。もしこれが意図的な破壊活動だとしたら、思いついた奴は天才ですよ。図形自体は非常に危険なものです。それをひと目見たら一巻の終わりだ。しかし、思いだすための誘導システムであれば、すくなくとも配付する時間を稼ぐことができる。そのぶん広範囲に拡がることができる。伝染病の潜伏期間のようなものです。

オリジナルのブックは、どのバージョンも厳重に管理され容易には人目にふれなかった。それがあだになりました。より危険な裏のブックが、先に流出した。だれかが偶然にか、あるいは意図的に持たされた裏のブックを、複製して配付しはじめた。はじめは百合洋本土で。それからだんだん他の星系へ。人の手をわたるごとにコピーされ、増殖している」

「禁止できないのか」

「たとえ協会でもこれほどまでにゆきわたったものをどうにかできるわけはありません。それに抑圧はむしろ爆発の威力を高めるだけです」

ブックとは、内戦と災厄を克服した百合洋人が必死の思いで完成させた、平和のための護符だ。それほどまでして忘れなければならない図形を、暴走する——怪物化するエンブレムに汚染された、何千億という人々が、いま、思いだそうとしている。その中には、もちろん自分もいるのだ。

巨大な骨付きのリブ・アイ・ローストがサーブされた。その名のとおり、切り身の断面に「目」のような組織があった。シラカワはそこへ的確にナイフを当て、優雅にきりわけて口へとはこんだ。

「さていよいよ本題です。おわびしなければなりません。〝見えない図形〟というのは私の出まかせです」シラカワはウインクした。「もちろんトレダウェイの講義録にそんな用語はでてきません」

「ではなぜ」

「言い訳をひとつ。理論的には存在すると言われています。トレダウェイ本人もその可能性を予言していたらしい。わが協会の天才たちも同意見ですね。それは強制終了の図形なのです。能力の発現を何らかのかたちで止めてしまう図形です」

「雲をつかむような話だ」

「まったく」シラカワはすこし笑った。「失礼、こちら側の会議でね、私もまったく同じことを言ったんですよ。しかしあなたに一縷《いちる》の望みをかけるしかなかったのです。そこで最初にお会いしたとき、私は内緒であなたに強力な暗示をかけました。協会でこんな仕事をしているといろんなことを覚えなくちゃいけない。強制終了の図形は必ず見つかる、絶対に発見できるはずだ、としつこく暗示させていただきました」

「銀貨か――」

シラカワはうなずいた。

「――あんたとハバシュとの関係は？」

「ハバシュさんがおっしゃったとおりです。お互いに良い友だちだと思っていますよ。かれとの仕事は実に楽しかった。もっとも私に言わせれば、かれはとんでもない危険人物ですがね。なにしろかれがムザヒーブを殺したようなものだし、シジックもおかげでたいへんな危険にみまわれている」

「ハバシュはテロリストではないんだろう？」

「ええ、ちがいますよ。しかしハバシュ氏は百合洋人の末裔じゃありませんか。かれの建築にのみこまれたとき人は心をつよく揺さぶられる。それは当然、百合洋の文化の血が大きく与《あずか》っているのです。エンブレムが露骨に使用されてはいなくともね。実に厄介だ。かれの建築は、この上なく魅力的である、まさにその理由によって危険なのです。かれの百合洋でもそうでした。除幕されたばかりの開国百五十年記念碑、つまりかれの作品が置かれた場所で最初の異変が起こったことを私たちは把握しています。ムザヒーブの月ならなおさらでしょう。悪意はなくとも、かれの建築は発現のエンブレムとつよい共振を起こすようです。もしかしたらかれ自身も気づかないうちに、発現の図形を定着させているかもしれない。ぱっと見ただけではわからなくても、たとえば隠し絵のようにね」

シラカワはすらりとした人さし指でこめかみをコツコツ叩いた。

「その中でも最悪だったのはあなたがたの複合ロフトでした。あそこにはハバシュ芸術のすべてが凝縮されている。おまけに百合洋マニアの兄妹や、画期的なタトゥー・キットをつくってしまう方までおられる。この街をころがりながら害毒をまき散らしているようなものです。

私は、複合ロフトに釘を刺しておくべきだと考えました」

「そうか――」圓は嘆息した。環の失神の理由がわかった。小さな女の子には少々酒が強すぎたということだ。「それでオリジナルを」

シラカワはうなずいた。

「そうでなければ貴重なオリジナルをお貸しするわけもありません。あなたが一所懸命にオリジナルの、つまり発現の図形を忘れさせるエンブレムを研究してくれれば、それがロフトの中にまき散らされて、発現を遅らせることができると思ったのです。

ともあれ、建築の危険が明白になった以上、問題建築の除伐《じょばつ》を執行せねばなりません。市民生活への影響は甚大ですが、このシジック・シティ自体に大鉈《おおなた》を振るわなければならない」シラカワは少し背をのばした。居ずまいを正したのだ。「じつはこのホテルは、そのために昨夕から休業していましてね。閉鎖したのです」

この声を合図に客と給仕がいっせいに立ちあがり、圓にむかって恭《うやうや》しく一礼した。

カーテンコールの所作だった。

「罠か」

「いえ」驚いたことにシラカワは目に涙をためていた。「これだけの建築を破壊することがくやしいのです。ハバシュの傑作の数々を。私たちといっしょに悼んでいただければうれしいのですが」

そう言ってシラカワはグラスを目の高さにかざした。

§

ブリギッテは哀しげに微笑んだまま話を続けた。

『……ああでも、圓。わたしはこうしてながめているのがとてもきもちいいの。ほんとうに身体が気持ち好いのよ。そう、ハバシュはこうも言ったわ。〝それだけじゃねえ、たばこのほうも自前のエネルギーをみなぎらせてて、それがおれへ逆流してくる。おれの力とあっちの力がせめぎあってふくざつな乱流をつくる。それがとほうもなく気持ちいいんだ〟今ならその意味がわかるわ。こうして街からの風にあおられると、身体の中で複雑に渦巻くものがある――』

ブリギッテの声は陶酔にわれをわすれているようではなかった。はしたない欲情はあるけれど、それを客観視しようともしている。ばかげているだろうか、あたしはブリギッテに話しかけようと思った。ただの像話の録画に。とろりと柔らかくなったあのテーブルにさわりたくなったのと同じように。

「ブリギッテ？」

『圓、わたしは思うの。月をねじまげた力と、この首都にあふれかえる力は同じものなのではないかしら。もうすぐ、それがわかるわ。ほら夜が来る』

「〝夜〟？　ねえブリギッテ、それはどういうこと」

とつぜん胸にどんという衝撃をかんじた。太鼓の音を肺で聞くように。耳にきこえないほど低い音がどろどろと鳴りだした。これは何の音だろう……像話の帯域は細いのにこんな周波数までカバーするんだろうか。

『わかる？　星都《まち》が音をたてているわ。わたしの肺で、びりびり、ぶんぶん、鳴っている。圓にも聞こえるでしょう。いまわたしの肺で鳴っている音が』

あたしはやっとわかった。これは像話が伝えている音じゃない。潮のミネラル香、手術室の空調の音。同じだ。ブリギッテが録画のときに聞いた音があたしのところに漏れている。あたしの刺青に漏れてきている。

「きこえるよ、ブリギッテ」

『石柱が音叉みたいに低周波を発振してるのよ。みな、共振している。街が調音している。夜をよぶ、音楽だわ』

「ブリギッテ、夜がどうしたの？」

『だから、夜よ』

鳥肌が立った。まるであたしの問いに直接答えてくれたように思えて。すると、どっと空気を感じた。砂塵にまみれたホテルの部屋のざらざらした感触、匂い。首の回りににじむ汗に、砂が貼りついて気持ちがわるい。ブリギッテをどんどんつよく感じる。いや、それだけじゃない……もっと、もっとたくさんの人たちが喚声と怒号を上げているのがきこえる。

『まだわからないの。ほら――夜よ』

「ああ……」

全身の力が脱けそうだった。ブリギッテが指さす先、夕泥《なず》む空の一角があかるくなっていく。

月。

廃墟の林の彼方から月がせりあがってくる。黄濁した、巨大な円盤。満月。

おおきい。なんて巨《おお》きいんだろう。この地上とむかいあう、もう一つの地面みたいだった。

月が墜ちてくる？

キャメラが月を引き寄せた。月面に走った無数の渓谷が――なんてことだろう――黄色い円盤いっぱいに百合洋エンブレムをえがきだしていた。ひしめく図形は今も少しずつ変化し、何かを訴えかけようとしていた。……月がこれ以上近づき破壊されようものなら、あのエンブレムのひとつひとつが白熱した隕石となって、ムザヒーブにおびただしい穴を穿つのだ。

『ああ、圓！』

ブリギッテの中にうずまく感情、おののきが直接伝わってくる。そうしてもっとたくさんの――この月を見ているムザヒーブの人たちの感覚も。全員が月にさわりたがっている。もうすぐ月の表面にえがきだされるはずの――思いだされるはずの図形にふれ、それをゆびさきでなぞりたいと思っている……。

あたしはそのときようやく気づいた。

シジックにいる人たち、あたしに感覚を漏らしてくる人たちに、あたしがこの光景を中継しているのだとしたら？

月によって潮が吊りあげられるように、ブリギッテやムザヒーブ人の中に高まるものがある。それがあたしにも伝わってくる。あたしを通じて、さらにシジックにもそれが広がっていく。

天の球体が、ゆっくりと自転する。

やがて影の領域からのっそりと、それが姿をあらわす。

あたしを介して、たくさんの人たちがこれを目撃するだろう——。

＊＊＊

圓は大きな喪失の感情に打たれて、頭上をあおいだ。

これが失われてしまう？　壮麗で、清廉《せいれん》で、静謐なこの空間が？

レストランの天蓋。そのハーフミラーのむこうのロビーと大時計。

食事をはじめて一時間になろうとしていた。ホテル・シジックの大時計が正一時の鐘を鳴らした。

大時計の内側から深い藍色の、闇に似た光が射して、ロビーが夜に沈められていく。いや、夜の色が拓けていく。球面にブリギッテの図案がうかんだ。それは牧童たちの暮らしを描いた連作画だった。

ああ、あの絵だと圓はおもった。みんなでこの絵の制作に立ちあっていたのだ、と。

牧童たちは草はらに寝そべり、羊を追い、鍋をかけたたき火の回りで酒を飲んでいた。駆けくらべをしたり、年寄りの昔話に閉口したり、粉屋の娘に懸想《けそう》したりしていた。空にはすみきった風が光り、木々は大きく枝を張っていた。小川の流れは新鮮で、畑の土はよく耕されていた。連作のぜんたいは色を青に沈めて中世ふうの敬虔《けいけん》さをただよわせ、時間のすすみがゆるやかになったような気配をつくりだしている。これを観る者は、停滞したひとときに自分の感情をのびのびとくつろがせることができるだろう。ハバシュとブリギッテがつくった小さな宝物のようなひとときだった。そして、人は二度とこれを見ることができない。

圓はあらためて気づいた。

牧童の、年寄りの、娘のポーズ。自然の情景ではありえないような、妙に様式化された手足の長さ、角度、指先の反らせかた。その身ぶりは百合洋の——トレダウェイのコミュニティが大切にはぐくみ、いまは永遠に失われようとしている所作の礼法にのっとっていた。その身ぶりが、描かれた物語りにふくよかな陰翳や心弾むユーモアをあたえていた。

そのやさしさ。まるでブリギッテその人のような賢明さ、溌剌《はつらつ》とした機知。

圓の胸の奥で痛みがするどい光のように射し、そのまま凍りついた。それは圓がいままで感じたことのない種類の悲しみだった。悲しみとは水のように心をひたすのだと圓は思っていたが、この感情は時に硬く、つめたく、垂直に峙《そばだ》つのだ。悲しみの柱はムザヒーブのオベリスクがそうであったように、圓のなかを浮遊するさまざまな感情の断片をよせあつめてふくれあがり、直立した。それが喉から胸を塞いだみたいに、息が詰まった。

（最初は感情、そのあと力だ）

次に圓はおおぜいにうしろから押されているような感覚を覚えた。

いまにも発現の図形を思いだしそうになっている人々の、圧力のようなもの。それが急速にふくれ上がる。

見て——錦の声が肩のあたりからささやくのを圓はたしかに聴いた。

予感がした。

何かがくる。見えてしまう。

見て——、（錦の声がとん、と背中を押した）ほらそこに。

ふりあおぐ濃藍の夜をつらぬいて、月色の光がひとすじ大時計の中心からのばされ、灯台のビームのようにロビーの空間をなぎはらった。張りわたされたワイアが次からつぎへと発光しては沈んでいくその中に

一瞬、

圓《ヒトミ》は

觀《み》た

綾なすワイア模様の光と翳りの中、幻のようにかすめて消えたその図形。

たばこ魔法陣ではない、むろんどのエンブレムとも似つかぬ、だがそれらの形の奥に今おもえばたしかな影をおとしていた発現の図形。それが圓の目を洗った。

すっかりあたらしくなった目を、圓は食卓にもどした。

いままでいったい何を見ていたのか。

世界に存在するすべての力は形をまとっていた。

この目に見えるすべての形は、その輪郭に力を帯びていた。

圓が手をすこしのばすだけで、諸力にじかにふれられるのだとわかった。あらゆる力とあらゆる形は、すべて独立して操作可能だということもわかった。しかも、とても簡単だ。何もしないうちからそうだとわかるほど。

圓はテーブルの中央で輝くブックを見た。ひとたび発現の図形を見たあとでは、ブックの幻惑効果も何の役にも立たなかった。それは発現するまえの予防として役立つだけなのだった。それどころか、いま、この目で見れば、エンブレムたちは新しい文脈でよむことができた。それは発現した力をさまざまな機能に加工し、精錬し、高度に活用するための制御言語だった。圓がこの九日間の作業をつうじて内部化した無数のエンブレムが、そっくりそのまま万能のコマンド群となった。

これらすべては一瞬のあいだに起こった。圓の外見にめだった変化はあらわれていなかったが、シラカワは見逃さなかった。ついに圓が見てしまったことを察知し、すばやくふたりの給仕に合図をだした。掌に針をかくした給仕たちはすべるように動いて圓の両脇をかため肩に手を置いた。男たちは圓もろとも消滅する覚悟を固めていた。

しかし、さすがにシラカワもテーブルの上で何が起こっていたかにまでは気が回らなかった。

大小のグラス。最高級のクリスタルガラスが幽《かす》かにヒーンと鳴っていた。

グラス魔法陣がそこに描かれつつあった。あと一点を置けばそれが完成するところまで。そうと知らず、シラカワはデザートワインのグラスを置こうとしてはじめて、卓上に渦まく奇妙な力に気づいた。うねりに、手があらかじめ定められていたようにそこへ運ばれ、魔法陣の欠けた角に華奢な酒杯が置かれた。

……ヒン。音が途切れた。

圓はじぶんの内部で無数のエンブレムが時計の歯車のように連動し、所定のコマンドを実行したことを知った。

テーブルが爆発した。

グラスも、デザートのババロアも、テーブルの胡桃《くるみ》材もまるごと雲母のようなもろく硬い薄片に砕けて八方にとびちった。爆風はなかった。破片のひとつひとつが自らの加速で飛散した。一秒おくれてふたりの給仕も同時に爆散した。シラカワは呆然となって目のまえの男と雪のように舞う薄片を見較べた。グラスを持っていたほうの手首がなくなっているのに気づいたのはそのあとだった。断面は劣化した合成樹脂のように粉をふいていた。

「なるほど、これは大した能力だ……」

そのつぶやきがシラカワのさいごの言葉になった。圓はなにかに導かれるようにシラカワの眉間《みけん》に、ふれた。実際には指は届いていない。圓は、シラカワの額の輪郭を成り立たせていた形と力のデリケートなバランスに、ちょっと力でふれてみただけなのだ。

シラカワは首が後ろに折れるかと思うほどの強い衝撃をおぼえ、顔をのけぞらせた。茹で玉子の殻をこわすような音がして全身に亀裂がはしった。皮膚はやわらかなままなのに、その質感を無視した破壊だった――シラカワの、素材とは無関係ななにかがこわされたのだ。

圓の中では無数のエンブレムたちが高速で組みかわりながら、トレダウェイの能力にさまざまな修飾を付加して周囲にまき散らしはじめていた。その処理のあまりの負荷に、圓はほとんど意識を失っている。

シラカワは圓から遠ざかろうとした。圓の作用圏からのがれれば助かるかもしれないという思いにかられて立ちあがり、そこでようやく自分の脚が体重を支えられる状態でないことに思いいたった。まず右膝がくだけ、尻もちをついた臀《しり》がくしゃっと割れて中身が熟れたトマトのようにあふれた。白い床にあざやかな赤がひろがる。

白と赤。

扁桃腺。

その対比がコマンド群の連携をわずかに阻害した。

圓は意識を取り戻した。

自分のまえのテーブルが消えていた。その向こうに半割れの頭部がころがっていた。無数のヒビから血の玉がプップツふきだし、したたりはじめた。恐怖が喉もとにこみあげ、その隙をついて力の第二波がほとばしった。

こんどはどうにか意識を失わなかった。扁桃腺の記憶が――身体のなかにひそむものへの不信と嫌悪がかろうじて圓をつなぎとめたのだ。しかしこの意識も、噴きあがる厖大な力をせきとめることはできなかった。新米消防士がホースの水圧をもてあますようにふりまわされ、質も量も、向きさえも、何ひとつコントロールできないのだ。

シラカワの死体は鉋《かんな》くずのような薄片になって吹き散らされた。力線は床の寄せ木模様を解体しながら先へ先へとのび、進路上にいた数人の協会エージェントは紙でもまるめるみたいにくるくると圧縮された。骨も折れず肉も潰れず、ひとかかえの肉塊にされてなおエージェントたちは生きていた。かたつむりの殻のような体にされ、目をぱちくりさせていた。かれらの目にはまわりのほうが歪んで見えるのだ。

力線は壁にいきあたり、そこを伝いのぼりはじめた。壁紙に異変があらわれた。絵柄が、光のあてかたをずらしたように色あいを変えたのだ。夏の日射しをあびたようなくっきりしたコントラストがうまれた――いや、たしかにそこには影ができている！

斜《はす》に組まれた格子と、そこにからみついて葉を繁らす蔓草。その絵柄のままに壁紙がもりもりと隆起していく。蔓の先に結ばれた赤い実も、その実を啄《ついば》もうと舞う小鳥のつばさも、すべてがみるみる浮きあがり壁からはなれた。鳥の格好をした壁紙と漆喰《しっくい》の塊がぼたぼた落ち、壁一面の巨大な格子が倒れた。

　圓は自分の内部でさまざまな処理が行われ、それが周囲の事物の〝もの〟と〝かたち〟の正常な関係を狂わせているのだとはわかっても、それがじっさいにどのような破壊をもたらすのかは見当もつかなかった。壁をのぼりきった力線は大理石模様の天井に達し、その石理をとけかかったマーブルアイスクリームのようにかきまわしながらハーフミラーの天蓋へ近づいていく。

　歯を食いしばり、腕で身体を抱きとめて両肩をにぎりつぶすほどに摑んだ。身体ぜんたいで力を停止させようとしたのだ。かみしめた唇がやぶれて鉄《かね》のあじがした。

「止まれ！　とまれ！」

　血のまじった唾をとばして圓がさけんだのと、窓がくだけたのとが同時だった。力の作用だろうか、窓の破片はひとつひとつを目で追うことができるほどゆっくり落ちてくる。そのむこうでハバシュのロビーは力線に破壊されていった。目に見えぬ長大な剣がふるわれるさまを見るようだった。夜の色を湛《たた》えたロビーの端から端までをすばらしい切れ味の刃《は》が横ぎり、錯綜するワイアを苦もなく断ち切ったのだ。切られたワイアはそれぞれの太さと長さに見合った音をたてたので、そのあいだ、ロビーは巨大でそうして風変わりな琴となった。

直後、崩壊がはじまった。

ワイア群は、ロビーにかかるさまざまな力の向きと大きさをたくみに分散し、あるいはブレンドした力の織物といっていい。それは強靭であると同時によなく精緻な網であって、その網にはロビーがロビーの形をたもつための、はかり知れぬほど巨大な力が静かにたくわえられていたのだ。それが断たれて解放された力は、とつぜんの自由を一瞬もてあましたあと、ロビーの六面の壁をおもうさまふりまわした。ひときわ大きく撓《たわ》められたところがついに紙のようにやぶけると、亀裂から外の光が射しこみ、偽りの夜が白日のもとに晒された。目映《まばゆ》い光の中、ロビーはワイア群が返済した力に揺さぶられ、綻《ほころ》び、裂け、引き千切られていく。

ぐらぐらゆれるダイニングの床に圓はひとり立ちつくし、奇妙に平静な気持ちでハバシュの傑作の最後をながめた。ロビーの天井が抜け、バンケットルームやさらにその上階の客室が大きくかしいで落ちかかってくる。大時計が支えをうしない巨大な眼球のように転落した。しかし圓の目はそれよりも、切られたワイアがアサガオの巻きヒゲのようにくるくる巻いてゆれているさまのほうに惹きつけられていた。その妙にユーモラスなながめに魅せられながら、圓はロビーから遁《に》げていった厖大な力のことを想った。

二分後、ホテル・シジックは倒壊した。

6

＊＊＊

複合ロフトは擱坐《かくざ》していた。

シジック・シティのほとんど外縁にあたる場所、サラダボウルのふちのようにもっとも高層の建築群が並んでいる区域の、まさにそのふちをなぞっていた軌道から脱線し、周囲の建築にもたれかかりなかば横倒しとなって動かなくなっていた。

クドウ圓はその前に立ちつくしていた。身体のあちこちから流れた血ももう乾きかけている。奇跡的に重傷はなかった。力のなごりはまだ体の底で温度を持続していた。埋《うず》み火のようなその熱が、ときおり高まろうとする。そのたびに歯を食いしばって、怪物が――コマンド群が発現しないよう堪《こら》え、ようやくここまでかえってきたのだ。

しかし、圓は足をふみ出しかねていた。ここへくるまでにも何か所かで見たように、ここにも力が揮われた跡があった。ロフトの外殻は割れ、ジョイントをはずされたセルがこぼれだしていた。割れた石榴《ざくろ》そっくりだった。比喩ではない。ロフトの残骸は熟《う》みはじけた果実そっくりに変容していた。果皮や種子、果肉の色や質感がたくみに複合ロフトに写しとられていた。だれか力を揮った者がそんなイメージを思わず与えてしまったのにちがいない。

こぼれた種子のいくつかは発芽しはじめている。セルの外装がさまざまに変形し、根を張り、枝をひろげ、あるいは偽足を伸ばすように生育していた。発芽していないセルは、別のセルに吸収されかかっていた。

だれかが力を発現したのだろう。環か、それとも——錦？　だれか生存者はいるだろうか。ひとつだけ遠くまでころがったセルがあり、それは外装も内装ももろともに溶け合って水飴のように流れ、腫瘍のように周囲の建築物を浸潤していた。よく見るとそれがプラーガのセルだった。大切な蔵書や骨董といっしょになれたのならむしろ幸せかもしれない。エージェントのように生きている可能性だってあるだろう——そう考えて、圓はこの奇怪なシチュエーションに慣れかけている自分にあきれた。

もういちど割れた石榴をながめる。自分のセルがどれかさえ、もうわからない。内部の危険は容易に予想できた。しかし体力も精神力ももう極限だった。いずれにせよ、どこかで身体を休めるしかない。

そのとき、声がふってきた。

「おかえりなさい」

錦の声だった。割れた面の上のほうでセルの外装に腰をおろし、足をぶらぶらさせていた。

「ひどいけがだわ。そっちへいこうか」

「いや、そこまでならなんとかあがれると思う」

最後の数メートルは降りてきてくれた錦の肩を借り、ころがりこむようにセルに入った。どうにかまともな場所を確保した安堵ですぐにでも眠りたかった。最後の気力を振り絞り、起きあがって周りを見て、それがとんでもない楽観だと思い知らされた。むしろそこは——ブリギッテのセルは最悪の場所に変わり果てていた。

部屋中に垂れ下がるテキストラクチャは一見そのままに見える。だが、圓の正面に、発現のエンブレムが刺繍されたように鮮やかな色で浮かび上がっていた。その回りには、レプリカのブックに収められていた誘導の図形たちが染め抜かれ、さらにその周囲にオリジナルのブックの何千という図形たちが明滅しながら浮遊していた。図形たちは自由にその位置関係を変えながら、自発的にさまざまなコマンドを生成してはその検証をおこなっているのだった。圓が開発したシステムは、発現のエンブレムに乗っ取られていた。このセルはたったひとつで、ムザヒーブの月よりもまだ剣呑《けんのん》な百合洋の能力の弾薬庫と化していた。

「だめよ、そんな身体で立ったりしちゃ」錦が声をかけてきた。「いま手当てしてあげる。どうしたの、そんなこわい顔をして。大丈夫よ、あたしに任せておけばぜんぶうまくゆくから」

圓はふりかえった。新しい和紙ドレスに着替えた錦はいつもどおりの無邪気な笑顔だった。床にのばした素足は鴿《はと》のように白い。そのつま先の爪までもが磨いたように白かった。錦は窓からの夕陽を頭からたっぷりと浴びていたので、ドレスの生地に漉《す》き込まれた極細の硝子繊維がまぶしく輝いた。繊維は何百という百合洋の図形を描いている。

しかし圓はけわしい顔で錦に問いをなげつけた。

「どう〝ゆく〟というんだ？」

錦は、眉をひそめた。

§

あたしはちょっとびっくりした。でもちょっとだけだ。圓が怒るのは予想していたことだし、怒ったからといってべつに何がどうなるものでもない。圓はもう、あたしたちの側にいるからだ。図形を知っている側に。

「怒っているの、圓？　どうしてそんな顔をするの」

圓は怒りを爆発させた。回りの図形たちにむかって腕をひろげ、怒鳴った。

「テキストラクチャを使ってこんなことをしてはいけない。危険すぎる。シジックが、百合洋やムザヒーブみたいになってしまうぞ」

「そうだよ」あたしはくすっと笑った。いまさら何を言ってるんだろう。いま火事で家が燃えている人に、防火の大切さを説いているみたい。「とってもあぶないよ」

　あたしたちの足許から、図形たちが風にまきあげられる木の葉のように何枚も何枚も音もなく舞いあがった。

「でもどれくらい危ないか、ほんとうに圓は知ってるの？」くるくると踊る図形の木の葉が、鎖のようにつながって意味のあるスペルを自発的に綴ろうとする。

「知らないんだったら、ほら」あたしはそのつなぎ目に手をかるく添えて、もっと上手な化合のしかたをおしえてやる。最初の一行が書かれた。

『ムザヒーブの街を、見せてあげましょう』

　ブリギッテの声がセルに響いた。

　圓がはっと息をのむ。像話の画面がひらいた。制御盤を使うことなく、直接テキストラクチャを操作したのだ。砂塵と塔の街が、舞い交う図形の向こうに蜃気楼となって泛《う》かぶ。そうしてブリギッテの顔も。

「圓――」ブリギッテの声にあたしのつぶやきがかさなる。「ねえ圓、これはけさ早く届いていたブリギッテからのメッセージよ。わるいけど読ませてもらったわ」

　圓は声も出せないようだった。

「ブリギッテは、どうしてもあなたに異変を知らせたかったんでしょうね。これで最期だと思ったら、あなたとお話したかったのかもしれないね」

しゃべりながら、なんだかいらいらしてきた。こんなことをしゃべりたいんじゃない。

あたしは圓に二、三歩ふみだす。回りに繋っている図形を数枚むしり取って術を編む。するとムザヒーブのホテルの部屋が像話の画面の枠をこえて、あたしと圓とをぐるっと包んだ。

砂塵の匂い、口の中までざらざらするほどほこりっぽい空気。あたしたちはブリギッテの部屋にすっかり入りこんでいた。像話の端末にかがみこむようにして話しかけるブリギッテの、うしろに立っている。

『ねえ圓、わたしはこのまちに似た〝光景〟を見たことがあるの。それをどうしてもあなたに伝えておかなければならないと思っていました』

せっぱつまった口調で語りかけるブリギッテも、うしろから見たらすごくまぬけだ。ベッドのふちに腰かけて丸めた背中が無防備で、さえない中年女そのままだった。その姿と窓の外の荒廃した夕陽をかわるがわる見つめる。なんて不条理な場面だろう。圓は凝固したままだ。

「圓、もういちどだけ」

あたしは和紙ドレスの左袖の一部をびりっと裂いた。そこに百合洋のタトゥーがくろぐろと綴られている。

「お願いだから、あたしと同じように図形をまとってみてくれない」

タトゥーは黒い小さな荊《いばら》の茂みのように、棘が空中に向かって突き出していた。あたしは圓の手をとると、その棘にみちびき、触れさせた。

「つっ！」

電気にふれたように圓は手を引いた。顔が蒼白だ。

「なにが見えた？」

圓が見たのはタカシナ兄妹の最期だった。いま圓が棘から読み出したのは、斎くんの力が環ちゃんの目を射ぬいた瞬間だった。虹彩の真ん中にある黒い瞳孔。右目の孔《あな》に向けて環ちゃんの全存在が裏返しになりながら落ちこんでいった。シーツと壁紙は血でぐしょぐしょになったが、黒い瞳孔は磁針の支点のように、しずかにベッド上の空間に鎮座して、動かなかった。斎くんは震える指先でその瞳孔をつまんだ。ちっちゃなゴミのようだった。その直後、こんどは斎くんがその穴に身投げした。

ふたりの血と汚物に塗《まみ》れた部屋の中空に、いまもまだ環ちゃんの瞳孔だけが浮遊しているだろう。

まるでだれかが二人のために打ったピリオドみたいだ。

「斎くんは、あなたがホテルでシラカワと話をしているときに、これをしたの。いままでにも何度かあったようだけれど、こんどだけは今までみたいにはおさまらなかった。

なんでかわかる？

それはね、他の人たちの存在よ。あたしがタトゥー・キットを配ったことで、図形の誘惑を強く受けることになった人がたくさんいる。その人たちの影響を受けた人がそのまわりにいる。もう、シジック全体で、たくさんの人間が百合洋の図形の力にふれている。これは洪水みたいなものなのよ。これまでは小さな漏水だったかもしれない。でも堤防が決壊してしまった。これからどうなるか——それはあたしにもわからない」

貨幣のような、あるいは羽毛のような図形たちがひらひらと宙を泳いで、圓の表面に寄り添おうとしはじめた。圓がいちどは発現させたコマンドのにおいを嗅ぎあてたんだろう。あたしは図形の気持ちがわかる気がした。きっと圓のなかの破壊的なチャームを感じたんだろう。おすまし屋さんで、かたぶつの顔をしていて、でもなかにはちがうものが詰まっている。ものをめちゃめちゃにする力、それをおもいきり揮いたいという願望がある。あたしが圓を好きなのも、そこなんだ。知ってたよ。接吻《くちづけ》するたびにその味に気がついていたよ。

圓の顔は苦しそうだ。力をねじ伏せようとしているんだろうか。もう無駄に苦しむことなんかないのに。

窓の外ではムザヒーブの尖塔が強風にあおられ、なんだか毛のように戦《そよ》いでいる。ムザヒーブをふきあれる強風がテキストラクチャのカーテンをはためかせている。ブリギッテはそこでこちらに背中を向けて、まだ実況中継をつづけている。画面で見たときにはわからなかったけれどこっちから見ると二の腕は肉がだぶついてて、なんだかみっともなかった。ブリギッテ、いい子だからあなたはそこでそうしていてね。

あたしは和紙ドレスを右肩から胸にかけてやぶった。腕を伸ばして、カウチから立てない圓の身体をからめとった。真上から圓の顔をのぞきこむ。あたしの髪がまっすぐ、雨のようにさらさらと圓の顔にかかる。脣をよせたけど、圓は顔をそむけた。悲しかった。

「どうしてこばむの？　あたしの舌はそれは甘いのに。あたしの歯はそれは香ばしいのに。圓、もうすべてははじまってしまっているの。だれにもとめることはできない。

ここに帰ってくる途中、いろんなものを見たでしょう？

この街のいたるところに、あの図形がたくさん紛れこんでいるの。みんながつぎつぎそれに気がついていく。もうすぐにその変化は雪崩のようになって、シジック全体をのみこんでいくの。

あなたもあたしも、このかたちでいられるのは、あともう少しだけ」

首すじにてのひらを這わす。あたしが噛んだ痕《あと》。圓をとん、と一押しできたときはうれしかった。圓の胸にあたしの裸の胸を押しあてる。

「あなたが好きよ。ひんやりした肩も、平たいお腹《なか》も、歯も舌も、意外と太い指も、なにもかも好き」

圓の髪をまさぐる。鎖骨をかるく齧る。あたしたちの上に図形が降りしきる。お花畑の中にいるようないい気分。

「だからこうしていたい」

「食いとめてやる」

圓は言った。あたしは微笑み、額の髪をなでてあげる。かわいいひと。

＊

「食いとめてやる——たとえきみとぼくを殺してでも」

私はようやく言葉をしぼり出した。だが錦はとりあおうとしない。

「ああ、もうこれはうんざり」

錦がそう言うのと同時に、いままで私たちがいたムザヒーブの荒涼とした情景が——まるで画布をたたむように——部屋の隅に片付けられた。

「ねえ、シジックの景色を見ようよ」

ブリギッテのアトリエはすばらしい採光にめぐまれている。その大きな窓ごしにシジック・シティの街並がひらけた。夕刻の光が差している。中心部、ホテルのあたりに白煙が流れている。それ以外はまだ劇的な変化はなかった。

錦は私から身体をはなし、長椅子の前に夕陽が当たるようにして立った。残ったドレスをすこしずつ破り捨てていくと、裸身のいたるところから光が噴きでていた。夕陽をあびた刺青が金糸の刺繡のようにかがやく。光は、おのおの小さな心臓を持っているかのように独自のリズムを拍《う》っていた。

「図形たちには場所がいるの。それが描かれる場所が。かたちはモノが必要、モノはかたちが必要」

私の頭の中はある考えでいっぱいになっていた――。

この図形にこそ意思があるのではないか。

図形じしんが増殖と拡散をもとめているのではないか。

レプリカのブック――思いだしてもらうためのブックは、エンブレムそのものの奸計《かんけい》なのではないか。

図形は人間と共生関係にある生命なのではないか。

私はそれを必死で振り払った。

そんなはずはない。

図形は図形だ。欲望はいつだって見る側にある、こちら側、私の側にある。図形に罪を着せても仕方がない。

錦がまた顔を寄せてきた。あたたかい息がふれて両手が私の頰をつつんだ。そのまま生首を捧げもつように私をあおむかせる。日没の壮麗な光線を頭からあびて、錦は血塗られたように美しかった。

「あたしを見なさい」

錦の睛《ひとみ》の奥に刃物のような光がひらめき、私はあわてて目を閉じた。錦は私の内部の図形群を操作しようとしているのだ。

「ああもう、観念すればいいのに」おかしそうに、あやすように、錦が言った。「いまはそうして閉じていても、いつかひらかなければいられなくなるわよ。いくら忘れたつもりでも、いつか見えるんだってことを思いだしてしまうわよ。だってあなたは目が見えるのだもの。そこから逃げだすことはできない」

私の中の図形が時計部品《ムーブメント》のようにまた回り出す。

「さあ。あたしを見て。あなたの目で殺したっていいよ。そうすればあたしはあなたといっしょになって、シジックを飲みつくすから」

欲情にかすれた声だった。そうとも。ものを見ることは、見られることは、それほどに淫《みだ》らなことなのだ。人は眼差しによって事物を犯し、見ることによって事物に犯される。だからこそ、人は見ずにいられない。形と、力を。

「圓、あけなさい。あなたの眼瞼《まなぶた》を」

静かな声だった。

いつのまにか錦の目をのぞきこんでいる私がいた。

虹彩に仕込まれた回転するレイヤ。その流れる模様の中に、私は、しなやかな力がひとすじ鞭となって観《み》た。

力が発動した。撓めた板バネが復元するときのような、しなやかな力がひとすじ鞭となってはしり、錦の眉間を直撃した。細い首ががくんと揺れた。

錦は黒い瞳《め》を瞠《みは》って私を見た。その目に驚愕と歓喜があらわれていた。私の一撃がいま錦の身体のなかを吹きあれているのだ。

錦が炎上した。

夕陽をあびてかがやいていた胸の刺青がまばゆく白熱し、そこがかぎ裂きのようにやぶれて火を噴いた。火の手は次々と上がり、やがてすべての刺青がもえあがって錦の全身は火につつまれた。髪に燃え移った火はさかまいて天井にまで達した。金色の火しぶきが舞った。だが少しも熱くない。私の頬に当てられた手も燃えているのに、涼風がそよぐようだ。

その手がはなれた。はなした手で顔をおおい、錦はよろよろと後じさった。焔はテキストラクチャに引火し、めらめらと燃え広がる。セルは炎上する甲板のようになった。ブリギッテの映像はとうに静止していたが、彼女の後ろ姿もまた古い写真のように火になめとられた。エンブレムは居場所をテキストラクチャから焔の上に移した。錦の全身をいろどっていた刺青たちも、おなじだった。錦の身体がほのおの中にゆらめきとけさったあとも、図形たちは活発だった。

そのうちいくつかが私の前にあつまり、配列をかえ、言葉をでたらめに組みあわせてみるみるメッセージを紡ぎだしていく。

〝いくら忘れてしまったつもりでもいつか思いだしてしまうわよ。たとえ目を潰しても、黄濁したお花畑、中年女の背中、コリアンダーの体臭からは自由になれない。接吻するたびに血と汚物の味を思いだすから。編まれた術。モノはかたちに欲情する。かたちはモノに欲情する。象られた力。それが荊のネットワークをとおして化合する。さらさらと雨のように降りしきる。さ、圓、あたしを見て。あたしの眸《め》は、それは香ばしいのだから〟

錦のことばを素材にしたグロテスクなカデンツァだった。私の知っている錦がまだそこにいるのか、それとも彼女はとっくに図形の傀儡《かいらい》になっていたのか、それはもう確かめようもない。私は焔をかいくぐって窓ぎわにたどりついた。そのむこうにシジックの夕景がひろがっている。シティからは無数の光気の柱がたちのぼってみえる。そこにハバシュが百合洋のイメージを埋めこんでいるからだ。私の目がそれに感光しているのだ。光気の柱列は、陽に白くひかるうぶ毛がならんでいるようだ。

そうすればあたしはあなたといっしょになって、シジックを飲みつくすから

耳打ちが聞こえた。肩の小さい傷が痛んだ。錦の谺《こだま》か、図形のすだく声か。それが執拗に私を唆《そそのか》す。あたしを見ろと。つぎの力を見せろ、と。

焔の中から蛇のようにながいスペルがひとつ浮かび上がってきた。

窓面に、私は爪を立てた。その苦痛で自分の意識をつなぎ止めておきたかったからだ。だが爪が剝げ、割れて血が流れても、たしかにひどく痛いのに別な人間の痛みのようだった。指が血ですべり、膝をついた。それも自分とは無関係なできごとのようだった。射精に似た、とめようのない衝動が噴出する。

「どけ、どけ！」

私は叫んで目の前を横切る図形のスペルを腕で払った。

指が当たったところで、長いスペルの一部が切れ、それが丸まって砲弾のようにシティにむけて射出された。街の一角が湖面のように爆発した。街のパーツが飛沫となってまきちらされ、表面張力でまるくなって、光気の中をくるくる舞いおちる。その美しい雨はシティいちめんに無数の波紋をえがいた。

つぎの砲撃を身体で抱きとめようとし、私は自分をかかえた。全身の筋肉がでたらめにはねて、私は床をころげまわった。仰向けになると、テキストラクチャがまるごと焔になってはためいている。布は燃え落ちてはいなかった。もしかしたら、まだテキストラクチャとして作動するのかもしれない。

このテキストラクチャで私はなにをしようとしていたのだったか？

遠近法の彼方、過去に消失点を見つけようとしていた。見えない図形を——強制終了の図形を探すために。

どこからか風が吹いて、テキストラクチャの焔の幕があおられた。裏返しになった。

ふと、何かが見えたように思えた。

身体の中がしんと静かになった。

私ははね起きた。

わかった、

わかったのだ。

錦は作業を終えていただろうか。私の作業をセーブしておいてくれただろうか。まだここはテキストラクチャとして機能している。制御卓からデータを読み出す。オリジナルのエンブレムが涼しげな色をまとって、あふれだすように現出した。かろうじて、わずかに残った希望。しかしこのままではすぐに読み替えられてしまう。ほかならぬ私自身の目によって。

強制終了の図形は、トレダウェイや協会の専門家によってその可能性が予言されていた。予言。

だからそれは、いまだかつて一度も発見されていないものなのだ。私の最大のミスは、それを過去にさかのぼって探そうとしていたことだ。なんて単純なミスだろう。消失点は過去にはない。裏返せ。

私は図形進化シミュレータを作動させた。ただしい方向へ——未来へ。いくつもの進化パターンがみるみる収斂していく。淘汰されて強力な図形が生き残っていく。酩酊させる必要などない、シンプルな、あらゆる誘惑図形の息の根を止めるかたち。どのように動作するのか、だれも知らない。図形進化シミュレータがそいつをたぐりよせてくる。

耳元で喚く声がきこえた。錦の声。だれか大勢の声。やめろと恫喝《どうかつ》し哀願する声。

私は耳を塞ぎ、全身を目にし、

最後にひとつ残った図形を読み取った。

強制終了のコマンド。

その瞬間、すべてのエンブレムがぱたりと静まった。

見ると、ブリギッテのセルの中は、あっけないほど元どおりだった。テキストラクチャはほとんど無傷で、高機能繊維のカーテンはそのままだった。

錦はいない。破り捨てられたドレスがちらばっているだけだ。

耳が痛いほど静かだ。

これでおわりか？

とてもそうとは思えない。私ひとりが力を収めたくらいで、なにが変わるだろう。

私はセルの外にでた。サラダボウルのふち、シジック・シティの最外縁からその全景を見わたした。

予想通り、まだ異変はとまっていなかった。光気の柱はさらに数を増していた。あれほど多くの発現の図形が、ひそんでいたのだ。気が遠くなった。

街はまた物理的にも破壊されつつあった。メトロムーバの葉脈にそって街が引き攣《つ》れ、変形を起こしている。ムーバの経路の主要駅を中心に、街がかき寄せられるように集まって腫瘤《しゅりゅう》をつくっている。あれ一つの中では、何千という人々がみずからの力に生き埋めにされている。百合洋の力に気づいてしまった人、そしてその巻き添えを食った人々が。

これまで街のかたちとしてたくわえられていた力が、持ち場を放棄して、ゆらゆらとさまよいながら、街を破壊している。力とかたちを奪われて不安定になった素材は、どのようなかたちにもやすやすと従う。どう破壊するか、それは力を発現した者の内奥にこびりついていた強迫観念のビジョンかもしれないし、でたらめな即興かもしれない。この「演奏」はどこまでゆくのだろう。答えはひとつ、行きつくところまでだ。実行犯のいないテロル、無署名の破壊工作。その担い手はわれわれの欲望、目の欲情にほかならない。シジックをむさぼりつくした後は、またどこかで同じことが繰り返されるだろう。

強制終了のコマンドを散布する方法はないのだろうか。

錦がいたなら、そう刺青のネットワークを使えただろうに……。

いや、使えないのだろうか?

私が完全にネットから切れていたら、あの光気が見えるはずはない。接続は切れていない。私は肩の嚙み痕に手を置いた。いままでかれらと何かのイメージを共有したことはなかっただろうか。それをてこに、この発現の嵐を鎮圧できるような、鮮烈で、しかも何かの一点に集中させられるようなイメージは……。

思い浮かんだのは、血塗れの部屋にうかぶ小さな点だった。

力の繁殖に絶望した斎は、妹の瞳孔に身投げして悲劇を終わらせようとした。錦はその点に「ピリオド」を見ていた。そうだ、ピリオドだ。

終わらせよう。ながいスペルの最後に、瞳孔の終止符を打とう。

あの瞳孔が自分の中心にある状態を想像した。

腕が自然と前方に延びた。指先のはるか彼方で私は、シティに満々とたたえられた発現の力にふれたと思った。力は野放図に暴れまわっていた。それこそが百合洋文化の本領かもしれない。立ち止まらないこと、うごきつづけること。始末のわるい藪のように、フラクタルな枝先を伸ばしつづけること。

それを、止めよう。

私は腕を上げた。だれに命じられたわけでもない。それが自然に思えたのだ。すり鉢状のシティのふちが、ゆっくりと——私のゆびにあわせて——せりあがりはじめた。私はさらに腕をもちあげた。こころよい手ごたえがあった。街全体を吊りあげる感じ、世界にかたちをあたえる感じ。シジックの力を発現した多くの人に、こちらの力が伝わっている感じ。

しだいに私をすり鉢の底に残して地平線は見あげるほどに高くなった。地平線のむこうにあるものまでもが見えてくる。世界が湾曲していく。シジックが手袋を裏がえすように反転しつつあるのだ。瞳孔の中に落ちこんでいった環のように。

シティをつらぬく川が遠く北の海にそそぐ、その河口の都市が、今しも白い影となって地平のふちにあらわれた。東のかなたに青くかすむタピシェの連峰の、頂上だけ先にのぞいていたのが、しだいに裾野をひろげ、さらに向こうの大湿原も徐々にあらわれだす。ここから五千キロも離れたそこは、すでに夜のなかに位置し、鏡のような湖面に星が映っていた。目を転じた反対側の地平線では昼の光に雲も白く輝いている。片腕を、私は頭上にまっすぐつきつけた。指さす先のその一点めざして〈シジック〉の地平線は収斂していった。虹彩がとじてゆくさまを、眼球の内部から見るようだった。その巨大なひとみの中心

——天頂でシジックの夜と昼がぶつかった。

私のいる場所は黄昏《たそが》れ、湿原は星ぼしを映し、頭上には朝の光が差していた。

この光はどこからくるのだろう？

そう、この世界はどこかで、外に通じているのにちがいない。

解　説

以上が再構成された〝シジックの歌〟の全文である。

〝歌〟の再構成には長い歴史がある。むろんケースの性格上、これに携わった者は、リットン&スティンズビー協会のごく一部の研究者に限られるが、それでもかなりの人間が関与していて、この間に提案された構成例は主要なものでも五千例を超える。ここに収録したのは十六年前に作成されたもの――ラクソン＝オガタ＝ルドゥーのエディションをベースにしつつも、画期的ないくつもの改定を加えた、現時点での決定版といえる。登場人物のバックグラウンドは大きく書き換えられ、ラクソンが切り捨てた多くのキャラクタとエピソードが別の光を受けて復活している。おそらくこれはこのさき数十年にわたって〝シジックの歌〟の決定版になるであろう。それはこの数年急速に脚光を浴びた「シジック学」の誇るべき実りであろう。

しかしそう書きつける今も、筆者はあるいたたまれぬ思いにさいなまれている。それは（たしかに筆者の個人的感情なのだが、また同時に）われわれシジック学者がひとしくいだく、ある根源的な不安なのだ。平明な言葉で言えばこうなる――「このパズルには正解があるのか？」

〝シジックの歌〟は、発信地不明の（おそらくは複雑に折り畳まれた時空連続体の襞の中にたくしこまれたシジックからの）メーザー・パルスである。きわめて短い断片なので、センテンスの形を保っていることはほとんどない。使われている言語はシジック共用語であった協会標準ラングのJ4類だが、人称・視点、語法、時制はまちまちであり、これを寄せあつめて原テキストを復元することは困難をきわめる。本エディションにおいても、全体の統一をはかるため固有名詞を整理し（例：圓《エン》、晴《セイ》、眸《ヒトミ》などの呼称で示される人物はすべて「圓《ヒトミ》」に統一した）、人称・視点を可能なかぎり整理した。いくつかの欠落部分は、ラクソン＝オガタ＝ルドゥー版同様、創作で塡《う》めてさえある。

　だがそれはむしろ瑣末な問題だ。われわれが不安をおぼえるのは、基本的な前提、すなわち「原テキストが存在する」かどうかが、じつはあてにならないからなのだ。さよう、われわれは山の七合目まで登ってはみたものの、その山が本当に実在するのかだれにも確信がない、という状態にある。たしかに採集した断片たちを寄せあつめるとひとつの物語、シジック破滅の物語をおのずと語りなしていくように思える。この作業にかかわった者ならだれでもそう確信しているはずだ。断片のカードとカードが魔法のようにつながりあってみるみるパラグラフができていくときのスリリングな興奮は、文中で語られるエンブレムの秘術のようでさえある。いちどそれを味わうと、どんなに短い断片でも（それがあたかもホログラムのかけらであるかのように）物語の全体を蔵しているように感じられてくる。

　だが、それはわれわれの思いこみにすぎないのかもしれない。

　チームの若手スタッフとミーティングしたとき、ふとこう言ったことがある。「私は〝歌〟を分析していると、もしかしたら自分は空証文をつかまされてるんじゃないかと恐くなる」ある男はこう答えた。「わたしたちは自分じしんに騙されているのかもしれません」と。

　だから筆者はこの稿をしめくくるにあたり、われわれの思いこみがわれわれの仕事に濁りをもたらしているのかもしれないという自戒の意味をこめて、ある若手スタッフの「作品」を持ちだそうと思う。これは〝歌〟の素材を引用した、傑作なパスティーシュだ。はじめ、皆これで大笑いした。そのあと見かわす顔は、どれもこれも苦笑いをたたえていた。われわれの「作品」だって、実は大差ないのだ。

　ひとつ残念なのは、本人のたっての希望で作者名を明らかにできないことだ。そこで、彼女がすばらしい鉄色のひとみと、とりわけ美しい背中の線の持ち主であることだけを、明記しておくことにする。

補遺

この光はどこからくるんだろう？

ふんだんにふるまわれる朝の光の下、クドウ圓はシティのはずれをとぼとぼ歩いていた。〝安全と堅牢の森〟も終わりに近く、まばらになった梢のむこうに球面世界の空がまぶしい。たしかにこの世界を照らす光源はない。それなのに朝がきて晩がくる。球の中を夜と昼がまわっている。この星はまだ、どこかで外の世界とつながっているのだ。この光は、かつて〈シジック〉に射していた太陽の光なのだ。

顔の前に突きだした黒い枝を、圓ははらった。ねじらせんを巻く枝は土とゴミでできていて、ぽろりと崩れる。この森は〝安全と堅牢〟のエンブレムであるねじ型の図形がフラクタル蔦となって繁茂したものだ。大災厄の名残りだった。

枝をはらった先で森はすっかりひらけ、道のむこうに小さなゴミ山が見えてくる。五メートルほどのその山は本でできていた。プラーガが崩れたセルの中から掘り出して積みあげたものなのだ。ファイア・ストームで一杯やろうやなどと言っていたが、さすがにただの強がりだったようで本当に火をつける気配はない。

いく度かの雨にうたれてふやけ黒ずんだ山の頂に、背をまるめた男の影がうかがえた。かれの背丈の倍はある大きな機械にとりくんでいる。中世の天文学者みたいに見えるのは、その機械が大時代な光学望遠鏡にどことなく似ているからだろうか。

「プラーガ！」

「イヨー！」

書物砦の上でプラーガは車椅子をこちらにむけた。

「調子はどうだい？」圓は山をのぼりながら訊いた。

「あんばいよろしくないね」時空儀のディスプレイをあごで指しながら、錫《すず》のコップにコーヒー酒を注いでくれる。「針の穴にラクダを通すよかむずかしい。ここんとこ〝天気〟がわるいもんで」

圓が指をふれると、コップの表面に火ぶくれのようなざわめきが波立ち、消えた。力の余熱がのこっていて、ときおり思いだしたように外へ漏れてくるのだ。

「とんだマイダスだ」

「クリームを浮かべといたよ。おもしろい模様ができるかもしれない」

圓は、カップの中の模様をながめながら、腰をおろし、熱いコーヒー酒をひとくちすすった。

「ときに、こないだの新作読んでくれたかい」

「それで文句を言いにきたのさ。ありゃひどいよ。まるでぼくがブリギッテに横恋慕してたみたいじゃないか」

「そんなふうに読めたんなら、たぶんおまえにやましいところがあるのさ。わしゃそんなつもりはないぞ」

「やれやれ」圓はため息をついて、コップの底に残ったコーヒー滓をすてた。「もう一杯。……それで、新作は？」

「とっくにできてるさ。まったくいまいましい空模様だよ」

プラーガは磨き布で大出力メーザー通信機——望遠鏡のような機械をこすった。真鍮の飾りスイッチや台座のオークがやわらかにひかっている。天頂——虹彩の中心に、脈動する〝穴〟がある。プラーガの時空儀が見つけたのだった。その極微小の〝穴〟は球面世界の反対側、すなわちこのシティからしか観測できず、しかも不安定で球面内部の時空の状態がわるいと無限に小さくなってしまう。プラーガはその〝天気〟と折りあいをつけながら、〝穴〟めがけてメーザー通信をつづけていた。SOSを打っているなら、なるほど殊勝な心がけと言えるが、かれの送信しているのはそんなものではなかった。

「今度のはおもしろいぞ。錦って娘がいたろ。あれを百合洋のテロリストってことにしておまえとからませる。何千という協会の機動警官相手に、どんぱちもさせてやろう。どうだい、うれしいだろう」

クドウ圓は大きくため息をついた。

「プラーガ、そんなものを書いて、だれかが本当に受信してくれるなんて思ってるのか？」

「もちろんさ。物ずきなやつってのはいくらでもいるし、好奇心は宇宙より広くて深いもんさ。だいじょうぶ、だれかがきっと読んでくれる。なにしろ面白いんだから」そこで一瞬かれはわれにかえったような顔をした。「——面白いよな？」

「はた迷惑な話だ」

「そうかねえ」プラーガは自分の香草たばこに火をつけ、ふうっと煙りを吹いた。「いや、ちがうな。いつだって人は思っている。なにかにさわりたいと」

うららかな空に吹きあげられた煙りはゆっくりひろがり、光を透かす輪になった。

その輪の形を成り立たすのに、どれほど多様な力がかかわっていることだろう。

なんて美しい、と圓は思った。

それにふれることができるなら、と切実に思った。

「伝説」からの帰還

SFレビュアー
香月祥宏

本書『象《かたど》られた力』は、飛浩隆が一九八〇年代から九〇年代はじめにかけて発表した作品の中から選《え》りすぐられた、著者初の中短篇集である。しかも、すべての収録作品に大きく手が入っている。

作者の名前をご存知の方にとっては、これだけで本書を手に取るには十分な理由のはずだが、今回は文庫初登場ということもある。作者とその作品の魅力について、紹介かたがた、少し私見を述べさせてもらいたい。

世間では今、「知る人ぞ知る」あるいは「その筋では有名な」というのが流行《はや》っているようだ。音楽のヒットチャートでは、有名プロデューサーや人気アイドルの曲に混じって、ストリートや有線放送から出てきた歌手の楽曲が、少なからず上位に食い込む。特定の役者が出演すればドラマが必ず当たった時代は終わり、いまや話題の中心は昼ドラや韓国ドラマだ。深夜枠で人気を得た番組はゴールデンタイムに進出し、より広い支持を獲得し始めている(しかもその内容は、まさに「知る人ぞ知る」瑣末な知識や蘊蓄《うんちく》を披露するものだったりする)。

背景には、作品そのものの魅力もさることながら、自分がそれを発見したのだ、以前から知っていたのだ、というちょっとした悦びや優越感からくる、作品への思い入れの深さがあるのだろう。飛浩隆もまた、幸か不幸か、そういった思いを強くかき立てる経歴を持つ作家である。

本書の作者飛浩隆は、大学在学中に書いた「ポリフォニック・イリュージョン」で第一回三省堂SFストーリーコンテストに入選。〈SFマガジン〉八三年九月号の「異本:猿の手」で本格的にデビューする。その後、寡作ながらも、本書収録作をはじめとする中短篇を〈SFマガジン〉に発表。しかし少しずつ登場の間隔が空《あ》いてゆき、九二年の「デュオ」を最後に長らく商業誌から姿を消す。この間に、ファンにとっては残念なことに、飛浩隆は「知る人ぞ知る」「その筋では有名な」作家になってしまった。

その沈黙がついに破られたのは、二〇〇二年。《廃園の天使》シリーズ第一作と銘打たれた長篇『グラン・ヴァカンス』が、ハヤカワSFシリーズ Jコレクションの一冊として刊行される。

舞台は、ネットワーク上のどこかに存在する仮想リゾート〈数値海岸《コスタ・デル・ヌメロ》〉の一区画〈夏の区界〉。南欧の港町をモデルに作られたこの区界には、ゲスト＝人間の訪問が途絶えて久しい。そこでは、残されたＡＩたちが、設定どおりに、永遠の夏を過ごし続けていた。しかしある日、区界のすべてを無化してしまう謎のプログラム〈蜘蛛〉が出現。〈蜘蛛〉たちは、次々と区界の街や風景、住人たちをも食い尽くしてゆく。生き残ったＡＩたちの、悲愴で絶望的な抗戦が始まった……。

この十年ぶりの新作にして著者初の長篇は、「伝説の」「幻の」作家の作品として話題になった。もちろん、そうした話題性だけではない。美しくも残酷な物語、イメージ喚起力の強い文章、既視感のある設定や道具立てを新鮮に見せる筆力——など、さまざまな点で高く評価され、『ＳＦが読みたい！ ２００３年版』の年間ベストＳＦランキングでは国内篇の第二位にランクイン。新旧の読者から、幅広い支持を獲得した。また作者は、その前後にも《廃園の天使》シリーズに属する短篇を〈ＳＦマガジン〉に発表。さらに本書『象られた力』の刊行によって、「伝説の作家」は、いよいよ本格的にＳＦ界の表舞台に立とうとしている。

しかし、長い沈黙の期間があったとはいえ、凡庸な作家では十年の時は超えられない。伝説どころか、忘れ去られるのがオチ。十年の間、飛浩隆を「知る人」が絶えず、やがて

「伝説」にまでなったのは、作品に確かな魅力があったからだ。本書には、それを証明する作品が詰まっている。

ここですべてを語ることはできないが、絶妙のバランス感覚と、そのバランスゆえに際立つ逆転の構図は、その魅力のひとつとして挙げられるだろう。私見では、八〇年代から九〇年代の飛作品が一読忘れ難い鮮烈な印象を残したいちばんの要因はここにある。

作者の文章は、しばしばその絵的な美しさが称揚されるが、実際は視覚的な描写だけではなく、五感をバランスよく刺激することによって、その効果を引き出している。また、単語や文章の連なりにおいても然《しか》り。作者の作品には感染・侵食のモチーフがたびたび登場するが、その文章もまた、言葉が前後を少しずつ侵食しながら、全体を均《なら》しているように感じられる。

キャラクターにも、この傾向は表れている。飛作品におけるバランサーは、主に感情的・官能的な側面を担う人物がつとめる。通常は一歩引いて冷静にものごとを観察する人物が担う役割だが、飛作品においては、主人公やその周辺に理知的で落ち着いた人物が配されることが多いため、そことのバランスを取るために、感情や欲望の振れ幅が極端に特徴的な人物が準備され、作品に色を添えている。

一見きらびやかに見える文章やイメージは、こうした細やかなバランス調整によって、根底を支えられているのだ。

だが、ひたすらバランスを取り続けるだけでは、ストーリーは転がらない。そこで持ち込まれるのが、回転〜逆転の構図だ。作品の中に、バランスが傾《かし》ぎ、話が転がり始める瞬間がある。均された文章がささくれ立つ部分がある。物語は、そこを基点に大きく回転し、別の顔を見せ始める。飛作品では、初登場時に示唆された役割のまま出番を終える登場人物のほうが少ないくらいだ。こうした逆転現象は、やがて語りそのもののレベルにまで及んでくる。

その結果、飛作品は、微視的には精緻かつ巧妙な印象を、巨視的には幻惑的にして大胆な見映えを獲得している。イメージとしては、自動回転式の巨大な砂時計。美しくきらめきながら流れ落ちる微細な粒子に魅せられているうちに、その流れがいつのまにかある臨界点に達し、突然世界自体がぐるんとひっくり返る。こうした感覚は、本書の収録作ですでに堪能済み、もしくはこれから存分に堪能していただけることと思う。

個々の作品についても、簡単に紹介しておこう。

「デュオ」

初出は、〈SFマガジン〉九二年十月号。ある人物の手記の形をとって描かれた、双子の天才ピアニストをめぐる異色音楽SF。『グラン・ヴァカンス』以前の最後の作品である。

音楽を扱った作品だけに、聴覚を刺激するような音の描写に目が行きがちだが、「死臭と冷気」に代表されるように、実は臭いや温度を含めた空気の描写にも特徴がある。そして、さまざまな描写が歌曲に乗って押し寄せてくるクライマックスは圧巻。

小さなことだが、「小学校の夏休み」「お化け屋敷の雑巾」などの比喩は、作者には珍しく、ほぼ現代を舞台にしたこの作品ならでは。

「呪界のほとり」

〈SFマガジン〉八五年十一月号に初出。その後、『SFマガジン・セレクション1985』（ハヤカワ文庫JA）に収録された。呪界と呼ばれる世界を竜と共に旅する男・万丈が飛ばされたのは、世界の理《ことわり》が通用しない呪界のほとり。困っていた万丈を助けてくれた孤独な老人は、ひと筋縄ではいかない人物だった。

三人の主要キャラクター（竜含む）がそれぞれにしっかりした個性を持っていて、感情的なバランサーが入り込む余地はなさそうに見えるのだが、モラル・マルチプレックスという設定が導入されているのが曲者。作者によると当初はシリーズ化も目論んでいたそうで、もしそうなっていれば、この設定がもっと生きたことだろう。

また、独特のユーモア感覚が発揮されているところにも注目したい。基本的には理知的な笑いなのだが、小賢《こざか》しくならない軽さがある。

「夜と泥の」

初出は〈SFマガジン〉八七年四月号で、本書収録版となる改稿版が二〇〇三年四月号に掲載された。テラフォーミングした惑星を国家や民族にリースするリットン&スティンズビー協会。協会による地球化の過程に入り込んだ何かが、惑星ナクーンの沼沢地に奇妙な現象を引き起こしていた。美しくも儚《はかな》いその現象の裏に隠された真実とは？

異星の沼地から生えてくる一人の少女、という美しいイメージが魅惑的だが、それを脇から支えているのは、聴覚を刺激するさまざまな音の描写。ナクーンデルタでは常に印象的な音が鳴っており、絵を際立たせている。また、SEというガジェットの導入により、五感を刺激してくる作者独特の描写が、より強力に響いてくる。

ナクーン到着直後に主人公が飲む水、蔡《ツァイ》がデルタの秘密を明かす際に食卓に上っている蟹など、さりげなく重要な役割を担っているのが飲食物。この作品に限らず、飛作品における「食」や「味覚」は、重要な場面で使われることが少なくない。

「象《かたど》られた力」

〈SFマガジン〉八八年九月号と十月号の二回に分けて掲載。その後、『SFマガジン・

セレクション1988』（ハヤカワ文庫JA）のトリを飾った。謎の消滅をとげた惑星〈百合洋《ユリウミ》〉。新鋭イコノグラファーのクドウ圓《ヒトミ》が依頼されたのは、その〈百合洋〉で使用されていた図形言語を解析する鍵となる「見えない図形」を見つけ出すことだった……。「夜と泥の」と同じく、リットン&スティンズビー協会が登場する。

収録作中、もっとも大きく手が加えられた作品。ほとんど別の作品に生まれ変わったと言ってもいい。作中の言葉を借りれば、

ここに収録したのは十六年前に作成されたもの——ラクソン＝オガタ＝ルドゥーのエディションをベースにしつつも、画期的ないくつもの改定を加えた、現時点での決定版といえる。登場人物のバックグラウンドは大きく書き換えられ、ラクソンが切り捨てた多くのキャラクタとエピソードが別の光を受けて復活している。（401ページ）

ということになる。

今回のバージョンで新たに追加された斎《イッキ》と環《タマキ》のパートの文章や構造にも、バランスと逆転という先述の特徴が端的に表れているように思われて興味深い。

この他にも、作者自身もそのこだわりを認めている『『もの』と『かたち』と『ちから』の相克」というモチーフ、「フィクション」というものに対する思索など、飛作品の

魅力を形作るさまざまな要素が、SF的なガジェットを存分に使うことでわかりやすく作品化されている。作者の作家的な資質がSFというジャンルと不可分であることを示す一作でもあり、現時点での代表作と言っていいだろう。

さて、すでに本書を読まれた方ならおわかりのことと思うが、「飛浩隆を知っている」というだけでささやかな悦びと優越感に浸ることができる時間は、もうそう長くない。本書によって、十年前の伝説と『グラン・ヴァカンス』の衝撃の間にぽっかりと空いていた穴は埋まった。「伝説」からの帰還は完全に果たされたのだ。あとはただ、来るべき新作を待つだけだ。「伝説の作家」から「現役SF作家」へ、颯爽と帰還した作者の今後に、大いに期待したい。

虐殺器官〔新版〕

伊藤計劃

2015年、劇場アニメ化

Cover Illustration redjuice

9・11以降、〝テロとの戦い〟は転機を迎えていた。先進諸国は徹底的な管理体制に移行しテロを一掃したが、後進諸国では内戦や大規模虐殺が急激に増加した。米軍大尉クラヴィス・シェパードは、混乱の陰に常に存在が囁かれる謎の男、ジョン・ポールを追ってチェコへと向かう……彼の目的とはいったい？ 大量殺戮を引き起こす〝虐殺の器官〟とは？ ゼロ年代最高のフィクションついにアニメ化

ハヤカワ文庫

ハーモニー〔新版〕

伊藤計劃

2015年、劇場アニメ化

Cover Illustration redjuice
© Project Itoh/HARMONY

二一世紀後半、人類は大規模な福祉厚生社会を築きあげていた。医療分子の発達により病気がほぼ放逐され、見せかけの優しさや倫理が横溢する〝ユートピア〟。そんな社会に倦んだ三人の少女は餓死することを選択した――それから十三年。死ねなかった少女・霧慧トァンは、世界を襲う大混乱の陰に、ただひとり死んだはずの少女の影を見る――『虐殺器官』の著者が描く、ユートピアの臨界点。

ハヤカワ文庫

神林長平作品

あなたの魂に安らぎあれ

火星を支配するアンドロイド社会で囁かれる終末予言とは!? 記念すべきデビュー長篇。

帝王の殻

携帯型人工脳の集中管理により火星の帝王が誕生する——『あなたの魂〜』に続く第二作

膚《はだえ》の下 上下

無垢なる創造主の魂の遍歴。『あなたの魂に安らぎあれ』『帝王の殻』に続く三部作完結

戦闘妖精・雪風〈改〉

未知の異星体に対峙する電子偵察機〈雪風〉と、深井零の孤独な戦い——シリーズ第一作

グッドラック 戦闘妖精・雪風

生還を果たした深井零と新型機〈雪風〉は、さらに苛酷な戦闘領域へ——シリーズ第二作

神林長平作品

狐と踊れ〔新版〕
未来社会の奇妙な人間模様を描いたSFコンテスト入選作ほか九篇を収録する第一作品集

言葉使い師
言語活動が禁止された無言世界を描く表題作ほか、神林SFの原点ともいえる六篇を収録

七胴落とし
大人になることはテレパシーの喪失を意味した——子供たちの焦燥と不安を描く青春SF

プリズム
社会のすべてを管理する浮遊都市制御体に認識されない少年が一人だけいた。連作短篇集

完璧な涙
感情のない少年と非情なる殺戮機械との時空を超えた戦い。その果てに待ち受けるのは？

神林長平作品

猶予の月 上下

姉弟は、事象制御装置で自分たちの恋を正当化できる世界のシミュレーションを開始した

Uの世界

「真身を取りもどせ」——そう祖父から告げられた優子は、夢と現実の連鎖のなかへ……

死して咲く花、実のある夢

本隊とはぐれた三人の情報軍兵士が猫を求めて彷徨うのは、生者の世界か死者の世界か？

魂の駆動体

老人が余生を賭けたクルマの設計図が遠未来の人類遺跡から発掘された——著者の新境地

鏡像の敵

SF的アイデアと深い思索が完璧に融合しあった、シャープで高水準な初期傑作短篇集。

神林長平作品

宇宙探査機 迷惑一番

地球連邦宇宙軍・雷獣小隊が遭遇した謎の物体は、次元を超えた大騒動の始まりだった。

蒼いくちづけ

卑劣な計略で命を絶たれたテレパスの少女。その残存思念が、月面都市にもたらした災厄

ルナティカン

アンドロイドに育てられた少年の出生には、月面都市の構造に関わる秘密があった――。

親切がいっぱい

ボランティア斡旋業の良子、突然降ってきた宇宙人〝マロくん〟たちの不思議な〝日常〟

天国にそっくりな星

惑星ヴァルボスに移住した私立探偵のおれは宗教団体がらみの事件で世界の真実を知る!?

ハヤカワ文庫

神林長平作品

敵は海賊・A級の敵

宇宙キャラバン消滅事件を追うラテルチームの前に、野生化したコンピュータが現われる

敵は海賊・正義の眼

純粋観念としての正義により海賊を抹殺する男が、海賊課の存在意義を揺るがせていく。

敵は海賊・短篇版

海賊版でない本家「敵は海賊」から、雪風との競演「被書空間」まで、4篇収録の短篇集。

永久帰還装置

火星で目覚めた永久追跡刑事は、世界の破壊と創造をくり返す犯罪者を追っていたが……

ライトジーンの遺産

巨大人工臓器メーカーが残した人造人間、菊月虹が臓器犯罪に挑む、ハードボイルドSF

小川一水作品

老ヴォールの惑星

ＳＦマガジン読者賞受賞の表題作、星雲賞受賞の「漂った男」など、全四篇収録の作品集

時砂の王

時間線を遡行し人類の殲滅を狙う謎の存在。撤退戦の末、男は三世紀の倭国に辿りつく。

フリーランチの時代

あっけなさすぎるファーストコンタクトから宇宙開発時代ニートの日常まで、全五篇収録

天涯の砦

大事故により真空を漂流するステーション。気密区画の生存者を待つ苛酷な運命とは？

青い星まで飛んでいけ

閉塞感を抱く少年少女の冒険から、人類の希望を受け継ぐ宇宙船の旅路まで、全六篇収録

野尻抱介作品

太陽の簒奪者《さんだつしゃ》

太陽をとりまくリングは人類滅亡の予兆か？　星雲賞を受賞した新世紀ハードSFの金字塔

沈黙のフライバイ

名作『太陽の簒奪者』の原点ともいえる表題作ほか、野尻宇宙SFの真髄五篇を収録する

南極点のピアピア動画

「ニコニコ動画」と「初音ミク」と宇宙開発の清く正しい未来を描く星雲賞受賞の傑作。

ふわふわの泉

高校の化学部部長・浅倉泉が発見した物質が世界を変える——星雲賞受賞作、ついに復刊

ヴェイスの盲点

ロイド、マージ、メイ——宇宙の運び屋ミリガン運送の活躍を描く、〈クレギオン〉開幕

野尻抱介作品

フェイダーリンクの鯨

太陽化計画が進行するガス惑星。ロイドらはそのリング上で定住者のコロニーに遭遇する

アンクスの海賊

無数の彗星が飛び交うアンクス星系を訪れたミリガン運送の三人に、宇宙海賊の罠が迫る

タリファの子守歌

ミリガン運送が向かった辺境の惑星タリファには、マージの追憶を揺らす人物がいた……

アフナスの貴石

ロイドが失踪した！　途方に暮れるマージとメイに残された手がかりは〝生きた宝石〟？

ベクフットの虜

危険な業務が続くメイを両親が訪ねてくる!?しかも次の目的地は戒厳令下の惑星だった!!

ハヤカワ文庫

著者略歴　1960年島根県生，島根大学卒，作家　著書『グラン・ヴァカンス　廃園の天使Ⅰ』『ラギッド・ガール　廃園の天使Ⅱ』（以上早川書房刊）

HM=Hayakawa Mystery
SF=Science Fiction
JA=Japanese Author
NV=Novel
NF=Nonfiction
FT=Fantasy

象《かたど》られた力《ちから》

〈JA768〉

二〇〇四年九月十五日　発行
二〇一五年二月十五日　五刷

（定価はカバーに表示してあります）

著者　飛《とび》　浩《ひろ》　隆《たか》
発行者　早川　浩
印刷者　西村文孝
発行所　株式会社　早川書房

郵便番号　一〇一‐〇〇四六
東京都千代田区神田多町二ノ二
電話　〇三‐三二五二‐三一一一（大代表）
振替　〇〇一六〇‐三‐四七七九九
http://www.hayakawa-online.co.jp

乱丁・落丁本は小社制作部宛お送り下さい。送料小社負担にてお取りかえいたします。

印刷・精文堂印刷株式会社　製本・株式会社川島製本所

ISBN978-4-15-030768-4 C0193

本書は活字が大きく読みやすい〈トールサイズ〉です。